2023
铸牢中华民族共同体意识
中国少数民族文学之星丛书

青白石阶

柳客行 著

作家出版社

编委会名单

主　任：邱华栋
副主任：彭学明　黄国辉
编　委：赵兴红　郑　函

以民族的情意,打造文学的星辰
——"中国少数民族文学之星"丛书总序

邱华栋 彭学明

"铸牢中华民族共同体意识——中国少数民族文学之星"丛书是中国作家协会少数民族文学发展工程的项目之一,于2018年开始实施,由中国作家协会创作联络部具体组织落实。出版这套丛书的初衷,是在少数民族文学创作领域贯彻落实习近平文化思想,不断夯实铸牢中华民族共同体意识的文学责任,培养少数民族文学中青年作家,打造少数民族文学精品,为那些已经在少数民族文学界和全国文学界成绩斐然、广有影响的少数民族中青年作家再助一力,再送一程,从而把少数民族文学最优秀的中青年作家集结在一起,以最整齐的队伍、最有力的步伐、最亮丽的身影,走向文学的新高地,迈向文学的高峰,让少数民族文学的星空星光灿烂,少数民族文学的长河奔流不息。以文学的初心,繁荣民族的事业;以民族的情意,打造文学的星辰。

入选"中国少数民族文学之星"丛书的作家,必须是年龄在50岁以下的、在少数民族文学界和全国文学界广有影响的少数民族作家。不管是否出版过文学书籍,只要其作品经过本人申请申报、各团体会员单位推荐报送、专家评审论证和中国作协书记处审批而入选的,中国作协将在出版前为其召开改稿会，请专家为其作品望闻问切，以修改作品存在的不足，减少作品出版后无法弥补的遗憾。待其作品修改好后，由中国作协统一安排出版，并进行广泛的宣传推广。

中国是一个多民族的大家庭。每一个民族都沐浴着党的民族政策的光辉、感受着党的民族政策的温暖，都在党的民族政策关怀下，蓬勃发展，欣欣向荣。在这个伟大的新时代，我们正创造着中华民族的新辉煌。每一个民族的发展与巨变，每一个民族的气象与品质，都给我们提供了生生不息的创作源泉。我们每一个民族作家，都应该以一种民族自豪感，去拥抱我们的民族，以一种民族责任感，为我们的民族奉献。用崇高的文学理想，去书写民族的幸福与荣光、讴歌民族的伟大与高尚，以文学的民族情怀，去观照民族的人心与人生、传递民族的精神与力量。

我们期待每一位少数民族作家，都能够到火热的生活中去，到广大的人民中去，立心，扎根，有为，为初心千回百转，为文学千锤百炼，写出拿得出、立得住、走得远、留得下的文学精品。不负时代。不负民族。不负使命。

目录

深情仰望的目光　　马金莲　/1

第一辑　　成长篇

青白石阶　/3
上学路上　/11
木头心　/19
追逐自由　/29
梦　/38

第二辑　　生活篇

树影　/49
月下思　/57

温馨的情谊　/65

笑言温情　/75

生日　/84

第三辑　爱愿篇

手心的温度　/95

午后的餐桌　/104

口碑　/113

凋零的花瓣　/120

深夜构想　/127

第四辑　随心篇

街角　/137

老人　/148

寻找心情　/155

中　/163

一棵树　/171

第五辑　感悟篇

光　/181

坦然　/186

敢问路在何方　/193

记忆中的一个人　/200

价值　/207

雨声中，悄悄拔节　/213

深情仰望的目光

——序马骏作品集《青白石阶》

马金莲

2016—2022年我担任固原市作协第六届主席，其间认识和接触本土作家，并为大家服务，属于应该做的事情，吸收作协会员是其中一项。每年有二三十位文学爱好者申请加入作协。筛选工作很重要，是吸收会员的第一道门槛。2020年有人递交了一份入会申请表，笔名柳客行，本名马骏。按照惯例，我先阅读表内所填基本内容，尤其关注文学创作过程和成果这两部分，然后联系作者本人。打电话的时候我听见对方说话很有礼貌，时不时插一句谢谢。我看他文化程度是高中，工作单位空缺，1995年出生，心里就自然而然地断定这是个没考上大学，因而过早进入社会去混的孩子。这样的孩子比较常见，调皮捣蛋，过早放弃学业，混迹社会，前途叫人担忧。接着我们根据手机号加了微信，我提出想看看他的作品。他很快发来几篇，喊我大姐姐，说大姐姐多教教我。因为牵涉到吸收入会的事，不能大意也不能耽搁，我很快抽空看完了他的几篇散文。其中一篇名叫《青白石阶》，从一个身有残疾不能行动的孩子视角入手，写了他和他人不一样的童年。这童年故事初看平淡，读完以后慢慢回味，一些复杂的味道浮上心头。有一种感觉牵引着我，让我禁不住回头又看了一遍，文字稍微显得稚嫩，吸引人的是字里行间流溢的一股情感，这情感里有反复强调的坚强，坚强的下面流露出淡淡的哀伤，吸引我的正是这哀伤。如果文字写的是真人真事，那么作者就是一位残疾人？这个不好直接问，但马骏的名字我放在了心里。稍后的一次文学活动上我见到了马骏，远远看到一个轮椅，由一位面容带有生活沧桑的男人推着，轮椅上坐着一个正努力微笑的大孩子。确认这就是马骏后，我握住了他的手，脑子里反复跳跃他写出的那些文字，和文字勾勒出的一个孤独身影。童年时光里，伙伴们都在活蹦乱跳地玩，只有他一个人默默坐在一道石头台阶上，一坐就是大半天，直到大人来把他带走。孩子的天性就是奔跑玩闹，童年的马骏却无法拥有这样的欢乐，哪怕是一个短暂的瞬间。他只能望着同龄人尽情撒欢，满眼都是羡慕，满心都是向往，却无法成为他们中的一员，过早降临的疾病让他成了一个失去走路能力的孩子。这孩子的身躯里有着一个过早尝尽痛苦的灵魂，这灵魂是那么孤独，那么绝望，却又充满渴望，他渴望世间的一切美好和光明。没有翅膀的鸟儿，只能用心灵的翎羽鼓风飞翔，坐在轮椅上的马骏，没有止步于生命的困顿，他开始了梦想的追逐，令人欣喜的是，他选择了文学，选择了写作。写作的缘分，让我认识了这个小兄弟，而他的经历让人喟叹，并油然而生敬重。吸收马骏加入市作协后，我开始以《六盘山》编辑的方式关注一位新发现的作者。关注并扶持新的文学人才成长，是刊物的职责，更是一种情怀。很快我们编委会决定给马骏发新人小辑，我就愉快地向马骏约稿，他投来了一篇小说和创作谈。编辑的过程里，我们看到了他文字上的实力，也不回避他的不足，反复修改后，作品在《六盘山》2021年1期刊出。这次亮相，对于马骏很重要，对于我也有着纪念意义，是我来到文联接手小说编辑后出的第一期刊物。从这以后，马骏算是"黏"上我了，过段时间就发来他新写的作品、小说、散文、随笔，有修改打磨过的，也有刚完成略显潦草的，每次他都很有礼貌地喊一声"大姐姐"，然后才说话，并且不停地说着谢谢。我知道身体状况不允许他坐着写作，只能仰面躺着写。这样的写作姿势，健康人没法想象，也让我深感惭愧，我还有什么理由懈怠呢？从这个意义上讲，马骏感染了我，鼓励了我，更鞭策了我。怎么才能找到适合他的方法，让他更好地进步？我想到了史铁生，于是建议他读史铁生，多读、多写、多思考、多修改、多投稿，这样有利于提高。马骏是个有灵性的人，也不停地在努力，作品陆续在《葫芦河》《原州》等内刊亮相，不久还登上了《宁夏文艺家》报，继而在《民族文学》《文艺报》亮相，接着加入了宁夏作协。作为时刻关注他的人，我为他的进步高兴，也希望他能走得更稳。有一次宁夏作协有培训活动，我第一时间想到的就是马骏，考虑到他行动不便，就特意指出这个实际困难并希望他们能特殊考虑，宁夏作协毫不犹豫地答应接受这个特殊学员。培训回来后马骏给我发信息，说大姐姐，我学习回来了，谢谢你。一股暖流在心间流淌，隔着屏幕我仿佛能看到马骏脸上灿烂的笑容。我说我们共同谢谢宁夏文联、作协和文学院吧。这样的话，要是换个语境说出来，也许有人会质疑其真实性，但当时我和马骏都是发自内心地表达着感激。

《青白石阶》是马骏的第一部作品集，是他坚守写作这些年的成果结晶，现在这部集子要出版了，这对于一个作者来说是值得骄傲的大事，更是无比神圣的好事。更值得骄傲的是，这部作品进入了中国作协2023年"铸牢中华民族共同体意识·中国少数民族文学之星丛书"项目，这是更值得骄傲的大好事。听到消息后，我发自内心地为马骏高兴，这是西海固作家在文学道路上的又一次进步。当一篇篇仔细阅读这部集子里的作品时，我耳畔反复回放着马骏说过的一段话，那是中国作协党组书记张宏森来宁夏调研看望马骏的时候，他望着张书记，眼神清亮中隐约闪烁着泪光,"庆幸的是,我遇到了史铁生,那个坐在轮椅上的巨人,那个穿越时间和空间的挚友。当我读到《我与地坛》里一个片段的时候,心里满是激动。史铁生先生看见小女孩有危险,摇着轮椅用自己薄弱的身躯,在地坛的草地上挡在小混混面前。那一瞬间,我在想,我为什么不能,不能像他一样走出去感受这个世界?我很开心在文学路上遇到了一帮可爱的人,很多很多干净的灵魂。当他们和我握手的那一刻,眼睛里的光芒是那么纯洁。我常常被称作残疾人,这是我不可避免的一个称号,它固然给我带来了一些有色的眼光。但是,文学路上这些可爱的人给足了我勇气,让我的心情有了大的改变……"时间过去好久了,我还是会经常回想起这些话,每次回想都好像能看到马骏那对清澈见底的眼睛,那里头有着一个二十八岁青年对人生苦难的深刻认识,和他对人世的真挚感恩。他是个只能坐着轮椅抬头仰望世界的人,他坐得很低,但他没有拉低世界的高度,反而让习惯了冷漠地站立的我们弯下腰去,用纯粹的善意去面对他。他深情又干净的目光,让我们沾染了太多尘世恩怨和世故的心无比愧疚,不得不对自己的灵魂进行考问和反思。真感谢那么多人善待过这个坚强的孩子。也许我们的暖意很小很不经意,但在他孤独的心田上,开出了纤尘不染的花朵。命运可以夺走他站立和行走的资格,但夺不走他热爱这个世界的赤诚之心。

  在此再次祝贺马骏,祝福西海固新时代的小史铁生,向他深情仰望的眼眸致敬,向他顽强不屈的心灵学习,希望马骏继续加油,向着他认定的文学高度不断努力。

第一辑

成长篇

青白石阶

我家门前有一条坑洼不平的路，路边有一排石阶。

石阶是用水泥筑成的，长十来米，宽一米多。

来来往往的路人如果走累了，便会坐在石阶上歇歇脚。

风吹雨淋，脚步踩踏，日子一长，水泥台阶就青中泛白。

连续几年，青白色的水泥台阶上总会坐着一个孩子，穿一条分不清颜色的短裤，上身穿件沾满泥土以及鼻涕因而分不清颜色的短袖。他得了一种怪病，这病不会让人少胳膊少腿，却能抽走身上所有的力气，让得病之人抬不起手，直不起腰，也提不起腿，患病的人也就成了一个只能略微移动且有思想的植物人。

这个灰头土脸、满身脏兮兮、得了这奇怪病的小男孩就是我，一个人坐在青白石阶上，没有任何玩伴。

孩子的好动性让我坐不住，将手摁在水泥上擦来擦去，等手掌上的肌肤与关节有了麻酥酥的感觉，才会抬起手瞅一眼，通红手掌上的每一处都有细胞蹦跳的感觉。从叉开的手缝里出现了重影，我看见前方有一群孩子，有个瘦瘦的孩童偷偷拿出母亲从店铺里买的做家里人裤腰带的皮筋，叫来两个朋友站在两边，用双腿绷住皮筋，偷拿皮筋的他当然是最先拥有享受"马兰开花"的喜悦的权利,他急促的呼吸声伴着口号奔出嗓门,半眯着眼睛熟记每一个抬腿、收脚、起腰的动作。

我坐在石阶上眺望着他们,腿像是让磁力给拽住了,丝毫抬不起一点点。看着他们跳跃的动作,我想用身体扭出跳皮筋的模样,将画面顺着神经传入脑海,试图让大脑发指令,控制我站起来,身体却没有丝毫回应。看着他们欢快的模样,我多么想加入其中,可没有一点办法让我的身体听话。我有些气愤,就深吸一口气,低下头不再看他们玩耍。通红的手掌早已恢复正常,跳动的细胞也平息下来。双腿无法动弹,这让我对这双手"偏爱"了不少。庆幸,这双手还听些使唤,就使足力气抬起,看着青白石阶被手擦亮的地方,铆足劲拍下去,手掌细胞开始剧烈活动,针扎的痛觉立刻窜进手掌。我笑了笑,它是有反应的,这多好啊。我继续抬起拍下去,抬起拍下去,动作一气呵成。麻、胀、痛亲吻着我的手掌,手掌的肌肤细胞也跳起了"马兰开花"。

耳窝里传来号叫声,让我不由自主地望向他们。偷皮筋的孩子最终被母亲发现,也就没能让站在两边的孩童也享受一下跳皮筋的喜悦。皮筋被没收了,孩子翻车了,哐啷一下躺倒,双脚朝天,使劲甩动双腿,鞋子像发射火箭一般飞了出去,似乎只有这样才能展示他哭闹技能的精湛。哭泣声以大为主,可以不伴有眼泪,为了引出街坊围观,这样就可以拿到刚刚被没收回去的皮筋。虽说气势宏大,可打滚的孩童内心胆怯也是有的,只有引出街坊,扫帚头才不会落在他屁股上,唯有声大才能达到目的。果不其然,扫帚头还没落在屁股上,就被街坊拉回去了。那孩子依旧不停地哭泣号叫。无奈的母亲将孩子一直想要的沙包做好了,就丢给他一个沙包。孩童的哭声慢慢减弱,视线偷偷锁定沙包,确定沙包的大小是否能满足自己。脚慢慢落地,侧起身子,伸手抓住沙包,站起身用沾满尘土的手擦一下眼睛,在脸上留下一条长长的泥土印,找到发射出去的鞋子，叫来搭伙的同伴，摇动着手中的沙包，炫耀此刻的胜利。一场轰动街坊的战争因得到战利品而瞬间消失，嬉笑声竟然一下淹没了哭泣声，这一刻似乎什么也没有发生。

我始终把胳臂肘搭在腿上，扶着下巴柔软的肌肤坐在石阶上，像一座雕像一动不动。雕像旁站着一位胡子白花花的老人，他眼珠也像石头刻的一般没有光色，一动不动地盯着雕像般的我。他是我的爷爷。爷爷知道我很想参与到孩子们的游戏中，可怎样让我参加进去是个难题。爷爷只能看着我，并不说一句话，也不打断我的沉思。

石阶旁的孩童来了一群又一群，走了一帮又一帮，从不知道什么是累，永远都那么生龙活虎。没有一个孩童愿意坐在青白石阶上跟我聊两句，他们的视野里似乎没有这一排石阶，更没有石阶上我这么一座雕像。偶尔有孩童注意到我了，也会站在远处，歪斜着脑袋，瞪大眼睛盯着石阶上的我，却不会跑过来问一问我为何坐在这里，又为何不走过去与他们一同玩耍。

他们眼中的我，有一个大大的脑袋，幼小瘦弱的身子，细细的胳膊似缺了许多营养，还有一双与常人无差别的腿，却没有一点点力气，每个孩童眼里看到的都是与他们一模一样的外貌，不同的是我像一座雕像坐在青白石阶上。站起来是什么滋味我不知道，每当我渴望站起来的时候，大脑中的指令传递到半途会中断，腿怎么也接收不到信息，所以双腿不听大脑的指挥。我除了沮丧地拍打青白石阶，再也不能做任何事情。孩童们时而享受"马兰开花"带来的快乐，时而感受打沙包的惊险，时而挥洒老鹰捉小鸡的激情，从不远处传来的都是阵阵欢笑声。我只是坐在一旁看，慢慢也就熟知了每一个游戏的规则，他们总是在青白石阶旁鱼贯而来又匆匆不见。等青白石阶旁没有了孩童的欢笑声，我便低下头用手指抠水泥缝间的小沙颗粒，若能逮住一两只蚂蚁，便放进手心,让它们慢慢爬到手背,再次翻转手腕,让蚂蚁又一次从手背爬回手心。我终于暂时忘掉了没有玩伴的痛苦,快乐从心底里往上溢散,小蚂蚁成了我最忠实的玩伴。

一天天气很热,我坐在青白石阶上吃着一根用纸包裹的雪糕。这种雪糕一根三毛钱,我舍不得立马就把纸袋撕下来丢掉,用舌头舔了又舔,直到纸袋上没有一丝甜味且破裂的时候,才将纸袋丢掉。更舍不得咬着吃雪糕,只是左舔一下,右吸一下,让雪糕消失得很慢,这样我就能尝到更多的甜头。可它化得很快,一不小心,一大块掉在了地上。我先是看一看掉在地上的雪糕愣住了,眼泪一下子奔涌而出,哭喊声也紧随其后。雪糕的"阵亡"让我省了又省的努力白做了,那样大的一块甜头掉在了地上,我怎么甘心啊,就一边哭着,一边用嘴吸住剩下的雪糕,泪水的咸伴着雪糕的甜,统统进入我的嘴里。

爷爷来了,长满褶皱的手里提着一辆带有脚踏板的儿童车。他白花花的胡子落在我脸上痒痒的,一对硬巴巴的老胳膊将哭泣的我抱上踏板车。雪糕"阵亡"的难受一下子消失了,我被这新玩具吸引住,擦了擦脸上的泪水,仔细打量着这玩物。我试探着向前移,却没力气踏动它带我前行。吸一口气,高高仰起头,撑着头也是需要费力气的。我把这些仅有的力气节省下来用在身上,扭动一半身体使惯性带动腿向前挪一点,再费力扭动另一半身体同样用惯性带动另外一条腿。蚂蚁奔跑起来应该都比我快些。我从青白石阶坐到了踏板车上,多多少少也有了些移动的能力。因为踏板车的吸引,孩童们也慢慢凑到我身边,按一按电钮,还能唱歌,他们便笑了,我也有意无意地按一按电钮,一来炫耀,二来可以引来更多玩伴。谁和我聊得欢,我便让谁按一下,谁对我说好听话,我便让他按一下,谁若惹我,便不让他碰一下踏板车。坐上踏板车的那一刻,我就爱上了这玩物。坐在踏板车上的感觉比坐在青白石阶上不知美好多少倍。我望着青白石阶，小蚂蚁也逃脱了我的手掌，我常常坐的那片地方顿时光线暗淡了许多，石阶像是一张贴满灰尘的脸，风轻轻吹着，小沙粒在那里打着旋儿，石阶上没有一人坐，我也不用坐在那里陪着青白石阶了。

我被同伴推着，他走我便能走，他跑我也能跑，他们打沙包，我也坐着踏板车在一旁观看，这就有了近距离参与的感觉，比坐在青白石阶上更接近同龄人了。这简直是一个质的跨越。沙包飞来飞去，不断地从我的眉梢、嘴角、腿间擦过，我沉浸在离开石阶的欢乐里，我享受着被同伴包围的感觉，此刻我与他们一样，是可以行走的，这是多么美好的一件事！

本以为我可以坐在踏板车上与玩伴一直玩下去，可以快活很久，可那个响午我记得是那样清晰。同伴推着我跑得飞快，我没能及时掌握住踏板车前进的方向，踏板车撞在了马路牙子上，车头与车身相分离，我飞了出去。我的腿、胳膊肘、前额流出了红色的液体，疼痛撕咬着身体的每个部位，我没有了喊叫的力气，只是一动不动地趴在那里。同伴飞奔回去找我的家人前来帮忙，我盯着残破不堪的踏板车，它的身体因撞击而分割成了两半倒在路边。

那个响午过后，我再也没有见过那辆踏板车，也没有得到新的。我额头贴着创可贴，耷拉着脸，回到了熟悉得不能再熟悉的青白石阶上。拥有踏板车的时光里，同伴也与我熟知了，当我再次坐在那儿时，总有同伴来到青白石阶旁坐下，询问我那个一摁电钮就唱歌的踏板车去了哪儿、多少钱、在哪儿买的。我一一回答了他们的问题，他们又会问我还坐不坐踏板车了。我说它坏了，同伴们就离开青白石阶，头也不回地奔向远处，结群玩耍。我仿佛又回到几个世纪前，远远看着他们，沙包再也飞不到我的身边，没有了踏板车，我再也没有了吸引同龄人的本钱，自然也就没有了靠近他们的能力。不是家人没钱给我再买一辆踏板车，他们担心我摔得更惨。

玩伴们的个头一点点长大，我刚开始只是略微抬头就可以和他们聊天，慢慢地，只有高高抬起头才可看到他们的面庞。他们来青白石阶的次数越来越少，三五成队的场景也很少看见了，我听一个玩伴说他们去了一个叫学校的地方。那里是什么样子我不知道，我只在电视里看见过，有一排排桌子，有一群群小孩，最前方有一个人在念，后面有很多小娃娃跟着念。他们坐得很端正，念着什么我却不知道，也不懂什么意思，只是看他们很投入。我坐在青白石阶上满脑子想着学校，那里是不是很美？是不是有很多人？那里的孩子都干什么？他们是不是整天团在一起跳"马兰开花"？十万个为什么一下子充满我的每个脑细胞，只因没见过，只因好奇，我就很想去看一看。曾经的玩伴放了学，走在回家的路上，他手里拿着一本书，慢悠悠来到我面前，我清晰地看见封皮上有一只羊，一个小女孩，还有绿草坪，我便看着他从我身旁路过，从青白石阶的这一旁走到那一边，我又有了新想法，玩伴们是去学校和羊儿一起玩耍去了吗？多么好啊，我真想去看一看他们和羊群的开心模样，肯定比坐在这青白石阶上不知快乐多少倍。

母亲坐在我的身旁，她看着我发愣的样子，就问我看什么。我就告诉母亲我脑海里想象的学校模样和学校放羊的事儿，母亲长叹了一口气，轻声念叨："我娃苶障着，都不知道学校是干啥的。你要是能跑能跳，都要上三年级了。"我还追问几年级是最高的，我要上最高的年级。母亲便不再说话，摸了摸我的头，眼睛里有一种光，柔弱、渺茫、暗淡，她轻轻站起来，离开青白石阶走进了屋子。

第二天我也成了一名小学生，父母亲自送我去学校。到学校后，我就知道了之前所想问题的答案。从此我离开了青白石阶，这一离开就是十多年。

　　十五岁这年，家里翻修房子，从废弃的屋子里拿出一样落满尘土的物件，我一眼就认出了那个大大的车头，上面还有三个按钮，一个被掰掉了，留下一个像掉了牙的小洞，可奇怪的是车头与车身还连在一起。我叫妹妹拿过来，车身上飘起的尘土在阳光下聚成一条光带，灰尘像高速公路上的小汽车拥堵在密密麻麻的长道上。妹妹和我不由向后退缩，用手摇晃着，打乱灰尘飘动的轨道。我看见踏板车的头与身被焊接在一起了。棱角分明，中间多了一根铁柱子将踏板车穿在一起。

　　原来我炫耀的资本一直都在，它被家人修好，当作舍不得丢的宝放在了屋子里。我用抹布擦去了踏板车上的所有脏污，努力挪动身体，从凳子上移到了小踏板车上。我比小时候高了一截，腿长了一截，两只大脚似长在了大地上一样牢固，我学着小时的模样扭动身子，可脚死贴在地上一动不动，小踏板车的按钮摁下去也没有了丝毫反应。妹妹轻轻将我推向青白石阶旁，我的脚时不时会抵住踏板车的后轮。妹妹一边推我前行，一边低头看着踏板车底下，将我慢慢推到青白石阶上。我在那里坐了好久好久，没有一个玩伴过来，曾经问我小踏板车去哪儿了的玩伴都没有来，我此刻找到了它，想让他们看一看踏板车的样子，让他们再按一按电钮，可始终没有看到一个玩伴路过这里。我像个大傻子一样，坐在踏板车上等待儿时的玩伴，等了很久很久。

　　父亲将我抱回屋里，我坐在椅子上，他把踏板车给了一个收破烂的人，我这才明白那踏板车已经不属于现在的我，它属于那个坐在青白石阶上的我——那个坐在踏板车上溜进自家小卖部，偷偷拆开集卡送礼物的方便面袋子，将卡拿出来看一看，是不是自己缺的那张，如果不是就再拆开另一包，一边拆一边抬起头看母亲是不是发现了的我；那个会偷偷拿来针线，一针一针缝上集卡方便面的袋口，等着玩伴来买东西，将缝好的方便面开心地递到玩伴手里，然后得意扬扬地给母亲吹嘘这自豪事儿的我；那个坐着小踏板车偷偷摘下家里树上还未成熟的绿杏儿，一扭一扭走到青白石阶旁给玩伴们分发杏子，从而留住他们的我，再也回不来了，再也回不来了！时间能带走一切，收破烂的人收走了踏板车，也带走了我童年生活中最难忘的记忆。

全城大改造那年，县城的街道都一一扩建，坑坑洼洼的道路要一一挖掉表皮，修建平整宽阔的柏油马路。青白石阶被拆除的时候我就坐在屋里，一辆大铲车高高抬起铲头，移动好位置，压下去，哐当一声砸进了我的心里，我一颤，看着青白石阶上的表皮瞬间破裂，泥土、石块、沙粒都乖乖走进了铲车头，青色没有了，白色也没有了，残痕的另一半还能看见它的本色。我盯着剩下还算完好的青白台阶，那尊雕像一样的孩子去哪儿了？他没有坐在那里，脑海里回忆着那个孩子坐在那里的点点滴滴，铲车头很快又挖了过来，青白石阶再次破裂。看不见它的模样了，完全看不见它的样子了，我的脑海里空荡荡的，只是隐约有个衣衫褴褛的男孩告诉我，你再看看这青白石阶，再好好看看，这也是你最后一次看到青白石阶了。

原文刊登于《六盘山》2021年第1期

上学路上

青白石阶上吸溜鼻涕的邋遢男孩此刻坐在床头。他眼珠里映着两个人的身影。他看见母亲被别人拽住头发,扯上楼梯,低着头撞进一间屋子。屋里坐着一位老人,半边银白色头发被白帽子遮掩,她是奶奶。母亲只是语气比平时重了一点,急切的说话声比平时高了几分贝,只是嚷了一句:我的儿子也要上最好的学校!母亲并没有错,或者母亲都不知道错在哪儿。

母亲十七岁来到这个家,若是现在的女孩,此刻正是父母怀里的贴心小棉袄,没人敢碰她一下。母亲那个年代,十七岁已经可以嫁人,她懵懵懂懂来到了这个家,已经学会了怎样孝敬公婆,懂得什么话可说什么话不可说。在长辈面前,母亲总是低着头,不敢高语,每逢过节,也只是打些下手,烧烧火,点点柴。父亲是爷爷最小的儿子,母亲自然也就更要懂得怎样说话,又该怎样做事。最小的媳妇得承担最不讨好的活儿,除了洗衣做饭、收拾一切杂乱的活儿之外,有时还要挑一大桶水,或是抱起一袋百来斤的米踉踉跄跄走进厨房……男丁都出去忙碌时,这些活儿都会落在母亲的身上。

平日里,爷爷奶奶的饭菜都是母亲送去。她总双手端着暗紫色木质托盘，脚下的劲儿轻柔地消去了与地面的摩擦，听不见任何脚步声。母亲将饭稳稳端进房间，轻且稳且慢地端起碗筷放在炕桌上，听到爷爷吩咐离开的指令才慢慢向后撤步，退出小门，再轻轻转身走出屋子。时间久了，母亲习惯了在家中默不作声。她只是把手头的活儿做到最好，把爷爷奶奶吩咐的事儿早点完成，一切都成了顺从。

我的上学问题深深压在了母亲心头，这一次，她决定不再顺从，坚定地说出了自己的想法，目光中带着急切与渴望。

坐在青白石阶上幻想学堂生活的我，其实本可以和妹妹一同去上学，可我无法行走，也站不起来，学校就有很多顾虑：我会不会是傻子？懂不懂学习？如果不好好学习影响其他孩子，老师该怎样管我？是和其他小孩一样对待，还是特殊管理？这些都成了让学校领导棘手的问题。校长还有最担心的一件事：倘若我有个什么意外，学校可承担不起责任。

那一年，妹妹背着花书包去上学了，而我留在了家里。

每天我都会坐在青白石阶上等着妹妹回家，她中午要写作业，我就凑在一旁看她写，我让母亲给我买了本子，妹妹写个啥，我就照模样写出来。可是，我手上没力气，手指上的神经不听使唤，右手拿着笔颤颤巍巍抖个不停，写出来的字儿也歪歪扭扭的。妹妹的字儿写出来整整齐齐，让人眼睛里一亮，想多看几眼，我写出来的却密密麻麻，让人没有一点想多停留一眼的想法。妹妹去学堂后，我便坐在那里，捏着铅笔，慎重地、细微地一点一点描着写。

母亲就坐在一旁看我，双眼里浮满了爱意。

"你写的是个啥呢？"母亲笑着问。

我愣住了。我写的这些东西是啥、念个啥，我根本不知道。

妹妹书上有好多漫画插图，画着好看的娃娃，我想拿过来看看，她不耐烦地将书往怀里一拽，我便去抢……我俩厮打的结果自是不必说的，我摸着被她抓伤的脸，火辣辣地疼，却仍然不放弃最后的倔强，一直推她，打扰她。我的目的是让她完不成作业！

父亲坐在一旁，他一直看着我，我的歪主意他都看得出来，只是一直忍让着不说破。母亲也坐在一旁，静静地盯着我，好久好久。

终于，父亲说话了。他张口制止我，先是轻声，越来越重。我依旧不理不睬，要把恶魔做到底。父亲忍不住了，吼了我一顿，便将我抱进里屋。我用尽全身力气想挣脱，可我的这点力气怎么够用？我被重重地丢在床头，翻不起身，只好趴在床上，满屋子灌满了我的号叫声。一炷香烧完了，熄灭了，香炉里只留下灰色的圆柱，一碰就成了粉末，屋子里隐含着清淡的香味。我的号叫声慢慢减弱，泪水却没有停留一刻。

爷爷礼拜完从寺里回来，总要先看看我。他没有在青白石阶上找到我，便寻到屋里，听到了我嘶哑的哭声。爷爷用宽大厚实的手抚摸着我的头。他越是安抚，我越想使劲哭，咸咸的泪水不断地灌进嘴里。爷爷给了我五毛钱，让我买好吃的，转身出去对父亲低语了一阵。我的抽泣停止了。

母亲在窗外静静看着。

她转身走出院子，去了邻居家，回来时带着几本一年级课本，是邻居孩子用过的，书面被揉得皱皱巴巴，像是双手捏过的旧报纸。我捧着书，坐在青白石阶上，一页一页翻过去，可都是奇奇怪怪的字儿，一个都不认识。我只好翻着书，寻找彩色漫画，大脑是电视屏幕，漫画里的生活发生在学校里是怎样，这些画面一一展现在我的脑海里。那些花与树、人与鸟，渐渐活了过来，围绕在我的四周。我想，这应该就是学校生活的样子吧。

妹妹啥时候放学呢？我在这书里翻着她在学校生活中的样子，等待她回家。

路边响起了欢笑声。

很多放学回家的孩子走过我身旁。我一一数着人，看着他们的模样，其中也有与我一同坐在青白石阶旁玩耍过的玩伴。我便把书高高举起，举在自己眼前，如果我识得里面的字，我想我一定会高声念出来。我只是想让他们注意到，我也有书，我也在看书。透过书的缝隙，我用一只眼睛观察他们的动作和神情。我想让曾经来青白石阶旁的玩伴看见我也有书，他们有的我也有。有个玩伴瞧见了我的动作，他慢慢朝我走近。此时，他已经上小学三年级了。他看了一下我，从我身旁跨过，没有停留的意思。他一边笑着向家的方向迈步，一边拍拍其他玩伴的肩膀，让他们也看我一眼。一个男孩把耳朵搭在上三年级同学的肩膀上耳语着什么，他们一起笑了，西斜的稀薄阳光里荡漾着他们远去的笑声。

我细细看着他们，察觉出异样，仔细一看手中的书，才发现我激动之下将书拿反了！我没有察觉到一丝丝拿反书的迹象，只因我把所有注意力集中在他们身上，想得到他们的赞许，可没想到我只听见了一声声大笑。恼羞成怒的我，把书摔在青白台阶上，惊飞了觅食的麻雀。我忘不掉那两个男孩的模样和神情。我坐在台阶上发着呆，从太阳落下山坳，到月亮爬上树梢。我心中萌生了一个想法，我一定要在学校里学会这些密密麻麻的字儿是什么意思，我想知道我学妹妹写的那些东西念啥、怎么说、是什么意思。

我并不知道，这个黄昏发生的一切，都被母亲看到了，她也记住了那两个男孩的目光与欢笑声。母亲想让我尽快去学堂，催着父亲去学校商议我上学的事儿。父亲跑了几次，可那是全县最好的一所小学，我这样特殊的人，校方怎么也不愿收下我。无奈之下，父亲找关系、托朋友，来来去去忙活了大半年，依旧没有得到学校同意我去上学的消息。

爷爷也加入进来了，他与父亲同去找到另外一所学校，苦苦哀求。这仍没能换来我去学校的机会，但好心的校长承诺，我不必去学校，待在家里就好，六年后给我一张小学毕业证。父亲高兴地跑回家来，他把这个喜讯告诉母亲，母亲听后只是连连摇头，她很坚决地说，自己就没有上过学，她不想自己的孩子也一字不识。

父亲和母亲说着说着就开始争执，声音也越来越响，母亲从来没有那样大声地与父亲说过话。她不知道自己哪儿来的勇气，坚持喊着："就去最好的学校！"那一刻母亲像一个战士，眼里泛着光。

母亲的高喊引来了奶奶，奶奶语重心长地劝说，家里生活本不富裕，还有很多活儿需要母亲去做，她若照顾我上学了，谁来做这些？

母亲坚定且有力地回答："就算啥活儿不做，每天吃黑面饭我也要骏儿上最好的小学。"

奶奶没有说一句话，拉下了脸，面色凝重，站起身离开了屋子。母亲轻轻抚摸着我的头，眼角泛出泪光来了。奶奶到二楼就把刚才的对话告诉了爷爷，这是一个在新旧社会交替当中熬过来的婆婆所无法接受的一幕。不一会儿，父亲被爷爷奶奶唤去了二楼。接着我听到激烈的争吵声震得楼板颤抖。很快父亲气冲冲地大步走下楼梯，大声呵斥着母亲，此刻他很严厉，话语里已经没有了商量的余地：要么我坐在家里别上课，要么就答应那位校长说的，拿个小学毕业证！

母亲依旧如故。父亲终于动手了，他拽住母亲白帽子下的头发，将她拉离我身边，从里屋一路拽进院子，又拽上楼梯，让她向奶奶赔不是。因她说了一句话，声音大了点，这一声喊是这个家族中从未有过的。

我看不见母亲道歉的表情，也听不到母亲道歉的声音，我站不起来，上不了楼梯，我什么也帮不上，只能一任泪水汹涌如注，用手使劲儿拍打着床板。我真的好想拥有一点力气，一点就足够，让我可以走上楼梯就足够。过了好久，母亲慢慢走下了楼梯，脚步沉重，好像所有力气都被抽干了。她来到了我身边，抱住我，泪水无声地滴在我的额头上。我无助地看着母亲，我也哭了，我抽泣着安慰母亲，劝她别哭。

急切慌乱的脚步响起，父亲下楼来了，他发现母亲不见了，急于知道她去了哪里。当他疾步冲进屋里，看到我和母亲相互抱在一起的样子后，他深深吸了一口气，脸上的肌肉慢慢抽紧了，牙齿咬住了抖动的嘴唇。他没有再说什么，站在门口，望向屋外，许久，慢慢走出屋子。

远处是荒芜的群山，沟壑苍茫，连成一派昏黄。那时候的西海固，植被不像现在这么好，到处光秃秃的，山上没有多少树木。那个夜晚，我在梦里和一棵树一起生长，被子里满是骨节蹿动的声响。

转过一年，又到了上学报名的日子。母亲将我扶上自行车的前梁，由父亲推着车子，她跟在后面，不知过了多久，在全县最好的小学门前，大梁车停下了。

父亲整了整衣襟，吸了口气，跨进校门。

校长办公室里坐着校长、副校长、教导主任和几位老师，他们都各忙各的，没有一个人理睬这个闯入的男人。父亲恳求了好半天，校长终于同意见我一面，父亲开心得像个孩子，来到我身旁，轻盈地抱起我，脚步飞快，只几大步就迈进了校长办公室，他将我放在一条椅子上。校长看着我，几位副校长和老师也停下了手头工作，慢慢向我身边走近，我紧张得不敢呼吸，不敢看他们的眼睛。

打量片刻，校长还是不答应让我入学。父亲和母亲围住校长，苦苦央求，就差扑通跪倒给他们磕头了。有一位女副校长，问我叫什么名字，今年几岁，我一一回答，她摸摸我的头，点了点头冲我笑笑，我也笑了一下，就羞涩地低下了头。女副校长走到校长面前，低声耳语几句，校长再次看了我一眼，抽出一根烟，塞进嘴里艰难地吸了起来。在浓稠的青蓝色的烟雾中,我隐约看见他轻轻点了点头。

校长提出了几个要求:孩子上下学学校不负责,上厕所老师没办法负责,孩子的安全问题学校也只能与其他小孩子一样对待。父亲连连点头,答应了所有要求,眼里全是笑。母亲慢慢走到我面前,抚摸着我的头,笑笑地看着我,嘴里念叨:"好啊,我娃能在学校念书了。"

然而,谁来送我上学?这的确成了一个问题。

家人们都没有工作,家里开了个小卖部,是唯一的经济来源,为补贴家用,父亲平时还要出去打点零工,母亲背着我上下楼有些吃力。他们虽然在校长答应我上学的那一刻满口答应了所有的条件,但在由谁送我上学面前,他们陷入了左右为难难以决断的局面,家中必须抽出一个人来接送我。看着坐在大梁车前梁上嘻嘻哈哈无忧无虑的我,他们的眼里满是无奈和苦涩,事情终究没有商量出个结果,他们就匆匆忙别的去了。

夜晚来了,万籁俱寂,小卖部关门了。父亲和母亲打开灯,坐在昏黄的灯光下继续商讨白天留下的那个尾巴。母亲决定,她每天起早点儿,晚上睡晚点儿,多多打理小卖部的生意,父亲不再去打零工,专职接送我上下学。

距离开学还有好几天,父亲已经坐不住了,他好像比我还焦急,骑上大梁车,前梁上架着我,去了学校。我们在门口久久眺望校园。到时候我怎样下车,从哪个门进,用时多少,这一切,父亲说都要演练一下。

空气中飘出羊肉串的香味。街边的烤炉里,火炭泛着微红,铁网上的肉串滋滋弹动,时不时爆出轻微的脆响。父亲将我轻轻抱起,放在炉子旁的小凳上,他则站在我一旁。我第一次那么近地面对烤炉,热浪伴着炭火的滋滋声扑在脸上,羊肉颜色由浅变深,孜然的浓香让我的口水悬在嘴边。老板将烤好的羊肉串递给父亲,父亲一手拿着滚烫的铁钎子，一手递给我一串不烫手的羊肉串，叮嘱我小心烫嘴。我一边吹气，一边咬下去，香味顿时在嘴里炸开，我感觉自己满口都溢满了油，我开心地笑了，父亲看着我吃羊肉串的样子也笑了。

他告诉我，倘若我能好好学习，有好的成绩，每周都可以来吃羊肉串。我一边吃肉串，一边点头答应。多年过去了，我还清楚地记得学校旁的烧烤炉和戴着白帽帽的烧烤师傅，记得每周五，我都会坐在烤炉旁的小凳子上，不管我考八十分、九十分还是一百分，父亲都会给我买羊肉串吃。

正式开学那天早上，我坐卧不安，躁动得像是羊肉串吃多了一样，浑身冒着火。我有些恐惧，但转瞬又被兴奋覆盖。静谧的清晨，没有一丝风，太阳从天空最低处慢慢往上攀爬。母亲早已准备好早餐，可我的心已经飞到校园去了，没一点吃饭的心思。母亲还是强行把掰下的饼子塞进我嘴里，当她拿起勺子再喂我时，我的眼睛一直盯在门口停着的大梁车上。

肩上一沉，是母亲新缝制的书包挂在了我的肩头。父亲抱我坐上了大梁车，他比演习时骑得更慢，我坐在车梁上大声唱着："我去上学校，天天不迟到……"父亲很惊讶，问我是谁教的，我便骄傲地告诉他，妹妹唱这首歌时，我听到过，只听一遍我就会唱了。

大梁车终于来到学校门口了，父亲下了车，推着我走进学校，太阳已有了光芒，将大梁车、父亲和我的影子拉得很长很长。我深吸了一口气，这空气是那样新鲜，这是属于学校里的空气啊。校园里的树儿、花儿、草儿都闪烁着喜气，似乎在欢迎我来上学，我贪婪地急迫地看着校园里目光所能看到的一切，脑海里想象着在学校生活中将要发生的点点滴滴，这所全县最好的小学里终于有了我的踪迹。

木头心

父亲将大梁车停在教室门前,小心翼翼地支起车子。他一手扶住我的腰,一手抵住我的前胸,掌握好平衡,微微蹲下身子,将我架上肩膀,右手拦住我的双腿,左手拎起书包,将我身体的平衡点从大梁车移动到他身上。我一手扶住父亲的背,一手倚在他右臂上,趴在他的肩膀上,进了教室。

父亲与班主任老师打了招呼,抱我来到指定好的座位旁。我趴在父亲背上,视线被挡得严严实实,直到他走向座位那一刻,我的眼里出现了长长的黑板,水泥砌成的讲台,讲台上站着一位高瘦的男老师,他正双手背在后面看着我。

随着父亲的转身,我又有了新的视角。一瞬间,我看到了成百只眼睛,即将成为我同学的孩子们都惊奇地看着我。同学们看着父亲慢慢卸下书包,移出凳子,将我慢慢从肩膀移下,扶着我坐端正。

我趴在父亲背上的模样印入了每一位同学的脑海里,没有一个人再去听老师说什么,他们都双手放在桌上,嘴唇紧合在一起,面色凝重,眼珠一动不动盯着我。空气里的氧气似乎被抽干了。压抑与窒息即刻涌上我的心头,我不敢呼吸,生怕再吸不到一口氧,生怕呼吸声惊扰到此刻掉下一根针都可听得清的静。我慢慢低下头，看着父亲的脚后跟，不敢抬头再看一下周围。他的脚步移动了，他终于要丢下我走了。父亲看出了我的紧张，摸了摸我的头，微笑了一下，走上前去与班主任老师说了句话，两人相视一笑，父亲走出了教室。

我听到了老师开学第一课的训导。时至今日，我已经忘记了他的名字，只记得他很高很瘦，语气很严厉。

初入学校的我有些不适应学堂的生活方式，老是望着教室门外的柳树发呆。"傻子！"有个同学总是在出教室前喊我一声，进教室后再唤我一声"半脑子"，常常如此。我接受不了这种称呼，我都不知道他叫什么名字，我从来都没有和他说过一句话，他凭什么这么呼唤我，我心中憋满了气。有次课间活动，老师组织同学出去做课间操，那同学就慢悠悠来到我身边，偷看了一眼老师，又直视着我，面容诡异，嘴角上扬，轻声喊着："半脑子——半脑子——"

心中燃起的那股火让我失去思考的能力，我大声向老师喊出了他骂我的话。周边的同学都听见了我的高喊声。高瘦老师瞬间面色凝重起来，愤怒地盯着那个同学，从一群孩童中间一把拽出他。可他并没有一丝害怕，辩解着对老师说他只是在开玩笑。高瘦老师并没有理睬，我看着老师一手抓起他，高高举起摁在讲桌上，拿出了戒尺，我又看着那同学趴在讲桌上努力挣脱，却没有挣脱老师粗大的手掌，泪水直流。

我目光呆滞地看着这一切，瞬间没有了气愤，不知我喊出这一声，竟会让他受到如此重的惩罚。我默默低下了头，再也没有看过那同学的眼神。那是我第一次向老师告状，也是最后一次。

我的同桌是一个小女孩。她从不扎辫子，一头短发像个男孩，头戴一顶鸭舌帽，坐得端端正正。那个坐在青白石阶上的我本就很少与他人交流，此刻坐在我身旁的女孩，让我不知所措。我深深记得老师阐述的上课纪律。老师上课期间我绝不会与她说一句话，可下课了，我也不知怎样开口与她说话。我失去了人类最擅长的两种本能：行走与交流。我只是比植物人多了一丝思考和动一下的能力罢了。我只是看着她与邻桌有说有笑，你碰一下我，我拽一下你，玩得仰天大笑。周边的同学也很少主动与我说句话，我也不知该怎样与他们说第一句话。久而久之，我也就成了一个少言寡语的人。

为了方便父亲抱我走进走出，我的座位被安排在通道口的第一个，我的同桌就这样被我围在了内侧。她小巧玲珑，每次下课了，父亲背抱我时动作很慢，她就要静静坐在那里等一会儿。每个孩童放学都想第一个冲出教室，她看着同学都一个个走出教室，她心里也急了，索性背上书包蹲下身，从课桌底下钻过，站起身跑出教室。日子久了，她习惯了钻桌子，动作很熟练了。

有一次，她迟到了，她知道高瘦老师的厉害，就带着自己的父亲出现在教室门口。高瘦老师耷拉着脸，准备训斥同桌。此时她的父亲敲了敲门，手牵着女儿，将她挡在身后。同桌父亲正要给班主任解释些什么，只见我同桌趁着老师与她父亲聊天的时间，一猫腰，顺势从桌子底下钻了进来，放好了书包，双手放在桌上，端正地坐在那里。老师看到这一幕，又看了看我，再看看同桌的父亲，不禁笑了。那是他罕见的一笑。

可是，同桌的父亲却愣住了。

他半晌没有言语，凝重地看着自己的女儿，又看了看我，那种眼神是我从未见过的。他问自己的女儿：一直是这样坐到自己座位上的吗？我的同桌看了看班主任，又望着父亲，微微点了点头。同桌的父亲用一种很有城府的目光打量了我一下，又看了一眼高瘦老师，没就迟到的事再多解释些什么，转身就离开了。

过了半个学期，同桌转学了，听说去了更好的城市上学。

我换了新同桌，但我再也没有让他钻过课桌。每次见他要进出，我都会尽量向前移一下自己的座椅，虽然移不动，但我不想让他钻桌子。坐在我后排的同学也知趣，便把自己的桌子向后移一移，让我同桌进出。接下来的十多年里，我没有固定的同桌，我的同桌总是换了一个又一个。

父亲慢慢成为了我的双腿。我在教室里上课，父亲像一位哨兵，站在教室门外一动不动，时不时望一望教室里的我。等到了下课，他就急速走进教室摸着我的头问我去不去厕所。他在教室外面久了，同学就会偷偷望窗外，父亲又怕上课期间站在外面会打扰到我的同学，便去门卫室聊天打发时间。我每天都是早晨七点去学校，中午十二点回家，不知不觉父亲好像也成了学校的一员。

我不想让父亲被我拴在学校，我开始尝试在学校不上厕所。第一天，我成功了。第二天，我也成功了。一周后，我让父亲和其他家长一样，放学后再来接我。父亲有些不放心，总怕我在学校有了困难没办法自行处理，我却变了脸，犟牛一般让父亲按我说的做。他知道我的性子，便只好一试。

事与愿违，我永远忘不了那一天。那天天气很冷，我早晨喝了不少热水，到了第二节课，我就感觉有些难受，想去上个厕所，可学校没有一个人能帮得上我，我就悄悄憋着。下课的十分钟里，我趴在桌子上，紧闭眼睛，减少体能流失，将所有力量集中在憋尿上。上课那一刻，我便微侧着身子，集中所有注意力在老师讲课内容上，但身体却不听我的，自己微抖起来，膀胱似要破裂。

那短暂的四十五分钟似乎被凝固住了，时间如此漫长。

第三节课快要下课时，我终于坚持不住了，裤子湿了，我的座椅底下出现了一摊水迹。我的脸庞燥热，红彤彤像个大灯笼。我隐约听到了周围叽叽喳喳的笑声。我没有抬一下头，我脑海里一片空白，此刻真想面前有个老鼠洞，我也可以钻进去，我想逃离，学校此刻再也不像天堂那样美好。

父亲接我回家的路上，我没有说一句话。一路上，我感觉每个人都在看我，满脑子都是嗡嗡的笑声。终于回到了家里，母亲摸着我的双腿，冰冷得像块石头，她的泪水落在了我的腿上。从那以后，我早上再也不吃早餐，也不喝一口水，母亲摸着我的头，总是劝慰我吃些，父亲仍会像以前一样去学校陪着我，可我一句话也听不进去。父亲脾气也直起来，训斥我，让我早晨必须吃点，可训斥对我毫无作用，在接下来的上学时光里，我再也不知早餐是什么味道，当然我更没有让自己的裤子再湿过，一次都没有。

我的心，始终在流血，可父亲何尝不是呢？父亲是我的双腿，是我身体和心灵的一部分。我常想不明白，为何我出生后就失去了人类必备的技能——行走，这是我至今都很难刮去的烙印，是无法忘却也不得不提及的事儿。还记得青白石阶上的我只喜欢热闹，爱玩耍，却不能跑不能跳，只能像个木偶一般看着与我同龄的孩童跳跃、飞奔、玩自己喜欢的一切。这些事在心中印刻得极深，现在想起这些画面，似乎是昨天的事儿。

我闯入一群新的孩子中间，可我总与他们那么不同。即便离开了一个人的青白石阶，我依旧与玩伴隔着几个世纪，唯一能做的就是努力学会我曾经写出来却又不知怎样念的汉字。

本以为，我会像其他孩童一样，开心地读小学、初中、高中，最终到达大学去完成梦想，但上了学的我才知道，学堂并不是天堂。小小的孩童都有一颗好奇心，也从不知什么叫"伤害"。有时坐在某个安静的地方，那些画面依旧会清晰浮现在我的脑海里：一群群孩子，有的用手捂着嘴，皱着脸，看着我大笑，笑容里带着一份讥讽。他们走着，我却被人抱着，在孩童眼里这是多么好笑的事啊！有的则一手牵着家长，一手指父亲怀中的我，问他们的父母：他这么大了为何要被抱着，为何不知羞地还要被抱着去上学？那一瞬间，我只想将自己的头、身体、腿脚躲藏进父亲宽大的怀里，让所有人都无法看见我。

我想，父亲的内心也不会好受，不过他从不回应这一切。只是父亲担起了一份责任，对孩子的爱让他顾不得别人的眼光，也顾不得别人的嘲笑，他只是坚定地抱着怀里越来越大的我，像是抱着他的心脏。

那年冬天，大雪纷飞，我望着教室外面白茫茫一片。同学们都走出教室，在洁白的世界里飞跑、打滚，打起了雪仗。我也喜欢那白茫茫的一片，我的眼里也有同学欢奔跳跃的模样，我何尝不向往、不羡慕呢？可我又担心该怎样回家，怎样坐在大梁车上，被父亲推着走出学校。大雪日，成为我最羡慕，也最害怕的日子。

下课铃响起。各年级、各班级组织同学排队走出教室，白茫茫的雪地凌乱不堪，父亲沿着通往学校的轮胎印迹，轻轻地、慢慢地走着，我趴在大梁车上，学校门与教室相距只有百余米，等父亲将我推到学校门口时，学校已经空无一人，安静的学校里只飘着样式不同的鹅毛雪，覆盖了一切。

下午来到学校，父亲将大梁车停在校门口，抱起我，一手拉住护栏，一手挽住我，让我趴在他怀里。他踉跄地挨过百米长的走道，我冷得缩成一团，望着父亲热乎乎的手握住冰冷的栏杆，握得紧紧的，粗重的血管高高鼓起。我除了祈祷父亲不要摔倒，什么也做不了。

那几年，我只穿梭在两个地方，学校与医院。

我在一天天长大，腿脚、身板都在无法察觉的细微时间里变化着。

父亲的身体却也有些变化，不再能一口气将我从一楼抱上四楼教室，他会在三楼深吸一口气，停顿一会儿，再将我抱上最后一层楼，气喘吁吁走进教室。

漫长的日子里，我忘却了是什么时候开始父亲没有了轻轻松松地抱我前行的能力。我忘了青白石阶上傻乎乎期盼上学的自己，在学校的每一天，我只专心于怎样认识一个个陌生的字、一条条不懂的公式，珍惜在学校的每一天。

2006年，母亲积攒了一点儿钱，母亲在我放暑假时将所有钱交给父亲，父亲抱着我踏上了最后一次去医院治疗的路。

父亲和我来到了西安西京医院。我已经不是第一次来这家医院，有位医学教授，他还记得年幼时来医院的我，我这全身没有一点点力气的病在他脑海里瞬间显现出来。他只是摇了摇头。

父亲满脸失落，半弯着腰，目光直勾勾落在医生的脸庞上，再次恳求他再帮我看一看。诊室外排着长队，医生向队列张望了一下，那一双双急切的眼睛与父亲的目光一样。那位医生看着说什么也不愿离开的父亲，有些焦急，便告诉父亲：就算我家里有座金山，也治不好这个病。

这话如晴天霹雳，打碎了全家人的念想。

医生只是呼唤来了医务人员，默默将我转进骨科。医生已经发现了我的另外一种病，我已经有了明显的驼背，像个因岁月挤压而佝偻身子的老人，早已没有了年轻人的样子。我没有力气撑起身子，上学的日子里，又长久坐着，弯了的腰已经无法伸展。医生告诉父亲，我的身体再这样发展下去，骨骼会严重变形，心肺会受到影响，我的生命也就有了危险，甚至，也许，无法延续过未来十年。

骨骼整形手术，这是医生给出的建议。那年，国家还没有全面实行医保的好政策，手术都是自费。十万元手术费对我们来说是天文数字。

不仅如此，一旦做手术，我可能要在病床上躺三四年，更无法继续留在学校了。父亲打着长途与母亲商量很久，迟迟不放下电话。天并不很晚，但医院的灯已经熄了，我透过窗户，看着父亲一个人在庞大的黑暗中沉默地坐着，像一具没有表情的蜡像。

父亲知道，做这个手术是要将背部切开，将脊椎重新拼接，就像小孩子拼接积木一样，只是这是医生在手术台上给一个十多岁的男孩拼接身体里的骨头。父亲无法想象那画面，抱着我出院了。

我回到了课堂，可驼背越来越明显。记得上高中的时候，我已矮人一头，并不是因为身高，而是脊椎侧弯十五厘米。不过我创造了一个奇迹，我的生命超过了十年。十多年的求学日光里，我并没有呼吸困难，知识也都印在了我的大驼背上。

父亲仍然背着我上学，我的成长父亲看不见，我始终像是个小孩。邻居见了我，时不时就悄声对他说：你现在还年轻，那你老了怎么办？谁养你？

这不经意的提问，好像勾起了被遗忘很多年的沉疴。它又开始隐隐作痛了。养儿防老，是天下父母都有过的思考，父亲母亲也不例外，虽然他们嘴上不说，可看着这个坐在炕头拿着笔都颤抖的我，父母总是望得出神，却不说话，将沉默保持了很久。

我拥有了一个弟弟。

那时的我还不明白，在父母心里，他也许会成为家里的顶梁柱。父亲母亲终将会变老，弟弟成为了背起父母越变越老的身体的唯一希望。可弟弟却在出生时右手拉伤，导致右半身瘫痪，刚满月就被母亲带着踏上了求医的道路，弟弟似乎要比我糟糕，一出去就是两三个月。我也时而请假在家。我不得不请假，家里有几口人需要吃饭。白天父亲要照看小卖部，无法兼顾接送我上下学，晚自习父亲便让我坐在家里自学。

一年过去，两年也过去，母亲带着弟弟回到家里，弟弟的右半身终究没有治好。我时常坐在学校思考一些问题，家里的一切变化让我不敢再想青白石阶上那个童真的自己。

时光匆匆逝去，弟弟也到了上学的年纪，父亲每天抱着我去高中读书，母亲每天背着弟弟去小学念书。小卖部时常会关门，生活也就慢慢拮据起来。那一年，我幸运地考上了大学。可弟弟已经小学三年级，母亲背弟弟上学已经显得特别吃力。如果我再去上大学，这个家的一切都将无法继续下去。我看着那双毛茸茸的眼睛，那个与我经受着同样遭遇的弟弟，他此刻三年级。我躺在床上想了好久好久，终于决定，放弃读大学。

我老在想，十多年来在学堂我得到了什么？似乎只换来了已经痉挛伸不直的右腿，还有一个大大的驼背，除了这些我什么都没有留下。大学是什么样子的，我不知道，我只知道弟弟也要上学，他是我的影子，是又一个我。父亲再次抱着弟弟踏上了求学之路。

那日下午，我躺在床头，转头的一瞬间，看见了父亲的眼睛，他的眼珠子一动不动，泛白的眼眶中间的黑色眼珠上蒙着一层白白的雾，像是戴了美瞳一般，可父亲哪知道美瞳那新鲜玩意。弟弟上完了厕所，他再次抱起了弟弟。父亲一直这样抱我，我从未见过父亲抱我的样子，他那一套机械化的动作持续了半辈子，木偶一般。

我的心里一团乱麻，我不知该说什么，也不知道该做什么。即便放弃读大学，可那个念想还是会跳进我的脑海里。可是，我知道我不能再贪婪地索取些什么了，我更不能自私地让父亲再带着我去读大学。望着父亲和弟弟走向学校的背影，我忽然有种奇怪的想法，如果弟弟不去上学，也让他坐在青白石阶上，他会和我一样渴望去学校吗？坐在青白石阶上的那个孩童，他还活着吗？那颗童心早已碎掉，此刻心里扎满了孔。

爷爷无常了，奶奶也无常了。

曾经在他们眼里，有了儿子，他们老了也就有了靠头，他们安心地离去了。父亲母亲拥有了两个儿子，可两个儿子都没有了赡养他们的能力。母亲看着我流干了泪，她再也不哭泣了，只是默默给弟弟做饭，父亲白了头，只是默默不语，重复着曾经抱大儿子的模样继续抱着小儿子上学。我只是躺在家里，如同吸了毒品一般丢了魂儿，佝偻着身子躺在床头，每天睡得天昏地暗，脑海里回荡着一切不该：我或许不该上学，不该为了上学而驼背；或许我不该长大，甚至我都不该来到这个世界。我时常因一场噩梦而惊醒，或因梦见坐在大学殿堂而开心地笑醒，或梦见我独自不借助任何工具走在大街上，而不是在父亲的怀里被讥笑。

父亲抱了我二十一年，又抱着弟弟继续奔赴在上学路上，他没有说过一句怨言，只是留下一个沉默的肩膀。时光转瞬即逝，那个时而陪我坐在青白石阶上壮硕如牛的父亲，如今已银发苍苍，可他也只有五十出头。此刻，割掉他的心换成木头，他也不会再痛。母亲依旧每天打理着门市部，打理着十多年来一直为我们提供经济来源的门市部，戴着干净整洁的白帽子，掩盖着偷偷爬出来的银发。白天，我看不到她的泪水，总是在无法入眠的夜晚，她帮我翻动抬不起的腿时，我悄悄看见她眼角的红润，偶尔有泪水滴落在我的脸颊。

追逐自由

凌晨三点，正是酣睡的好时候，万物都沉浸在茫茫黑夜里，享受着最安逸的时刻。我瞬间睁开了眼睛，并不是主动醒来的。我的腰在胀痛，这种痛不是撕心裂肺的，而是坐在某个地方久了，站起时那种一瞬间涌入身体的麻酥酥的感觉，像有上万只蚂蚁在撕咬。

被疼痛唤醒的我睡意全无，睁开眼睛，扭动脖子，窗外的月光洒进来一缕，抬头看看天花板，还是漆黑一片。我甩了甩胳膊，就是没办法抬起来，整个手臂如千斤重。暂且把手放下，试着扭动扭动身体，让腰部动一下，好减缓身体的胀痛。这腰是不是我的我都不知道了，腰像长在了床上一般。深吸一口气，那种如绳子勒住血脉的感觉从背部蹿了进去，我只是奋力扭动身体，腰紧紧贴着床面挤掉了中间的空气，就像用强力胶把腰粘在了床面上一样。我再次吸了一口气，想唤醒母亲，可又慢慢将那口气吐了出去，我想让忙碌了一天的母亲好好睡一觉。便闭上了眼睛，放空大脑里的一切，可脑电波总传来持续的胀痛感在折磨我。

也许是我的挣扎弄出声响传入了她的耳窝，母亲突然醒来了。她没有打开灯，摸索着走下床，轻轻来到我身边。她没有察觉到我此刻醒着，只是慢慢帮我翻动了一下身体，微微抬了抬我的腿，又搬了搬我的腰。这一刻，舒适的感觉一下涌入身体每个部位，我的精神瞬间松懈，睡意也渐渐浓烈。从我记事起，每个晚上，这样的动作母亲都要重复三次以上。我一直都不能明白，为何我每次想翻身的时候，母亲都会那么自然地醒来。

清晨到来，我静静躺在家里，似一匹受了重伤的狼，隔着窗玻璃嗅窗外充满生机的气息。

夏天在我心里总是那么美好。一簇簇鲜花摆弄身姿，尽显妖艳。窗外的一缕阳光跃过纱窗跳了进来。小鸟的叫声也不甘示弱，透过纱窗钻入了我的耳朵。我没有了一丝睡意。

我想坐起来看看外面，呼唤了一声。母亲扶我坐了起来。我努力用眼睛钩锁着窗外的绿柳，看它随风飘扬。

我慢慢转过头，看见右手边放着夏日里穿的单薄衣物，那件上衣离我不远，我就伸出手，指尖勉勉强强碰到了衣角，可右臂颤抖得厉害，我怕掌握不住自己的身体再次摔倒，就收回手坐起来，吸了一大口气。调整好气息，慢慢歪扭了一下身体，挪动着无力的手，慢慢将衣服拉到身边，找准袖口，先把一只手伸进衣筒，把衣服套在一只胳膊上。

此刻我要再次调整一下坐姿，把双腿盘曲住坐稳，将穿好的那只手的肘部架在腿上，用另外一只手慢慢扶起衣服，放在肩膀上，我却没有一点点力气抬起手再拉衣服。我便轻轻转过头去，用牙齿咬住衣领，这样做是为了起身时肩膀上的衣服不会掉下去。用牙齿控制好了衣服，再把另一只手艰难地转向背后，伸进另外一个衣服袖口。

我就这样手口并用，衣服也就有了怜悯之心，乖乖滑上我的肩膀。我终于将衣服穿好，最后再慢慢拉整齐。

这整套简单的动作，我需要十多分钟来完成。

每天我都会重复这些动作。我想，很多人穿一辈子衣服也不会用到这任何一个艰难的动作吧。

穿好衣服，我便静静坐在床头，等待一个人回家。

早晨总有那么一个人，他想让快五十岁的身体比同龄人强壮一点儿，便独自去公园跑五公里。他没有晨练的心境，他只有一个目的：有足够的力气抱起坐在学堂里的小儿子和熟睡在家的大儿子。

父亲晨跑结束，回到家里，照看门市部，母亲也就有了空闲时间。她帮我准备好热水，再给我递来刷牙用的盆子，我便慢慢弯下腰，用这没有力气的手刷了牙。刷完了牙，我就没有多余气力挺起腰来，此刻母亲会来到我身旁，轻轻推一下我的身体，将我扶起来。等我刷完牙，母亲又帮我拿来洗脸的盆子，我便再次重复刚才的动作。每次洗脸，从盆里飞溅出来的水滴很顽皮，总会让我的裤腿像刚洗过一样，湿漉漉的。

仪表整理好了，父亲便蹲在床边，双臂围抱住我，用尽上肢、腿部、脚底的一切力量将二十五岁的我抱起。虽然这套动作练习了二十多年，但父亲还是会在站起身的那一刻脚下摇晃一下，他极力寻找重心，站稳，将我抱上凳子，再将锻炼用的脚踏机放在我脚下，把我的腿轻轻扶上脚踏板。他又左摆摆头，右摇摇手，拿起脚踏机上固定双腿的带子，轻且慢地将我的腿固定好。

脚踏机发出吱嘎吱嘎的响声，腿上的关节也发出快乐的歌唱。每当这时，我都会想起许多儿时的画面。冬天或者下雨时，我便不能坐在青白石阶上看其他伙伴玩耍了，只能静静躺在屋子里。那时候没有什么可以玩耍的电子产品，唯一美好的记忆来自一部黑白电视机。当时都有啥好看的电视节目，现在已经记不太清了，只有一部动画片，里面的好多情节至今储存在我的脑海里。这部动画片的名字叫《嘿！奔奔》，这是一部永远无法从我的记忆里抽离的片子。提起名字，我估计好多读者都不知道，这部动画片已经谢幕很久很久了。

这部动画片又勾起了我对小踏板车的思念，如今小踏板车也不知在哪个废品处理场所，或已经被锻造重生，我无从得知。没有小踏板车的日子，父母很忙，一整天也没有人理睬我，我就静静地趴在床头，看着黑白电视。没有动画片时，就感觉很无趣，但我不能走怎么办呢？我一直大声呼唤父亲母亲，嗓子渐渐嘶哑，泪水洗面，可始终等不到一声回应。无奈之下，我就拿出孩童对付大人的必杀技——号啕大哭，可终究还是呼唤不来父亲母亲。直到叫得没有力气了，哭得没有眼泪了，我也就安静下来了。我慢慢地明白了，哭是没有用的。那时候我多么讨厌自己，多么恨自己不能和其他小孩一样出去玩耍……

每当我绝望的时候，这部动画片就开始放映了。一个瘦弱单薄的小男孩映进我的眼帘，他买不起富人家小孩所拥有的小型玩具汽车，每天他都被富人家的小孩瞧不起，他总是蹲在墙角边，偷偷望着富人家的小孩开着小汽车跑来跑去。他渴望有一辆自己的汽车——这时荧幕里出现了奇幻的一幕：小男孩在一家废旧工厂里找到了一辆神奇的黄色小汽车，不但可以跑，还可以说话，这辆小汽车和小男孩成为了朋友！小男孩坐在小汽车里，踏上了寻找妈妈的探险旅途。

我把所有的注意力都集中在了这部动画片上。我喜欢那辆黄色小汽车，我喜欢它带着小主人去天涯海角，过探险的日子。我喜欢它可以陪在小男孩身边，每当小男孩一个人的时候就陪他说话，小汽车还可以在小男孩哭泣的时候逗他笑。我便开始幻想，自己也能有这样一部小汽车，我该和它说些什么话呢，我开着它时同龄的孩子们该有多么地羡慕呢，我和我的小汽车欢快地一起奔跑在探险的路上……

幻想的意义多么重要，它赶走了孤单，让残酷的时间也溜走得快些。

学校生活驱散了这幼稚的幻想。不知不觉，父亲就成了那辆小汽车。我上学，是他抱着我，我出去治病，也是他背着我，不管我到哪里，都是他形影不离地陪着我。时间就这样一点点抹杀掉了我的记忆。渐渐地，那部动画片的名字我忘了，小男孩的名字我也忘了，但我始终忘不了那辆小汽车，我时刻在想，有了它，父亲就不用背着我了。

十六岁那年，放学回家的路上，我也见到了那样的小汽车出现在现实中，出现在我的眼睛里，它离我不远，父亲骑着大梁车慢慢追赶上了它。唯一不同的是它不能说话，我看见一个四五岁的小男孩坐在小汽车里面，他的父亲手里拿着调整小汽车方向的遥控器，掌控着小汽车前行的方向。小男孩感觉它速度实在太慢，便跳下那辆小汽车，用滑润的小手推着它快速前行。他看起来开心极了。这时候我突然明白了，我不再适合坐那个小汽车，因为我已经长大，不是当初的那个小孩，该活在现实里了。隐隐约约，我身边似乎一直有那辆小汽车不是吗？我的父亲一直在扮演着这个角色，是他一直在完成我没有完成的梦。如今这辆"小汽车"的部件一天天老化，动不动就腰酸背痛。

脚下的踏板停止了转动。我从回忆里跳了出来，可我依旧忘却不了那些回忆里的美好。我再次摁了转动键，脚踏机又带着我无力的双腿动了起来。

脑海里依旧回荡着好多往事。不再上学的日子里，我感觉人生失去了方向，瘫睡在床上，只有看天花板的份儿。父亲坐在床头，一句话也不说，只是看着我。母亲为我穿衣、洗脸，眼泪比以前更多了些，她看不见青白石阶上坐着的那个童真少年了。母亲时常后悔，倘若她不执意让我去念书，这会儿我也许不会有一个大大的驼背，身体也不会如此瘦弱不堪。

她常常对我说："骏儿，我后悔让你去读书了，现在身体歪了，又没办法去读大学，我娃该怎么办？！"

在阳光明媚的时候，母亲一定会将我抱上轮椅，推到阳台前，让我看看外面的世界。可我却没有任何快乐，只是发呆，我为何要来到这个世界？为何要尝尽酸苦辣？生活的奔头又在哪里？这些颓废的问题如一把把匕首刺进我的胸膛，我逐渐不再喜欢说话。

发生在我身上的一切，父母看在眼里，痛在心里。偶然间，父亲在手机里翻阅到一种电动轮椅，可以站立，还可以躺下，按动操控器就可以自己行走。父亲小跑着冲进里屋来，他的步伐失去了平日的沉稳，似乎是带着巨大的希望，他笑嘻嘻地来到我面前，轻轻坐在床边，歪下身体，头挨着我的头侧卧下，指着手机说："你看这轮椅好不好？它可以站，还可以躺，你看，还能跑，还挺快的。"

我开始只是漫不经心地瞄一眼，可就是这不屑的一眼，我一下子被这个电动轮椅吸引了，我的眼睛从未这样发亮过。父亲看见了我的表情，内心也暗暗开心。可我看了看价格，两万块，我又傻了眼，随后开心就消失了，轻轻回复了句："有啥好的……"

父亲定定地看着我，没有说话，只是轻轻坐起来，低着头看手机里的讲解视频，他举着手机，任由视频重播了一遍又一遍，好久好久，才起身走出了卧室。

半个月后，我依旧躺在床上，父亲突然招呼母亲帮我整理好衣物，要抱我出去。我不愿出屋子，甚至不想见到外面的一切。可母亲说，父亲给我准备了一个大惊喜。我便遂了母亲的意愿，穿好衣服，洗了脸。父亲兴奋地跑来抱我，只是，他比起十年前起身的动作慢了好多，要蹲下去，将我扛在肩膀之上，起身后又不是那么稳当，或前后，或左右，晃动一下，找准了重心，才可以抱起我，然后二次用力将我再向肩上掂一掂，就这样抱着我向前走。

我脑海里突然明白过来，过去的二十多年当中，父亲一直是这样抱着我，他也无法躲避岁月的摧残，父亲真的老了。即便他每天早晨出去锻炼身体，可我依旧能感受到他衰弱的迹象。或许父亲也察觉了这种迹象，想尽一切办法，买来了我梦寐以求的"小黄车"。

父亲将我抱出房子，来到院里，我看见了视频中的那台天价轮椅，就静静地放在院子里。

我坐在上面，向前，向后，前进，后退，我拥有了移动的能力！这种感觉让我高兴极了，这一瞬间我好像尝到了一种甜味，是甘蔗棒子里加了粉末状白糖又插进一根阿尔卑斯棒棒糖而含糖量过了头的甜！我似乎有一种重生的感觉。

当然，我的甜美是父亲刷爆信用卡为我换来的，这款轮椅它不便宜啊。我坐着它，拥有了小范围的活动能力，这让我无比惊喜，可一想到它的昂贵，我就心沉甸甸的，说不出地难过。

坐在电动轮椅上的我，望着门外那个陌生又不陌生的世界，想起了床头的那本《我与地坛》，史铁生先生描绘的外界生活真的有那么美吗？我的心里满是好奇。轮椅把我带到了曾经建造青白石阶的地方，那里穿过好多车辆，如今最繁华的道路就穿过青白石阶那里。我疯狂地吮吸着自由的空气，走遍了大街小巷，迎来了春夏，送走了秋冬。我喜欢夏天的夜晚，凉凉的风吹过脸颊，坐在轮椅上听风的声音，像一首美妙的歌曲，这是大自然的演奏。我以前却不知道，母亲让我经常通过窗户观看的外面世界，原来它是这么美！世界确实很美，史铁生先生并没有骗我。

我坐在轮椅上，尽情感受着新的世界，品尝一切没有尝过的甜头。我去体育场看少年打篮球，去街尾看大爷们下象棋，去广场看大妈们跳舞……这一切，都是甜甜的，父母让我又拥有了运动的能力，能够尝到自由的味道。唯一有点小遗憾的是，轮椅不能说话，但在我心中，它就是那辆小汽车，我曾经梦想的一切都实现了。

我忘不了最初坐在轮椅上的那一刻，当时身体里的每一缕血液都在欢快地跳动。摇着轮椅走出家门的感觉更妙不可言,我时而哼几首美妙的小曲儿,时而拿起手机记录下老大爷坐在一处充满阳光的角落拉家常的模样。现在我终于拉近了与他人的距离,再也不是相隔几个世纪般地远远观望了。我坐在青白石阶上遇到的玩伴也已各奔东西,没有了他们的身影,可拥有了自由毕竟是好的,在动起来的世界里,每一缕空气都是自由的,新鲜的。

然而有一天,我的轮椅坏了。

它的站立功能坏了,我再也无法借它的力量站起来,这让我就像再次失去了双腿一般。我急得吃不下饭,睡不着觉,心情糟透了。我想把它修好,可整个县城没有一个人会修理,抑或,不愿意花时间修理这么复杂的东西。于是我走上一条寻找修理师傅的路。每找到一位师傅,他都是慢悠悠走到我身边,先用眼睛上下打量我,再看看我的轮椅,目光不像是看见了一位顾客,而是明显地不太欢迎的眼神。礼貌点的师傅,会停下眼前的活儿,放下手里的扳手,耐心听我把话讲完。有些修车师傅毫不掩饰心头的不耐烦,只是隔着窗户告诉我,轮椅他没修过,让我去别处看看。别处是哪里?哪里可以修理?却没有说。

轮椅站不起来的三天时间内,我跑了九十公里,县城的每一个巷子,每条街,修大卡车的地方,修小轿车的地方,还有修电瓶车的地方,我都去了,但都被隔门打发了。有一次,我去找离家十五公里外的一家汽车修理部,中途又下了雨,我和轮椅是上不了台阶的,找不到避雨的地方,我就索性冒着大雨向修理部赶去。一路上水珠子不断打在睫毛上,一次次模糊了我的视线,我不停用另一只手擦眼睛上的雨水。长长的街道上,行车很多,所有的雨刷也在不停刷着车窗上的雨水。滂沱大雨中,长长的车队旁边,一个如蜗牛爬行的电动轮椅,像一只落汤鸡,是那样渺小。

终于，大雨停下来了。满身湿漉漉的我来到了寄予最后希望的修理部。那个师傅并没有帮我看一眼轮椅，只是一直在忙别的活儿，并派来一个学徒工，他得知我要修理轮椅后，没有告诉师傅，就做主把我赶出了修理部。

母亲看不下了，不忍心我继续为此奔波，就带我去一位会修车的叔叔那里求助。叔叔与舅舅是旧交，他以前是修理手机的，改了行，可对细微的电路模型了如指掌。他看到母亲，开心地和母亲聊了起来，母亲详细说着我自己跑去修轮椅的过程。他耐心看我演示完怎样站立后，蹲在轮椅旁看了好久，观察着陌生的轮椅结构，熟悉着每一个部件。

"试试吧。"他说。

他小心翼翼地拆开电机，拿来万用表一一检测电路，再用电线帮我换掉磨损了的部分。足足一个下午，修修补补三小时，我在那里坐了三小时。当电动轮椅修好的那一刻，我又一次凭借它的力量站起来时，心中涌出的愉悦感都表露在脸上，我好像又活过来了。我狂喜的样子把叔叔也逗笑了。

梦

　　这个梦要从我放弃读大学那段想忘却怎么也忘不掉的记忆里抽出来。高考那年，我是县里唯一拥有独立考场的考生。我既开心又忐忑地在父亲背上进了考场。一个考生，两个监考老师，一前一后，分坐在我的身旁，因为我身体的特殊原因，每门科目都为我加了些时间。我就这样完成了考试，还被意外地录取了。

　　可我考上大学又能怎样？一个活生生的人，身体不能跑，又不能跳，坚持了十多年的大学梦就这样破灭了。

　　梦破灭的那一刻，我一个大男子汉，却眼角发红，眼珠中的白色里布满了血丝，脑海里反复浮现着去读大学的场景。可能是虚荣心在作祟，我的脑海里隐约出现我坐着轮椅去了大学校园的情景，那一刻，我不再是一个失败者，我会仰起头颅，大摇大摆地摇着轮椅逛大学校园；走过街坊邻居身边，不需要我点着头向每一位嘘寒问暖，自会有人上前来对我一顿夸赞；亲戚一一走上前来，轻言细语；长辈摸摸我的头，面带微笑地望着我，嘴角边都洋溢着微笑，笑容是因为有我这样一个优秀的晚辈而自豪；同学们也会伸出壮硕的手亲切地与我相握，尊敬与钦佩都会从眼睛缝儿里钻出来，他们也因有我这样的同学而骄傲；到了学校，我也许会遇到那么一个女孩，她理解我，且爱慕我，每天都会陪伴我左右，我们牵着手，一同聊天、读小说……

这一幅幅憧憬出来的画面，像一块块石头，敲击着二十多岁男孩的心。突然，心碎了，化作破碎的玻璃，折射出一道道碎画，像高科技科幻片。

回归到现实里，我静静地躺在床头，脑海里又涌动着如浪潮般的烦恼，这些烦恼那么清晰地扑面而来。隔着窗户，我看到邻居一手扶着自家孩子的肩膀，一手拎着皮箱，孩子要去读大学了，邻居将皮箱交给孩子，摸了摸自己的儿子或女儿的头，目送他们慢慢走过马路，身影渐渐成为一个小点。邻居不舍的泪水夹杂着激动，在孩子转身的刹那奔涌而出，轻轻抬手，擦拭眼角，十多年来积压在心头的辛劳与希望的泪水一齐流出。

我却静静躺着，发誓不再想关于大学生活的一切。留在家里，自然找不到一份称心的工作。当我鼓起勇气，坐在轮椅上走出家门，来到陌生且又熟悉的屋外，挨家挨户去寻求工作时，主家多是低头不答，用不搭理的方式让我自行离开，倘若我话多点，他们便不耐烦地将我赶出来。

我低着头沉寂好久，又想到了去考一个公职。当我开心地驶着轮椅走进报名地点，报名处的人询问我是哪里毕业，得知我不是大学生时，便头也不抬地说了一句："请看一看招收条件，需要身体健康的。"

我失落地驾着轮椅走出来，又去了某些非正式岗位的招聘会所，得来的依旧是："别再给我们添麻烦了，你不看看你的身体，怎么录用你？"一个大大的问号和那双不耐烦的眼睛，直勾勾对准我的脸。我说不出话，更不敢抬起头看他们的眼睛，只是故作坚强地摇着轮椅走出会所，揉揉自己的眼睛，振作起来，打起精神坐着轮椅回家。母亲艰难地将我扶上床，夜幕降临，只有在黑夜到来的那一刻，我才会丢下那份坚强，任眼泪放纵地奔涌。

父亲发烧了。

此刻他紧闭着眼睛，鼻孔呼出热气，一动不动地躺在床上。一个壮硕如牛的父亲，成了软弱的羔羊。我的心中就像有千根针在扎，无奈、心酸、迷茫一下子涌上眼眶，冲到眉心。母亲右手端着一杯水，左手攥着一把药，缓缓走来。她也感冒着，却不能显示出病恹恹的样子，要支撑着自己的身体，不能有丝毫快倒下的迹象。母亲在为一家人打气，她不能躺在床头，因为床边躺着丈夫，一侧还躺着一个没有一点点力气，无法帮她递来哪怕一块热毛巾，只能躺在那里流泪的儿子。

一切的不甘、难受和自责，让我痛得无法呼吸。那个"我为什么要来到这个世界"的问题又钻了出来。倘若我离开这个世界，是不是会快乐些？眼前的一切灰蒙蒙的，眼眸里不再折射大学时光的色彩斑斓，就像小时候的黑白电视。当整个世界没有了色彩，看不见、摸不着了，也就没有了念想。

我想找个人诉说那一刻的心境，却找不到一个人。仅有的几个朋友渐渐失去联系，陌生人的环境像黑洞一样令我恐慌，绝望的眼睛里突然闪过一则QQ消息。这消息就像一根线，我像抓住救命稻草般打开手机。

是我最好的同学发来的问候。这让我开心极了，他成为了一位聆听者，我将内心所有的痛苦无一例外全部告诉了他。他又担心我，打来视频，和我聊了许久，说了好多关心我的话语，还提到了好多与我一样得了病却没有放弃生活最后走向成功的人。

不久后他放长假回来，来到了我的家里，还带给我几本书。他坐在我的床边与我聊了起来，把大学的新鲜事儿一一讲给我。天南地北，家长里短。他和我聊了很多，离开时他轻轻站起来收拾外套，说着安慰我的话语。走出家门前那一刻,他微笑着向我挥手告别,我记住了他饱满的眼神和质朴的微笑,他却指了指桌上那几本书。

我始终没有去看他放在我床头的书。时不时还会想着乱七八糟的事儿,又过了半月之久,我泪水模糊的眼睛里看见几个字儿:《我与地坛》。毕竟是朋友花了钱给我买的,还再三叮嘱,让我好好读一读这本书,我却丢在脑后忘记了,心里忽然有点歉疚。我擦了擦眼睛,拿起了这本书。书里有个叫史铁生的人,他也坐在轮椅之上,这与我多么相似呀。

一下子,我被这本书深深迷住了,看到史铁生也得病了,病得很重,这病差点让他丢了性命,他好像比我还苦,那一刻我的心灵居然有了些慰藉,有人比我还苦。继续读下去——呀!这家伙怎么这样像我?他也刚刚二十出头,住在医院的他还凶他母亲呢,我可比他听话多了……

一点点、一丝丝的好奇感让我的心痒痒的,我已经无法丢下这本书,希望看见这家伙的所有遭遇。读着读着,泪水就模糊了眼眶。这二十出头的少年怎么能这样像我呢?你怎么过着与我一样的生活!你也躺在病床上想过我脑海里想的问题,你也思考自己要活着还是死去——你和我一样无聊,唉,可我咋就那么喜欢继续看下去呢?我痴迷了,像喝到一杯甘甜的泉水,将整本书一饮而尽。

《我与地坛》让我走进了属于我的世界。我游荡在这本书里的每个角落。铁生做什么,我便坐在他旁边跟着做什么。他带着我去地坛,我们找到一个僻静之地坐着,一坐就是一天。听蝉儿鸣叫,看花儿艳舞,听清风拍打树叶的声音。他还带我坐在一棵隐蔽的树下,看着他的母亲焦急地走过我们身旁而不出声,我想喊出声让铁生母亲听见,但我明白他为何要和母亲捉迷藏。他还带我一起上前挡住那几个欺负傻姑娘的不良青年,我有些怕,可他挡在我前面,那种决然震慑住了那几个小混混。他还带我坐在石岩旁聆听运动健将的故事，我们一同羡慕他的壮硕身材与能跑能跳的技能……

渐渐地，我不再感到他比我苦而有慰藉之情，却有了一丝相见恨晚的感觉。我成了他的小跟班，跟在他后面看一点点、一滴滴发生在自己身边的事儿。我后来得知，他比我大六十岁，他的口头禅是：职业是与病魔抗争，业余爱好是写作。原来在几十年前，就有这么一位与我经历极其相似的朋友。

书里有大自然，每一片落叶都有生命，每一寸草地都有思想，每一朵花儿都有梦想，春夏秋冬似人一般都是那样尽职尽责。史铁生用他的故事挽救了我，更启迪了我，我也想写出我的故事，一样的，不一样的。

我开始崇拜他，在他书里看见了我的影子，是那样熟悉、亲切和温暖。六十多年前他都能如此乐观，六十年后的我为何不能？他的童年是开心的，这与我不同。倘若以后有一个与我一样想不开的小孩，他从生下来就坐在轮椅上，他的童年也会被那种无助和孤独所缠绕，要是能有个人，也写下这样的童年，读了会不会心中好受一点？于是我试着以散文随笔的方式，写下自己的童年经历，这也算是帮我记录下一段难忘的童年记忆，希望能给后来之人有所借鉴，帮他们及时走出病魔带来的孤独和无助。

不知不觉，我踏上了一条别样的道路，就是文学创作的路。因为我很喜欢柳树飘动时的潇洒自如，又熟记一句"客舍青青柳色新"的诗句，所以给自己取了个笔名，叫柳客行。清风徐柳侠客行。这种洒脱是史铁生先生给我的。他走过悲观期后是那般勇敢，为何我做不到呢？我如果还因为一些烦琐事而流泪，真是懦夫的行为。

我迷恋上了书中的生活，同时对书中所描述的现实生活产生了浓厚的兴趣。我开始反思自己这些年的生活方式，小时候我能接受无数双眼睛聚集的火辣感，有勇气坐在青白石阶上看外面的世界，后来随着长大，我渐渐失去了勇气，因为我学会了虚荣，有了荣辱感，也复杂了，会思考一些问题，更害怕那一双双眼睛打在我身上的灼痛感。我无法走出这心结，因为我没有遇到与我同样经历的人。很庆幸在文学路上我遇见了史铁生，他是与我有相同经历的人，我逐渐喜爱上了他所描述的那种生活，也想走出去瞧一瞧外面的世界。

每次走出家门，独自来到公园的某个角落，《我与地坛》那本书就像是打开了，展放在地上，书中的风景一一复活在眼前，而我是摇着轮椅走进书中的人。我闭着眼深深地呼吸，再抬起头睁开眼看云卷云舒。我会观察好四周，在没人的时候高声呐喊，宣泄出心中所有的不快。也只有此刻，大自然能包容我的一切，听到我心里的话语。我像一个幼儿一般，享受大自然最博大的爱。回到家里，我就把出去看到的一切拿笔记录下来。可我只是偷偷写，默默记，不敢给人看。史铁生先生写得太好，我感觉自己好词穷。可我也习惯了这种记录方式，因为把自己想说的想做的写出来，内心就不会有压抑。在外面转悠久了，也就不再想那些烦恼，身体里的一切不愉快都被排遣掉了，唯有大自然的清爽惬意给身心无尽的滋养。

走进大自然那一瞬间，我会忘却世间的一切苦难，我会丢掉苦痛，放下不开心，安逸地享受鲜有的欢快。

小时候坐在青白石阶上让我学会了少言寡语。上学路上，父亲母亲为我做了太多，可最终都付之东流。每当我坐着轮椅回家时，总能看见许久不见的父亲或者母亲的旧友站在我家门前，将双手抱在胸前，得意洋洋地炫耀着自家孩子上大学的事儿，还时不时强调说自己一辈子没有干好一件事儿，就抚养了一个引以为傲的儿子。

"这养儿就是防老，你们老了怎么办？"我又清晰地听到了这句话，是对我的父母说的。我好想回头说句"不用你操心",可我没那勇气,因为这句话说出来,大家都会尴尬,父母的内心也不会好受,我也不想让父母心痛。

寒暑假期间,我在街上看到一位去读了大学的高中同学,曾经我们很玩得来。他的身影,我一眼就认了出来。他慢悠悠走在街头,我坐在轮椅上安静地看着他。他不再认识我,傲气显露在高高的鼻梁上,那双眼睛似乎看不到我,他从我身边飞快走过,我也急忙转头装作视而不见,驾着轮椅匆匆离开。

那一刻,我的心像泡在寒冬的冰窖里。心里犯着嘀咕,要是个女孩子,有这样的举动是可以理解的,毕竟已是二十多岁的花季少女,见到我一时慌乱是情有可原的,因为我后背上驮着大大的驼背,又坐在轮椅上,她一时间不认识这个昔日的同学也无可厚非。这样的场景我也遇到过,那位女同学,她的妆容虽然精致,可那个眸子是没有变的,她仰着头从我眼前走过,我却没有一丝心凉。可今天从我眼前走过的是个男同学啊,还是曾经和我关系不错的朋友,这让我心里加倍地难过。

我也遇见曾经在青白石阶旁的一个玩伴,此刻他已经健壮如牛,不知他是工作了还是和我一样赋闲。他牵着女友的手从远处走来,慢慢来到我身旁打招呼,我一时没认出来,听了他回忆儿时的事才想起他。他介绍着自己心爱的人,嘴角上扬的自豪感只有在他带着女朋友的时候才能展现出来。

有时我也失落,不过这些事儿在我走进公园,来到那个与地坛相同的地方时,也就释然了。如今我不再因这些事儿而烦恼,我也不再气愤,史铁生先生告诉了我,世界会因为有一双纯洁的眼睛而美好。

熟悉了史铁生先生的生活,又驾着轮椅体验我自己的生活,我开始有了一个新梦。史铁生先生在自己的书里叙述了好多问题,然而已经过去了好多年，这些问题依旧存在着，可史铁生先生不在了，那个能呼吁人们正视这些问题的人离开了。我想成为下一个呼吁者，可我笑了。我甚至没有勇气把自己的作品拿出来让别人看，只是默默藏在手机里，不敢公开这个梦。

坐在公园里，吵闹的孩童声让我回过神来。初冬夕阳的余温不再燥热，柔柔的光铺满眼帘。铁生之精神是怎样的精神？我想起创作这几年的事儿。我本苦难，可不想再让苦水淹没脖颈，便在文字里创造了美好，想象了善念，存下了一份希望。但有读者不喜欢，说我只是空想，不符合逻辑，更不贴近实际。

走上这条文学路，心中一丝丝曙光让我舒坦，时刻惦记美好，便把它创作了出来，脑海里时刻盼望甜，便把它写出来了，这样的文字读起来就像有糖果一般的甜蜜含在嘴里。生活已经这样苦，能不能让创作这件事给我一点补偿，让我尝一尝甜头，心中愉悦一下。读铁生文字，让我心中愉悦不已，恰是他对生活不折不扣的认真才让我看到了拥有幸福的希望。

即便幻想，也让我疯狂一下吧。有人说我无法上大学真是可惜，我便在小说里取了个好听的名字，坐着轮椅上了大学。有人说我没有工作，我便在文字里上了班，拥有了自己的工作，努力工作着拿了工资。有人说我是单身汉，我便在小说里找了媳妇，还生了大宝、二宝。写这些，创作这些，我心中甚是欢喜，笑容时不时浮上脸颊。是啊，我在文学的世界里完成了一个又一个在现实当中不能完成的梦。

仔细想想，铁生之精神就是热爱生活，创作美好，感受美好，将苦水一一换掉，让爱浇灌滋养生命。

我常把写文章比作寻对象，我若讲述，她便认真聆听，我来创作，她能默默陪伴，我在构想，她便帮我实现，我整日思她、念她、写她……

苦难让我来受,别让文字再饱含这份苦了,笔下生甘泉,鱼儿尚且活,笔下点苦水,何来鱼欢水?

创作路上,我只想找到最真实的我,也想在这条路上找到最开心的自己。因为喜欢才走了这条路,只想把那份喜欢延续下去。我也在这条路上认识了挚友史铁生,他让我放下仇恨,丢掉烦恼,赶走忧愁。

我静静地看着,那个遥远的地方,坐在青白石阶上的男孩向我招手,他眼睛里有一道白亮的光,曾经的暗淡消失不见,他的笑容还是那样甜美。他坐在史铁生身旁,手搭在史铁生先生的腿上,他们说着没人听懂的话,指着青白石阶旁跑远的一群小孩,微笑地望着。

原文刊登于《朔方》2023 年第 9 期

第二辑

生 活 篇

树 影

今日，没告知母亲去向，吃过午饭，父亲扶我坐上轮椅，我戴了口罩，遮蔽严实，就偷偷溜下家门前的斜坡。艳阳暖暖地挂在天空，有几缕白云飘忽不定，似有似无，点缀着那一望无际的湛蓝。昨日的阴雨天，拔去了夏日的一份狂，遮蔽住往日的燥热不安。清清爽爽的天气，让心中有了一丝念想，想起了外婆家门前那棵大杨树。

依稀记得二十年前去外婆家，我已经没有了行走的能力，也就失去了一些孩童该有的乐趣。我静静坐在窗前，瞅着别家孩童三五成群，嬉笑逗耍。顽劣的秉性搅和着我的心，让我总想走出屋子，于是我号叫着抱着母亲的腿，不停嘟囔着让母亲抱我出去。母亲难得回一次娘家，顾不得我脑海里有些什么，又想做些什么。她心中有太多话语要与外婆说，不停地倾诉着在婆家度过的日子。

母亲双手扶着我，怕我掉下炕头，她的脸随着身子倾斜，嘴角挂着笑容看外婆。我虽没太多力气闹腾，却也不愿停歇一秒，时而挠挠母亲的腿，时而抓抓母亲的脸。见母亲终究对我爱搭不理，便抱住母亲的大腿，俯下身子去咬，让她感到疼痛。我会有被甩一巴掌的危险，可唯独这样做，才能打断她与外婆的交谈。外婆看着我急躁不安的模样，询问母亲我吃过饭了没,有没有睡过午觉?从母亲口中得知我的小心思后,外婆笑了笑,搬来一个小凳子,放在木质门槛外的台阶上,又慢慢来到母亲身边,从她怀里接过我,将我抱到小凳子上,扶我坐好,她摸了摸我的脑袋,走进屋子,从桌上拿起树上刚摘下来的杏子,洗干净递给我。外婆看了眼不再哭闹的我,跨进门槛,坐在母亲身旁,时而窃窃私语,时而笑声不断。

门前的大杨树下坐着我,眼前是一帮和我差不多大的孩子,在相互嬉笑逗骂。我本想着离开了屋子,就会和这帮孩子打成一片。可他们终究是要离开的,不一会儿,就溜得无影无踪,只留下了我与大杨树。我抬起头仰望天空,大杨树的叶片飘飘悠悠,落在我的眼睛上,挡住我的视线。我艰难地抬起手,顺势摸上眼睛,拿住叶片,用它遮住一只眼睛,用另一只眼睛望着大杨树。叶片随着风不定向地摆动,风敲叶片发出声,像一种我听不懂却又很亲密的语言。安静的院子里没有其他人,也听不见孩童的打闹声,我坚信白杨树在与我说话,叶片是它赠给我的礼物。我呆呆地望着高挂的大叶片儿,期待着下一份礼物落在我的头上。我默默念叨:你们不和我玩也就算了,杨树会和我玩,它还给我送了礼物呢!

我深深地吸一口气,两根手指捏着大叶片的尾巴,来回搓动着,叶片就在指尖跳起了舞。大杨树也就成了我在外婆家最喜欢的玩伴。

成长的二十多年里,我去外婆家的次数是数得清的。随着阔别童年,慢慢长大,我渐渐有了羞耻感,就不怎么愿意去了。因为每次去外婆家,需要父亲将我抱上车,来到外婆家进屋的时候,又需要舅舅将我扛出车,架在肩膀上扛进屋。这时候舅舅的孩子、邻居和邻居的孩子,全都会目不转睛地望着我,他们没有见过这么大的男孩因为不能走路而这样狼狈的样子。孩子的好奇心催促他们紧跟在舅舅后面,舅舅走一步，他们便跟一步，舅舅走两步，他们便跟两步，紧紧跟在舅舅屁股后面。因这帮孩子的眼神，我去外婆家的念头越来越少。上学的日子里，也就鲜有时间去外婆家。一晃二十多年已过，我近而立之年，那时观望过我的孩童也已成人，纷纷娶妻生子，过上了一个正常人应该过的日子。只有我，还游离在正常人的日子之外。

外婆日见衰老，我早有骑着轮椅去探望她的念想，十多公里路，倘若开车，不算什么远距离。而轮椅的速度着实缓慢，我骑着轮椅远行，母亲着实担心，不放心让我独行十多公里。为了不让母亲担忧，我偷偷踏上了去外婆家的旅途。

临行前，我把自己上下打量了一番，戴好遮阳帽，插上耳机，美中不足的是差一副墨镜。我右手握住操控杆，左手打开手机里的音乐，歌声顺着耳机线进入耳中。漫漫长路上，一台轮椅，一个人，一部手机，我开始翻山越岭。美中不足的是，我的轮椅近段时间出现了不好的状况，老家伙不是咯吱咯吱响，就是轮子处渗油。使用了四年，它也像人一般老化了，不是电路要动动手术，就是轮胎要修修补补。一路上，我最担心的就是这老伙计的安危。它陪伴的这四年里，给足了我信心，它驮着我上得了高山，下得了沟坎。我生怕它在某个路段突然停止不前，它若不走，我就没有一点办法。我无法想象在某个荒野山头，我能求助谁，又有谁能来帮我。前行中，我时刻要留心它的状态，一段长路走过，我就得停下来，让控制器散散温，让电机歇息歇息。我担心它会突然没了动力，时而用手捂住操控器显示屏，挡住阳光，探出头望望电量剩下多少，能不能带我走到外婆家。我会想起没它之前的日子，想到没能力走出屋子的自己，若要出一趟门，家里就必须腾出一个人，停下手头的活儿陪我出去。我真的很怕这老家伙再有个意外。

抬头仰望天空，方才那几朵飘忽不定的白云，此刻手拉手变了脸，它们凝聚在一起，黑乎乎地压在头顶之上。出行之人最怕的就是下雨，我心中又多了一份担心，倘若大雨瓢泼而下，老化的电路很容易进水，老家伙很容易出问题。这时候我想起了那句"勇者无畏"，想必勇者也是有过担忧的，可越是担忧，困扰就越接踵而至，不如放手一搏吧！我不再看乌云，也不再听老家伙的喘息声，只惦记着病重的外婆，念着那棵白杨树。没了顾虑，路程也像是短了许多，一路洋洋洒洒，又飘飘荡荡，我竟没有夏日炎热带来的疲惫，清风拂面，只留下爽朗的心情。

　　我许久没来外婆家，脑海里也只是模糊的路线，来到一处下坡的路，望着路段，熟悉却又不熟悉，试探着操控轮椅前行。下了坡，看见了几户人家，都是陌生的面孔，便继续顺着路前行，这条陌生的路段让我迷失了方向。本想问问路，但这个信息化的时代让我们不喜欢多说、多问，人们之间生疏了不少，我只是望了望沿途看到的生面孔，那面容里没有可搭讪的意思。不过，这个时代也让人与人之间的联系容易了很多，本想不告知舅舅，偷偷摸摸去外婆家，迫于无奈，终究还是给小舅发了视频。很快小舅给我发来了定位，我果真走错了路。打开导航，调转方向，听着高科技的呼唤，我调整了路线，离开迷途，直奔外婆家。

　　一路奔奔走走，竟不知时间会过得如此快，从家到外婆家，短短十公里，我走了两小时。来到舅舅家门前，他先是一愣，呆呆地望着我，随后激动地走上前，扶住我的轮椅，上下打量着我与我的老家伙，喜出望外地抚摸着我的脑袋。舅舅意料不到，我会独自骑着轮椅来他家里。他轻轻说了句："现在科技真好！"眼角和眉间是说不出的喜悦与欣慰。

　　来之前，母亲在家洗碗，我没想到会在来外婆家的路上度过两个小时。母亲坐着舅舅的车，十来分钟已经到了外婆身边，她前脚刚到，就听有人呼唤我的名字，有些疑惑，从外婆屋里走了出来，她没有料到我敢独自来到外婆家。母亲心里明白，我每天出去寻灵感，从不知我在哪个山川，又在哪个角落，只明白我在外面待够了就会回家。母亲对我没有告诉她偷偷来外婆家而愤怒，可我心里明白，这是呵护、关切与爱凝结搅拌而成的愤怒。不过一眨眼的工夫，她的愤怒便消失不见，只是深深吸口气，说："路上那么多车，那么多路口，你总是不听我的话。"说罢，母亲无奈地转身进了外婆房间。

我被舅舅连拉带拽地抱进了屋里。我看见了小妹和小弟，他们和十多年前那帮舅舅家邻居的孩子一个眼神，那种目光深深印刻在我的心里，我一眼就看得出，只是我不再躲避他们的目光，看着他们的目光，虽无法笑着面对，却也能释然相望。我坐在外婆的旁边，外婆安静地侧躺着，一只手紧握着放在胸脯上，半张着嘴，我可以清晰地看见外婆咬着牙，外婆的眼睛紧闭着，白帽子下露出鬓角的银发，蓬松地散落着。

母亲将我扶好坐端后，她就上了炕。我看着外婆的一只手铺展开来放在炕上，母亲握住那只手，慢慢起身，跪在炕头，侧下身子，将自己的脸贴在外婆的耳边，嘴里一直呼唤着一个字：妈。外婆的脸被母亲挡住，我看不见外婆的嘴，也听不到外婆的声音，不管母亲怎样呼唤，外婆也说不出一句话来。我又望了望外婆因病而瘦干的腿，这腿没有一丁点活力，像两根木棍一样摆在炕上。

我再也控制不住泪水，眼泪扑簌簌往下滚，我担心被舅舅看见而不好意思，就使劲地揉双眼，装出一副被尘土惹了眼睛的模样。舅舅爬上炕，抓住外婆的两只胳膊，抱住外婆的身子挪动，想让外婆睡得舒服点儿。外婆咬着的牙动了，急促地呻吟起来，身体的疼痛让她"哎哟哎哟"地哀号着。听见了外婆的声音，我忙凑上前向外婆喊了几声。外婆调整好睡姿就又陷入了沉默，对我的呼唤没有丝毫反应，看样子她已经没有气力回应我。

我脑海里反复闪过二十年前那个健壮乐观的外婆，她总是头戴白帕，乐呵呵将我从母亲怀里接过，抱着我坐在白杨树下。我记不清当年外婆与母亲在交谈什么，只是那时候，外婆说着话，时而面容平和，时而眉毛紧皱。母亲也时而哭，时而笑。外婆只是搭搭母亲的胳膊，抑或拍拍母亲的腿。是啊，树欲静而风不止，子欲养而亲不待。这一刻，外婆瘫软无力地躺在那里，母亲的眼里布满红血丝，我不知对依在外婆身旁的母亲能说些什么。

我的深深沉思，总是被舅舅的孩子们打断，他们一会儿这个进来看我一眼，一会儿那个又进来瞅瞅我。最小的妹妹手里拿着杏子，默不作声地把杏子递到我手中。母亲眼睛涣散地望着我与小妹，我再也不敢去看眼神迷离的母亲与沉沉昏睡的外婆。我告诉母亲，我要出去，去二舅那里看看。母亲没有说话。小舅坐在我身旁，小舅年轻，也有一把子力气，小舅小时就常和我玩耍，只长我几岁，他看穿我的心思，抱起了我。舅舅家的小儿子、小女儿紧跟在小舅屁股后面，看我的眼睛里再次出现那好奇又惊诧的神色，与二十年前如出一辙。我的身边，似乎什么都没有变，却似乎身边的一切都截然不同了。

坐上轮椅，按了开关，我准备去二舅那里，我想看看那棵白杨树是否还在。突然，小妹蹦上我的轮椅踏板，依在我的怀里，用她那深色的眸子望着我，她的眼神里散发着开心与激动，那烂漫的微笑里没有一点恶意，她小心翼翼地转过身去，微微蹲下，小脑袋靠在我的胸前，静静地等待我出发。这一刻让我心里一动，此刻我的腿上就趴着一个世间的小怪兽，他们可以发出令我羞涩难堪的目光，让我害怕，也让我不喜欢，可这小怪兽此刻就倚在我的怀里，像极了小精灵，我没有一丝恐慌，也没有一丝厌烦，反而发自内心地欢喜。这是我二十年里，第一次与顽皮的孩童零距离接触，我不知多少次看到过不同的孩童用同样的眼光望着我。童年、学校、梦里不知多少双眼睛对准我，这让我无可奈何地厌恶起了孩童,而这一刻,小妹的举动却又让我欢喜。小妹拍了拍我的腿喊着:"哥哥,哥哥,快走。"

我开动了轮椅,顺着一条熟悉却又没亲自走过的路慢慢向二舅家迈进。小弟像只窜天猴,一下子爬上我轮椅的后背,他又高兴又激动,小小的脸上洋溢着光彩。路过熟悉的邻居家门,有人就问:"丫丫子,你骑着的这车车美啊!"

不等小妹回答,小弟抢在前头自豪地喊话回去:"这是我哥的!"

他的声音洪亮而有力,这一幕,像极了二十年前,二舅开着村里的第一台拖拉机一样光荣。小弟就这样趴在我的轮椅后座上,伴我一同走过这条路。

来到二舅家门前,一个牛棚进入了我的眼帘。它紧靠着大山,里头养着十来头牛,一间彩钢房就坐落在外婆曾经住过的土坯房的位置。我极力眺望周围,那棵大杨树不见了踪影,玉米秸秆郁郁葱葱排成一行。我按动电钮,走上土坡,慢慢来到那棵白杨树曾深深扎根的地方,那里已没有任何种过树的迹象。我的脑海里回荡着白杨树的茎叶脉络,眼前又浮现着白杨树的高壮模样,我猜不到白杨树是被连根拔起还是被锯断拉走。如今,这里除了黄土坡,再也没有任何生命迹象。

小妹从轮椅的踏板上跳下,在我眼前蹦来蹦去,小弟也从我后面跳下轮椅,站在我的身旁,他望了望我,又望了望眼前的玉米地,好奇地问:"哥哥,你看啥呢?"

我笑了笑,告诉他这里有我的一位好朋友。小弟显然没有明白我的意思,皱了皱眉,挠了挠头,望着我不说话。我又按动了一下电钮,将轮椅的后背慢慢降下,我跟着将身子躺平,然后抬起头仰望天空。淡淡的白云悠悠荡荡走走停停,蔚蓝的天空似静止,又似在浮动,然而再也没有"朋友"馈赠我礼物,也没有任何一片叶子落在我的眼睛上挡住视线。小弟问我为何躺下，我说我爱看蓝天白云，他便疾步跑开去了。

蔚蓝的天空下有一个少年，时过二十年，他来这里寻觅一份童年的记忆。馈赠他童年美好回忆的"朋友"已不在，他躺在那里，遥望着天空。然而他并不像童年那样孤单，有个小女孩，一会儿跳下轮椅，一会儿又爬上轮椅，躺在他的怀里一同遥望天空。一个小男孩不知从哪里找来了硬纸板，平铺在少年的轮椅旁边，躺在纸板上，两手铺在后脑勺下，遥望着少年曾经仰望过的天空。不一会儿来了一大帮小孩，是少年大舅的、三舅的、五舅的孩子，还有邻居家的孩子，他们都围在少年身旁，嬉笑声、逗骂声紧紧围住少年。

这帮小怪兽，可以发出让少年难以接受的目光，跟在少年身后刺痛少年的心，让少年羞涩而不敢走出家门。二十年匆匆而过，少年没有想到，又是这帮小精灵在白杨树曾立足的地方馈赠了少年一份释然。少年平躺在那里，嘴里哼着："少小离家老大回，乡音无改鬓毛衰。儿童相见不相识，笑问客从何处来。"

月下思

那个傍晚，吃完晚饭，我心中颇不宁静，就摇着轮椅走出家门，独自坐在一棵翠叶如玉的柳树下。有个顽皮的孩子慢慢走来，趴在我轮椅上，疑惑地问我为何要坐这车子。

这个孩子我见过，是隔壁邻居家的，常常站在他家门口，看着父亲抱我走进屋子。他又问我："你为啥不能走路？还要你爸爸抱，你羞不羞？"

我一时不知能回答这童真孩子一个怎样的答案。

邻居许是听见了孩子的话语，唤了他一声，他转过身飞奔过去，冲入怀里，冲击力差点撞倒了半蹲在那里的邻居。

我轻轻抬起头，看见天边最后一朵红云换了妆，离开人间，留下了一弯淡淡的镰刀月。看着残月，脑海里翻江倒海起来，想想，二十四年弹指之间，留在记忆里的，也只是些能绞痛心弦的事儿罢了。想起孩子的质问，我也想问问自己，为何不能走？我尝试着从记忆中勾起那么一丝线索，可不管怎么想，行走，好像是老师照本宣科的一个词，我从未亲身体验过，也没办法从我的知识体系里得知，行走是何种滋味！是像喝糖水一样甜呢，还是与喝白开水一样平淡无味？也许，人失去了什么，就会对什么产生更大的欲望。我已经不是一天两天渴望站着、走路、奔跑了。二十多年，总在期盼，却未曾得到，日子久了也就淡了，若没有人提起，也就不会记起这茬事。

可站不起来是事实，他人在我面前行走、蹦跳，做着别人眼里稀松平常的事儿，认为这是天生的，不会再失去，就像邻家的呆萌小孩在我面前跑来跑去，口里念叨着：你不会走，长这么大都不会走，羞不羞。话语里多少带着些孩童本质里的不遮掩和幸灾乐祸。这种话我早已听多了，也就不会计较，只是在想，行走这样简单的事儿对于我都是一种奢侈，是一种遥不可及，我是该像别人说的那样悲痛不堪呢，还是将这二十多年都没期盼来的事当作习以为常？

有时我会记起书里那只坐在井底的青蛙，井外到底有多大的天空，它不曾知道，它已麻木，永远被困在井底，爬不上来。我感觉自己就是那只青蛙，行走这件事对于我来说，如同青蛙目睹小鸟飞过头顶的感觉，永远不知道飞向蓝天是如何美妙。不能行走的遗憾一直折磨着我，让我心中很不是滋味，有时还会越想越生气，甚至产生怨恨，可又想想，恨过后又能怎样呢？得不到的永远得不到，我便放下了恨，试着去接受，试着去适应。这一适应，就过去了二十四年。

我竭尽全力安抚自己这颗心，尽量让自己多些快乐，少些烦恼，可毕竟我要生活呀！我试着去融入一些场所、领域、人群。接触他们的过程里，不知不觉，我有了一个"残疾人"的称号。单单有这么一个称号也无妨，可这称号会逼迫我脱离群体，就像欠了贷款不还的人，被打入了黑名单一样。

我来到素未谋面的老大爷身旁，只想在人群中坐一坐，他便一手拄着拐杖，另一只手指着我，开始盘问我哪年出生、家住何处、怎么得病的。大爷从我口中一一知道答案后，就会说："你看你父母，现在还年轻，能照顾你，他们老了你怎么办？"我已数不清多少次听到这个问题。

我的故事成了别人茶余饭后的消闲话题。

身旁另一位老人深表赞同："人家都是养儿防老，他父母以后依靠谁？"

大爷们还在那里议论，我摇着轮椅偷偷离开，去寻找一个比较僻静的地方。

我的耳朵里又传来一段对话。

"你看那个坐轮椅的男娃，长得还有模有样。"

"是哈，这样的人上天总会让他长得很好看。"

"你说有女孩愿意嫁给他吗？"

"这是一个残疾人，哪有人愿意嫁给他？"

……

我转过头，看见不远处的台阶上，坐着几个妇人，正一边打量我，一边起劲地发表着自己的看法。

我深吸一口气，插上耳机，眺望远方的美景。只停顿了那么短短的一分钟，我又摇着轮椅离开了。这些话语如滚烫的火球，在我的心上灼下了深深的印痕。有人说，这都是大道理，你必须明白。我也算是读了几年书，难道就不懂得这些道理？道理我都懂，可我难以接受那些针对我的无聊言论。

我很想改变人们的想法，可即使我想去改变，也需要时间。每次想起这些，我就说不出地烦恼，不由自主地就远离了人群，只想去拥有大自然博爱的地方坐坐，沉思沉思。遗憾的是，不管我走到哪里，都难免有一些声音在耳边回荡。在公园里看草木青葱、看随风摇荡的落叶时，会有人提起这些话题；参加一些活动时，又会被提起不能行走这件事；偶尔父亲陪我出行，在茫茫人海中，也会被陌生人问起。当我刻意去忘记时，这些思绪便更加肆意地侵袭我的身体，就像那把挂在天空上的镰刀，将我内心萌发的新芽割去，深深地刺我一下。

我是多么不愿想象父母老去的样子，更不愿看到父母得病的样子，只希望看到他们健健康康的模样。

是父母的溺爱让我始终在他们身边像个小孩，可小孩终究会见到父亲得病的样子。

父亲的这场病让我猝不及防，本以为我听到的那些问题暂时不会出现，我还小，父亲依旧很年轻。在我的眼里，他一直健壮年轻，不会老，更不会需要我照顾，我可以像邻居的小孩一样被呵护着，可我真的没想到岁月不饶人的道理会应验得如此之快。

手机铃声突然响起，我接通视频，是三伯打来的。父亲今天做了眼睛治疗手术。我待在家里，等待着好消息。通过视频，我看见亲戚们坐在父亲旁边，陪着父亲说话。我却对父亲没有一句话，哪怕安慰，哪怕祝福，哪怕简简单单的一句问候。我默默看了一会儿视频里的父亲，他静静躺在床上，我一时语塞，也就让三伯挂了视频。

镰刀月已远远高挂在天空，我不愿回到屋子里。看着月亮，脑海里浮现出这样的一幕来：我等候在父亲手术室前，他手术成功顺利出来了，我跑上去迎接；病床上的父亲用微弱的声音吐出一个字"水"，我便迅速起身，拿来温水递到他手中；看到他鬓角的汗水，我拿起床边的白毛巾帮他擦拭；他扭动一下身子，我心领神会，轻轻扶他坐起……

母亲的喊叫声唤醒了我，小卖部来了客人。我帮母亲算了账单，便继续摇着轮椅来到柳树下看着月亮。现实是这么残酷，当父亲真的得病时，我没能力站在手术室前等候，我知道我不能带着轮椅，让它驮着我奔走几百公里去医院守候父亲；我无法让别人抱我上车，也无法让别人抱我坐上轮椅；我没有一句问候，更没有一点帮助父亲的能力，我甚至

第二辑　生活篇

无法摇着轮椅来到他面前倒一杯热水。

月是这样好，它接受世间相思的情、怀念的泪、寄托的回忆。月，自古以来，就被赋予了很多寓意，有多少文人墨客在月下借酒浇愁吟诗作词，有多少闺阁女子在月下苦等恋人梨花带雨，又有多少游子在月下遥望故乡长叹短吁。月，赋予有情怀的人无限美好。

每次想起父亲抱着我走过的那些日子，二十多年都是如此，没有停息一天，我就怕，我彷徨，我无话可言，我尝试着忘记父亲得病的样子。坐在月下，一抹淡淡的亮色勾勒出一幅画。月下的轮椅上，有位少年，端详着父亲银白色的头发，虽然月光只有一丝亮意，可那岁月侵袭过的鬓发看起来那样清晰。他低着头，看着手机，上面有儿子写的一些随笔，他认真地读手机屏幕里的每一个字儿。当儿子移动轮椅时，他听见响动分了心，抬起头，张着嘴，目光亲切地看看儿子，似要说些什么，却又不知如何开口。少年看着父亲的动作，只是闪过目光，不去直视他的眼睛。

夜黑得那般透彻，望不见一颗星星，只有那屋檐边的月亮塌在檐边，摇摇欲坠。思绪已悬在月牙尖，似乎马上就要与月亮一同掉落下来。路灯的光不是那般亮，似醉人的眼，睡态沿着光源射出来。少年半眯着眼，光芒四散开去，又如那含苞开放的花儿一样一瞬间开了花。少年猛地睁开眼，花儿又如烟花般散开，光洒向倒垂的柳，慢慢地铺在柳间，柳是那般翠绿，如油般似要滴下来。没有风，一切都静止着，月儿也稳住身姿，不再坠落，酒醒的路灯也在一瞬间停滞，似在回神，又似在挣脱醉意……

我借着那缕清澈的光，回忆记忆中的琐碎，回忆那个壮硕的中年男人，因孩子的事情变得银发苍苍，说起他的年龄，也只不过是五十出头罢了。他本应该可以满心欢喜地看着自己的儿子上大学，他还会看着自己的孩子毕业后工作，娶妻生子，然后抱着自己的孙子，成为爷爷。可事实不是这样，他的儿子只是呆呆坐在轮椅上，手握一笔，写些琐碎，哄得父亲一笑罢了。

那个孩子再次来到我面前，拍了拍我的腿，说："你怎么还坐在这里？你爸爸妈妈不要你了吗？"

我笑了笑，抬起无力的手想摸摸小男孩的头，他迅速躲开，红扑扑的脸蛋上有一层污垢，是吃完雪糕留下的痕迹。他发现我老看月亮，又问："月亮上有你想见的人吗？"

童真的孩子，每一个问题都让我无法回答，我也只是笑一笑。母亲忙完了手头的活儿，她看我坐在轮椅上一动不动，便来到我身边，坐在小凳子上。母亲知道我此刻心中惦记着父亲，就拍了拍我腿上的尘土，轻轻说了句："骏儿，有些事咱不能左右，感觉苦中有些幸福就行了。"

是啊，有时候，幸福就在我们身边。至少我拿着笔，过着不像酒疯子一样的生活。酒疯子整日沉迷于酒精里，他靠酒劲儿麻醉自己，喝得烂醉如泥，耍些酒疯，摇头摆尾，坐立不安地骂一骂他人，别人见他醉状，也就不做计较，不想惹事端，劝导酒疯子回家便是了。他们是借着酒精逃避生活的重压，可耍酒疯那一刻，也不免有人七嘴八舌地谩骂，他们活得比我这坐在轮椅之上的人更煎熬些吧？我又想起了常在母亲店里赊账的那个女人，她带着三个孩子生活。每个孩子都是野生的纯天然肤色，黑黑的肌肤上还添些经常不洗脸的浊色。女人的男人靠搬水泥为生，妇女因第一婚不幸而偷跑出来，如今已是第二婚，她不曾想到自己会过上如此生活。水泥工时不时会喝酒，然后把所有不愉快的情绪都发泄在她身上。一次水泥工喝醉了，只因她多说了几句话，头发就被水泥工用电推子全部理掉了，她却还要忍耐着，不识几个大字的她不知道离开这个搬水泥一天赚二百块的酒疯子后还能靠谁活着。

我虽不能帮父母做事儿,可依旧有尊严地活着。从不喝酒的我,不知道什么是撒酒疯,真庆幸我没有生在一个酒疯子家庭里,而是生在一个能供我上学,又能让我吃得饱穿得暖,有一点碎钱可以买一两本书的家庭,我应该知足我还活着,我感激父母给了我可以两耳不闻窗外事,一心只读圣贤书的环境。我不用想吃了这顿没有下顿的忧愁,也不需要为生活里的各种费用而发愁。倘若我没有遇到我的父母,也许我此刻要过着比水泥工更凄惨的生活,水泥工尚且可以赚口粮费,我若离开了父母,也许留不下这些笔迹。是啊,我想起了杜甫老爷子和他的一叶扁舟,孤舟上的他最终没能坚持住,倘若他有我今天的生活,定还能留下不少不朽篇章。

幸福的优越感也在思考中浮现出来。月亮下,我总在向往自己没有的东西,因而发愁,因而感觉生活苦涩,我却没有察觉自己拥有的东西。是父母无微不至的爱,让我能拿着这支笔,时时刻刻记载下一些心中的思绪。父亲母亲的苦在于自己的孩子无法站起来与他人一样走路,却也幸福于他们的孩子可以拿起笔,写下让他们满是欢喜的文字。

何必在月下让自己苦不堪言,看看皎洁的月,再看看坐在我面前的慈祥的母亲,想想父亲背着我穿梭在岁月深处的场景。这些我都拥有,也享受着。我不由得脑海里闪出父亲曾经说的一句话:"你好好活着,就是我和你妈最大的幸福。"

我又何必去想一些自己本就无法完成的事而给生活增添烦恼呢?我能确信,父亲走出手术室,恢复思绪时,第一个想起的人会是我,他还要健健康康地回家,家里还有一个需要他照顾的孩子,他一定要快点好起来。

月亮渐渐消失，我也收了思绪，陪着母亲一同望向远方。远方有个身影，他走出了手术室，脱下病号服，转过身向我们笑了笑，他步伐依旧稳健，慢慢地、慢慢地向我们这边走来，他还要抱着坐在轮椅上看月亮的孩子回家……

温馨的情谊

屋外是零下十多度，有些冷。我正捧着《复活》读。寒冷没挡住舅舅的脚步，他身上带着一股屋外的寒气，慢慢迈进屋来。舅舅的眼睛不看路，低头瞅着手机屏幕，一只手摸索到炕边，找准位置，很自然地坐上炕头，盖上被子，倚在我的身旁。

舅舅与我交谈，言语温柔中又有些难为情，语气很柔和，拿出手机的动作迟缓了不少，再次指着手机里提示的内容，让我帮他听那份毫无意义的创业线上培训课。

这份毫无意义只是我眼中冒出来的。舅舅没有时间听这堂线上课，他不能放下手中公交车的方向盘，也不能一边看手机，一边开公交车。这堂线上培训课是专门为为了生计而要贷款的人准备的，要想贷款，必须听完这堂培训课。忙于生计的舅舅思来想去，身边没有一个合适的人可以帮他听课，于是便想到了成天在家闲坐的我，他觉得我是有时间来完成这项任务的。

想起舅舅第一次来找我，依旧是捧着手机，进门摸索着跨上炕边。他没有一丝怀疑那天会失败。舅舅认定我这个外甥一定会帮他这个忙，所以语气里有一份自信，觉得我必定会答应完成这件事。我思量了一会儿，婉言拒绝了舅舅。舅舅看了看我，并没有多说什么，他没有想到，他的外甥会拒绝帮助他。他愣了好久，与母亲聊了会儿家常便离开了。

今天是舅舅第二次来找我。舅舅满脸真诚，充满期待地望着我，希望我能接下这份任务。我只是抿了抿嘴，手指始终没有离开正在读的那一页书。我并没有思量更多，只是下意识地想要再次婉言拒绝。母亲坐在我身旁，她是最了解我的人，她发话了，语气里没有可商量的余地。

母亲大声告诉我："用你的手机下载网上听课的软件，听你舅舅的话！快点在手机上登录你舅舅的账号！"

我心中有一团火窜了上来，可还是略微尴尬地笑了笑，扭动了一下马上要拉下来的脸，脸颊的肌肉抽动着，我顺从了母亲，无奈地登录上舅舅的账号。舅舅看着我的样子，有些不好意思，就调侃我说："你看，群里说了，要拉些有文化的人进群好好听课，你啥都懂，也不告诉我，看来长大了，也变懒了啊。"

我看了舅舅一眼，什么也不想多说。舅舅看我答应了，一下子开心了许多，嘱咐我他要学习哪些内容，然后高兴地挪下炕，准备回家。母亲送舅舅走出家门，走进我的房间拉下了脸，厉声说道："那是你亲舅舅，找了你两次，你怎么就那么绝情！"

我反问了句："我的时间就不是时间吗？"

母亲瞪了我一眼，又问："你舅舅的时间就不是时间吗？"

我心中一震，不由得想起了一些关于我与舅舅的往事。小的时候，我身患重病，乃至今天，这病都一直缠着我。那时出行也不怎么方便，舅舅在印刷厂工作，经常开车去外地办公，只要我的病情需要，他就会带上我，去省城的大医院去瞧一瞧，看我的病能不能治疗。那个时候，我坐在舅舅的副驾驶座上，他一路陪我，既要开车，还要照顾我的一举一动。舅舅瞅着我困了，就找我喜欢的话题，问东问西，问南问北，总是让我不停地说话。我要是闷闷不乐，他用右手摸摸我的头，打开装磁带的车载音乐，还问我要听什么歌。后来印刷厂倒闭，舅舅也就选择了其他职业。不管他做什么、有多忙，每次当我准备出去治疗时，父亲只要向舅舅开口，他总会放下手头的活儿陪在我的身边，印象中他从来没有拒绝过关于帮助我的事儿。今天舅舅来找我听网课，我却这样绝情，说拒绝就拒绝了。

细细想来，这份绝情应该来自我内心的愤怒，那一刻愤怒几乎主宰了我的全部身心。这两年真是怪了，朋友当中，亲戚家里，只要是有了类似网上听课的任务，第一个想到的就是我。就比如这网课吧，对我来说毫无意义，但只要他们来找，我就得答应，答应下来后就得按时听，每次我都要打开手机仔细收听，互动环节需要阐述问题的答案时，我还得思考并积极作答。除了帮助听网课，朋友亲戚中需要写各种资料、文件、文案时，同样会热情地来找我帮忙。除此之外，平时他们压根就记不起我。凡是来找我的人，一个个商量好的一样，对我热情得不得了，亲热的态度和热情的言语，似乎都在告诉我，我是比较有文化的，会写东西，真了不起！

实则我是可以免费为他们提供一份写材料的帮助。每次帮他们，我都会认真对待，会聆听对方需要写一份怎样的文件，哪怕我只是一个搞文学的，却也要百度一些法律问题一些商业问题，完事儿再把这些知识消化掉，尽自己最大努力，转述出最靠近朋友想要的东西写出来。一次、两次、三次我都会义无反顾，出手帮助一下。

那天，我坐在公园里，与一位比较熟悉的朋友聊天。我也曾帮他写过一份东西，朋友和我交谈，说出一句话："你看你残疾了，也没啥做的，你就做一做这些，来提高一下你的能力，锻炼锻炼，以后万一派上用场呢。"

这话让我心中一沉。

我真的没有想到，在朋友看来，让我做这些事，方便他们只是次要的，更多的是为了帮我，让我锻炼，让我这个坐在轮椅上的无事之人有些事儿干。

我心中便疑惑了起来，有了疑惑，心里也就开始反抗。

好些时候内心会卷起个问号来提醒自己，你去帮助一个朋友并不是闲得发慌，也不是没事儿可干。人是有情感的，有些东西并不需要利益驱使，并且帮朋友，也没想着得到什么利益。每次出手帮助时，我会思量思量，如果我遇到了类似的困难怎么办？如果身边能有这样一个博学的人该多好，如果我有这样一个好友，我会特别开心，他可能会是我这一生都需要认真对待的人。

无论如何我都不会这么想：他是因为身体有了疾病，成为了一个无所事事之人，找他做这事儿再恰当不过了，因为他很悠闲，能做这事儿。

我笑了笑，原来我努力完成一件事儿时，变成了理所应当，变成了就该这样做，变成了怕没事儿干而来试手锻炼技能的，是朋友们提供了这样一个比较好的机会，让我的时间有了充分利用的可能，这样我就不会虚度掉我的时间。

倘若只是一个朋友的一句话，我就这般想，那也未免太过心胸狭窄，是他的话语又勾起了我的一些回忆。我喜欢读书，也喜欢去公园，找个僻静处捧着书读，经常会遇到一些上了年纪的陌生人，凑上前来与我搭讪聊天。我便会停下来，热情地回答他（她）的问题，想不到的是，当我和对方聊得正欢时，他（她）却会冷不丁地冒出这么一句："唉，和你消磨消磨时间，这样时间过得快点。"

我错愕地望着他（她），而对方只是摇摇头，带着一点无奈，早就转身离去了。有些时候，我也会静静坐在某一处看人来人往，从他们身上寻找灵感，有上了些年纪的老者也会望着我，思量好久问话，言语里透出这样的意思：出来转转好，打发打发时间，你也就不无聊了。

为了挽回我仅有的一点虚荣感，我有时也会调侃自己，对遇到的人说读过几天书，出来转转，写点文章。耳旁又会传来这样一句话："你也确实再没啥可干了，闲人一个，写这个也最好。"

我有点无语。真不知道从什么时候开始，在世人的眼中，文学创作竟成为了无所事事之人才选择的无奈之举。似乎这个世间只有上班是正确的，赚钱是对的，不停忙得累死累活才是应该的。而文学创作，永远都是闲得没事干的人用来消磨时间的。

一次我依旧一个人坐在公园的一个角落，看冬日里的落叶被风裹着在地上欢舞。有位头戴礼帽身穿皮大衣的中年男子瞧见了我，周边也只有我一个人，他慢慢悠悠来到石凳旁坐下，望着我看了许久，便与我交谈起来，得知我是搞文学创作的，便直奔主题问我稿费多不多。我笑了笑，摇了摇头，只是说了句："我写文章的目的不是为了挣多少钱，我更想记下生活里发生的一切。"

他双手扶着下颚，似乎很难明白我说这句话的意思，思量了一下，迟疑地说出："不赚钱，没啥搞头，你还是学些技能，开个店啥的。你年龄也不小了，看能找个媳妇过日子不？再别虚度光阴了。"

夜里，我躺在炕头，思量着拒绝舅舅的勇气来自哪里。或许多半都是来自这些话语吧，也不知为何，我便想把自己的时间紧紧握在自己的手里，只想自由地支配自己的时间，不想被动地耗费我的时间，去做他人认为我该锻炼试手的事儿了。

有好一段时间，不光是舅舅，渐渐有朋友需要我帮忙时，我也不会一口答应，总是要思量，能推托的事儿尽量推托，求我写稿件或者文件的，我也会找个不会写的理由推托，不再在意别人是怎么想的。也不会去想，我拒绝了他，他会有什么感触，又会有怎样的心情。

可我忘却了他是自己的亲舅舅，没有去想想他听到亲外甥拒绝自己的求助，会是怎样的心境。

夜深人静后，人便会冷静许多，思考问题也会更成熟。我疑惑着，舅舅真的也是因为我的时间多，抑或我的时间是用来虚度的而来找我的吗？舅舅更多想到的，是因为我是他的外甥吧！他第一次来找我帮他听线上培训课的自信，也来自那份对我的毫无防备的相信，更来自二十多年里他对我无时无刻不在的关心和照顾。此刻，他或许真的需要我这个外甥去帮他。仔细回想，我对舅舅的拒绝行为让我有些懊悔，或许去帮助一个人，不必想那么多吧，如果人人都与我一样这般猜忌，那份留在人间的真情也就会变了味道。

沉寂的夜里，再没有了一丝睡意，我脑海里又出现了几个人。

我想起了一位编辑，今天在这里我只想称呼他石大哥。石大哥是一位很有实力的编辑，机缘巧合，我得到了他的联系方式，加到他的微信。我们从未谋面，那个晚上，我怀着敬畏之心，斗胆把自己的作品发给了他。石大哥读了我的文章，便直奔主题，传授我写作技巧。他柔和的声音里没有一丝嫌弃，谦和地提出我的文章里所存在的一些问题，又轻柔地回复我该怎样去修改、去创作。石大哥是那么真切地想帮助我这个急需被人提点的人。那一刻，我相信，石大哥并没有多想什么，他只想让我成为一个优秀的文学创作者。也是石大哥的话语让我又通透了不少，不再疑惑，也不感觉我是无所事事才选择了创作。多半时候，我都会关注一下他的动态，我从石大哥的圈子里又寻觅到了新的文学认知：或许这一辈子，有些文学创作者不会有所成就，或许大多数人都会被埋没在历史的长河里，可他们一直做着自己热爱的东西，从没有放弃过。

他的圈子里，有默默为信仰付出一辈子而不求回报的人，也有老一代作家扎根土地，在最普通的生活里欢声笑语的人，他们谦虚、和蔼、慈祥。一两人也就罢了，可我总能从他圈子里看见许多用自己的身躯去提点后人的身影，石大哥更是这样的人。后来石大哥转岗了，他又给我介绍了新的在职编辑，希望我能在文学创作这条路上走得久远些。在他的身上，我看见这世间依旧是有很多和我一样，用自己的方式去热爱这个世界的人。

提起石大哥，我脑海里又闪现出了一位善良又真诚的姐姐。我亲切地称呼她为大姐姐，这种称呼在我看来是我内心最甜美的称呼。大姐姐与我没有任何血缘关系，我们只是同姓。倘若不是奔走在这条文学的小径上，我也没有那个福分认识她。

大姐姐让我觉得，我在文学路上并不是虚度光阴。大姐姐知道我坐在轮椅上，有许多事儿没法独立完成，她便会悄无声息地帮我办好。她从未在我面前说过她帮我做的任何一件事，有多麻烦，有多困难，可这一切我心知肚明。我记得我要去离家三百多公里的地方参加文学培训班，就有些忧愁，毕竟我无法像其他人一样，独立完成一些事。生活里，我只有带上父亲或者母亲才能照顾好生活无法自理的我。大姐姐提前考虑了我的担忧，她告诉了主办方我生活上的困难，请求让母亲陪着我去。去培训班的第一天早晨，母亲推着我上电梯，我身后传来了一句干脆清澈的呼喊，一位身材端庄脸庞俊俏的男士微笑着望着我，我们一起握手，那是我第一次见宁夏作协的闫宏伟老师，闫宏伟老师亲切的语态和动作让我感觉，这里就像自己的家一样舒服。我很疑惑闫老师是怎样认识我的。他与我打了招呼，就转过身又亲切地向身后的几位老师介绍我，从介绍里我才得知，是大姐姐千叮咛万嘱咐，希望能照顾好我，让我来参加培训的时候，不要有任何担忧。

前不久，我要加入青联，市文联统一提交加入青联的人员名单。进入青联需要提供一份无犯罪记录证明和个人征信报告。青联的工作者不知道我坐在轮椅上，催得很急，我的家距离市青联办公室又很远，大姐姐为了这件事，亲自替我去送资料，又顺带给青联办公室的人说明了我的具体情况。送资料的那天，大姐姐也很忙，忙得没时间和我打字交流，只能用语音。我从她回复的语音消息里听得出她上楼梯时急促的呼吸声。那一刻，我心里涌上一股暖流。我心里只有一声最真挚的感谢，或许就算是和我有血缘关系的亲姐姐，也没法在忙碌的日子里这样不断地抽时间去帮我做这些繁琐的小事吧。我与大姐姐只见过一面，她见到我的那一刻，亲切地弯下腰和我握手，又和善地介绍着她自己，怕我不认识。可我的这位大姐姐我又怎能不认识呢？大姐姐从没有说过一声累，也没有一声不情愿或者推托，只要我寻求她的帮助，她总会竭尽全力去完成，有这样一位可爱的大姐姐，我深知我坚持创作没有错。

我又想到了我的另一个同学，他平时很少与我聊天，每次假期快结束时，总会来与我聊一聊。他一直在考属于他的高校殿堂，总是有挫败，却总也没有放弃。每次他来到我身边，我准会给他准备些瓜子，借着圆月的光，聊着那些属于我们的理想，他从来没有感觉我创作文学是一种虚度时光。他总会很有耐心地聆听我最近的状况，我有些成果，他便会点头肯定，我若毫无所获，他也深吸口气望着我，又会读读我的文章，尽他所能地告诉我一些他看过的好作品，让我坚定创作的信心。我们天南地北地聊，他黑黝黝的脸上满是憨厚，嘴巴一张一合地嗑瓜子，时不时露出好看的大白牙齿，这景象深深地刻在了我的脑海里。

记得也是半年前，他来与我聊天。他考入了自治区的工作，对于亲人朋友来说都是开心的，他的工作还算不错，他即将会有一份不错的收入，会有一个不错的家庭，过上不错的生活，然后生儿育女，买房养老,最后光荣退休,成为老人。可他干了不久又辞去了工作,继续在家攻读。没人理解,也没人祝福,传来更多的声音是感觉他是疯了,这么好的机会浪费了,这么好的工作丢掉了。那一刻,他就像我这个不知道赚钱无所事事的人一样。我俩聊着彼此的境遇,也不知道为何,都会心地笑了。他讲述着自己的经历,一次又一次差一点点进入中科院,这次他辞掉工作也是准备再试一次。他的心愿也激励着我前行。一盘瓜子也在我们的畅聊中全部变成了壳,月光也亮得更纯白。他抿了抿嘴唇,喝了杯水,坚定地告诉我,等他到了中科院,一定要来帮我,这句话让我心中总觉哪里不对,却又感觉暖心。当我再望着他时,他也已转身离去,消失在我的视野里。

我笑了笑,思量着,我的时间在无所事事的朋友面前就是一种无所事事,在一些追求自我的人看来却变得尤为珍贵。想必舅舅也是想把我这尤为珍贵的时间抽去一些,帮他解决这次困难,而不是因为我闲得发慌才让我去听那份培训课。

我脑海里浮现出有关舅舅的更多画面,他识字不多,手机上好多软件都不会用,无奈之下只能托人帮他把一切程序都安装在手机上。一大早,他便坐在公交车的驾驶座上,与跟孩童时期的我聊天一样,一边听着网课,一边开着公交车,他忙得手忙脚乱,为了生计难为得不知所措。我越想越内疚,舅舅真的需要他的外甥帮他一回。

想通了,也便松了口气,闭上了眼睛安心睡觉,第二天我就帮舅舅听了线上培训课。

没等我完完整整听足七天,我便又忙碌在文学路途上。接到电话,县文联要颁发给我一个文学奖,心中的开心自然不言而喻。那天父亲一直陪伴着我,一大早他就拉着轮椅,背着我,上了活动主办方安排的大巴车。那天所有人都很忙,急匆匆颁奖,又急匆匆吃饭,下午又急匆匆开会，会议结束又有记者采访。一整天，我从早晨六点起床，到记者采访结束已是傍晚七点。等吃了晚饭，才可以坐下来好好地听郭文斌老师的专题讲座了。无奈我没有一副健康的体魄，身体疼痛难忍，双腿已经僵硬，我无法再继续坚持下去，我便告别了所有人，让父亲带我回家。我们没有车，带着轮椅，讲座举办的地方又有些偏僻，自然是打不上车的，我便给舅妈打通电话。舅妈刚刚下楼要去办事，听到我要回家的消息，没有犹豫要不要来接我，也没有想她接我是不是有啥麻烦，她即刻推托了要办的事儿。舅妈又了解到我已经离开活动场所，寒冷的冬季，室外是零下十多度，舅妈就急忙挂了电话，告诉舅舅我的诉求，急忙和舅舅去车位开车了。

父亲推着我在室外慢慢前行着，他把小被单盖在我的腿上，又把我的手裹在被单里，让冬日的冷尽量少侵袭我的身体。父亲问我冷不冷，我望着自己怀里的文学奖状，一句话脱口而出："人冷，心热着呢！"

父亲被我逗笑了，推我来到路灯下，路灯虽然不发热，但那光色让我忘却了寒冷。一架轮椅上坐着一个穿着臃肿的少年，他双手插在单薄的被单里，胸膛前是一个红色封皮的本子，本子里夹着一张让他心热的奖状，他的旁边站着一位头发花白的父亲，轻轻跺着脚，逼去寒冷。这一幕停滞了二十分钟，便来了一辆小轿车，是他的舅舅带着舅妈来了。

父亲抱我坐上车，扶我坐端正，舅妈帮我把轮椅放进后备厢，坐在了后座上。我又坐在了副驾驶座，坐在了舅舅身旁。我好像已经有十年时光，没有坐在舅舅的身旁了吧。舅舅的车里有空调，吹着暖风，没有了用磁带播放音乐的车载音响，是电子屏幕的，用手可以触摸的点歌显示器。舅舅依旧和我聊天，聊着我拿的什么奖，聊着我今天又见到了哪些人，聊着我今天又收获了什么。依旧是二十年前带我去医院治疗时车中的场景，只是他的皱纹多了些，鬓角的发丝白了不少。

笑言温情

本想，与至亲之人，任何话语都是可以谈论的，却忘记了，时间涂抹过的痕迹上，依旧有一道疤痕，擦掉了粉，疤痕还会浮现，看见了疤痕，没有人是愉快的。与自己的妹妹吵架，我感觉是一件再寻常不过的事儿，可我却忘记了，我们都已成年，思想也已渐显成熟，不再是当年那两个无忧无虑的孩童了。

数数我与小妹的交流记录，过往里少有和睦的时段，总是在相互逗骂、相互调侃中流失，很少彼此夸赞过对方。记忆里的童年浮现在眼前，我俩总是争吵，争执的内容也着实简单，不是小妹抢走电视遥控器，挑选我不喜欢的节目，就是我有好玩的没有分享给她，吵得激烈了，难免也会撕扯扭打在一起，不是她抓伤我的脸，就是我拔掉她的头发，最终也在父母的呵斥声中彼此收手。干架的瞬间，仇恨是拉满的，像是有深仇大恨，是真吵架，真动手。酣战过后，彼此都还是惦记着对方，不过半晌，就会想着和好，或是同吃一根冰棍，抑或彼此送块糖果，又能开心地相拥在一起。不过这和睦的场景不会维持太久，聊着聊着，不知会因为哪句话，又会萌生打一架的念头。即便争吵、扭打，可骨子里从未真正记恨过彼此，也未疏远过，这可能就是血脉的缘故吧。

那样的场景也只是出现在二十年之前，回忆起来，突然眼角泛着泪花，心中也深知那样童真、美好的光景是一去不复返了。

年龄稍长时，我俩便上了学，小妹幼我三岁，因为我的身体原因，迟迟没有去学校读书，直至小妹不知不觉上学，竟比我早上了一年，我才有了上学的念头，当然上学的一切往事《青白石阶》已详细记述，便在这里不再多言。记忆里抽离出我与小妹的过往。我的英语着实不好，上了初中，我依旧发不准 a 与 i 的音，就因发音问题，小妹时常笑话我。小妹在初中时叛逆了许多，浪费了不少时间，荒废了学业，为了追赶上丢下的课程，便留了一级，等到初三，便与我同级了。父亲又托朋友将小妹与我放在了同一个班里，一来可以照顾一下这个身患疾疴的哥哥，二来可以时刻洞悉妹妹的学习状态。学校里，身有疾疴的我着实有些不方便，而且小毛病还会经常光顾我的身体，胃痛或者肚子痛之类的小疾数不胜数。我上课的一举一动，妹妹不知是察觉到还是心有灵犀地感知到，每次被这小疾折磨得无法坚持上课时，小妹也是第一个来我身边的人，她也深知我的病况，会俯下身，在我耳边询问一下，征求我的意见，是否需要回家，倘若苦痛着实让我受不了，妹妹便跑去老师办公室请假，求助老师给父亲打电话，通知父亲来接我。

妹妹也就一边上学一边关注着我的动态，陪伴着我，在同一个班学习。四年里，妹妹学习总没我专注，自然功课也就没有我学得扎实，可好多次考试妹妹都要高于我，至今我都在疑惑，为何她总会考得比我好？学校里的我们从未吵过架，回家却总会斗斗嘴。我们也在学校的祥和与家中的喧闹里，共同成长。等到我们一同考上大学，我却因身体原因不得不放弃了学业。至于小妹去了大学后，我的生活状态，也在前面章目中详细叙写，这里就不一一回忆描述了。是啊，小妹去上学了，带着家里人的希望，也带着我未曾完成的心愿去读大学了，学校与家有几百公里，距离远了，也就有了美感，我与小妹斗嘴的机会少了许多。渐渐地，彼此也就牵挂起来。小妹上大学的时段里，拿了什么奖或者受到了表彰，都会告诉我，也会索要一个微信红包作为奖励，我依旧骂骂咧咧，冷嘲热讽，终究还是会把红包转给她。这一晃，大学四年也就过去了，她毕了业，也回到了家中，我俩相处的时日就多了。

今时今日，大学生已经如同菜市场的大白菜一样常见，再也不是父辈那个年代所有人捧在掌心的香饽饽。毕业也将意味着失业，小妹也是如此，也在努力寻找自己的未来。她尝试着考了公务员，考了事业编，最终都以未能通过面试而告终。小妹觉察到失业带来的慌张感，便收了收那颗天生爱玩耍的心，开始学习。有时想想，当学习成为一种谋生或者追求利益的工具时，也就不再让人感觉到开心，或许总是在机械的知识复习中慢慢沉默，渐渐冷漠，慢慢不再主动去学习，只是被迫地做着将来要活着的挣扎。

每个早晨，她都抱着一本书，端正地坐在凳子上，低着头勾勾画画。晚上也是，她打开灯，耳朵里插着耳机，依旧低着头勾勾画画。小妹与我上学的日子里，我也没有见她如此认真过。小妹也在学习知识中变得暴躁无常，我也很少再与小妹吵吵嚷嚷了。这种方式，更像是一种长大了的表现，少言寡语的同时，也失去了儿时那份嬉笑怒骂的纯真，兄妹之情也似乎开始慢慢疏远。

隐隐约约感知，生活像是一场编好的戏剧，不想出现什么，它就会来些什么。我本不想与小妹嚷嚷，却偏偏来了一场毫无征兆的吵闹。近日，与小妹的一次争执，让我感触颇多，彼此也没有像小时候一样，合不来就厮打，也没有像小孩子一样破口大骂，只是各自用成年人思考问题的方式，去约束了一下彼此，说话的声音只比平时大了点，争吵的内容比儿时丰富了些，有做人道理的交涉，也有处事方式的融合，还有彼此标榜的生活方式的不同，总归是两个成年人之间的思想碰撞吧。

我坐在炕头看着手机，小妹与母亲坐在炕边争执着一件事儿，小妹的嗓音自小就高，争执中我便开了口，让她改改脾气。这句话让小妹双手插在衣兜里，扭过头望着我，瞪大了眼睛，嘴里也嘀咕着些什么。我便也放下手机，抬起头望着她。不知为何，内心突然压制不住，便开口讲道理。怎料小妹的道理比我还要多，反而质问起了我，问我可否担起家中长兄的责任，又问我是否体验过失业的压力，是否能给父亲母亲买一套舒适的房子住一住？如果没有那个本事，就请不要教她怎样做人。

我便心中暗想，只是让她改改脾气，她却说出一大堆话，千百年流传下来的兄如长父的话语钻了思想的空子，我一时怒发冲冠，也没像平时那样沉默不语，抬高了嗓门回撑了她。告诫她："买得起舒适的房子，拥有一笔金钱并不是人生的唯一标准！做人堂堂正正，做事坦坦荡荡，对人和蔼可亲，有思想地活着才是一种人生。"

小妹歪着嘴，斜着眼睛，高喊："就你思想境界高，就你学识好，也不见你文章被多少人认可啊？故作清高吧！"

那一刻，我心里像翻起了沸水，又像有一把刀子直插心眼，那种痛，只让我深吸了口气又极快吐出，我脑海突然空荡荡的，只是随口说了句："你还是大学生，有辱大学生的称号！"

这次争吵没持续多长时间，也就五分钟便结束了，以小妹听完我那句"有辱大学生"的高喊而转身离去，争执也便停下了。屋子里安静了，空荡荡的，听得见我的喘息声。我脑海里一片空白，低下头，发着呆，闷声不语了好久好久。转念又想了想，自己写文章真的是为了小妹说的让更多人知道、让自己的虚荣心得到满足吗？又想了想，我心中敬佩的名人大咖，他的文字那般有感染力，最终也体悟透彻，他们也经历了痛彻心扉，才写得出清澈如水的稿子。可即便他们有了些许成就，也未必能让他人改变些什么，最终他们的创作也不再能让一个沉睡不醒的人顿悟，说白了，最终也只为自己能更洒脱地瞭望这个世界而潜心动笔罢了。我又有何懊恼呢？又为何气愤自己的亲妹妹呢？通透了，也便不再计较了、争吵了，我也便不将此事放于心上。我仍然想着，我们会像儿时那样，不过半晌就和好如初，因为我俩流着同样的血液，吃着同样的饭菜，将同一个男同志和女同志唤作父亲母亲。时而说一说自己的意见，即便争吵也无伤大雅，争吵也只是想找到解决问题的共同点。

是我错了，我想得太天真，也想得太释然，并没有想到这次争吵会考验一下兄妹之间是否真的亲密无间。想着吵一吵没事儿这种思想，像我站在老旧的巷子里去思考高楼的美好一样出乎意料。这次争吵并不像我想的那样轻易和解，小妹与我争吵后，两天时间，她没有与我在同一桌上吃饭，在家里，她也未和我说过一句话。她依旧会像往常一样将饭菜端上桌，只是再也没有微笑、没有语言，等一家人到齐了，她便拿着碗筷，夹了食菜，去自己的房间吃饭。我俩谁也没有先开口说一句对不起，谁也没有主动拿出一根冰棍来和解。这让我心中一触，我不知是哪个环节出现了差错，我也不知为何我会如此小气，不愿主动与小妹搭话。

终究，我还是想到了我们争吵的内容，再也不只是简单的、因不喜欢看同一个电视节目而争执。仔细回忆争吵的内容，突然明白，小妹也已二十多岁，也将寻找一份合适的工作，最后也将像泼出去的水一般嫁人成家，成为那个陌生家庭里的媳妇，将来成为一位母亲。当然，这是一个需要行动的过程。

二十多岁，也不再是可以用一颗糖果哄开心的年纪，在小妹的世界里，一支昂贵的口红，或者一个比较大点的微信红包，最好超过包裹微信红包的限制，只能以转账的形式发出，她才会有一点点开心的感觉，或许这还不够，应该带着真诚的道歉之意，将这些礼物放在她眼前才可让她开心吧。我愚钝了，依旧想着，拿一颗糖或者一根冰棍，带着血脉里流淌的相同血液去与她示好和解。这还远远不够，要让小妹解气，还应该坦诚点，不能替母亲说话，应该顺着小妹的思维，用劝勉他人一样的方式去宽慰她，小妹找工作不理想，应该说："没事的，你还年轻，你还有机会，多闯荡闯荡就会考上的。"

不应该凶悍地给予她无限压力，不能像母亲一样，抱着她一定要找到一份理想工作的希望去叮嘱她，不能以长兄为父的态度去指责她。不能像包办婚姻一样去决定她以后的生活，让她在父母眼中足够优秀，在我的眼中足够完美，嫁给一个与父母认定的与她一样足够优秀、足够完美的男人，最后成为一位足够善良的母亲，她应该有属于自己的生活方式。

现在想想，我却又是多么地自私，一家子人包括我，都将小妹用脑海里刻画出的模样去要求她，提点她，这是多么滑稽的一件事。想想自己，在前篇中提到的自己的遭遇，看破的世俗生活，本以为是放下了，却把无法实现的愿望都压在了小妹的身上。坐在轮椅上的我，心中早知，人活一世，健康是多么重要，没了健康也只希望留下一份心中可以接纳的健康状态。也是因为这份特殊的遭遇，让我只懂得了最需要珍惜的便是健康。对于工作不工作的，于我这个失去了健康，只祈祷再无他病缠身、平安活着的人来说，并不重要，虽然不在自己身上看重，却要狠心让小妹有一份理想的工作，心中还偷偷萌发着一个私欲，在大街上，被某某人碰到坐着轮椅的我，提起县城里最光荣的单位里，某个人是自己的小妹而高兴地仰起头颅。

是啊，当我萌发了这丝贪迷荣誉的虚荣心时，我也已经被捆束在了里面，终究没有跳出来，自己总觉从小父母教导我们好好上学，将来有个出头之日，别人也就瞧得起你。学校中，老师也劝勉我们，好好学习，好好工作，才能拥有财富，才能追寻自己喜欢的，买得起大房子、好车子。这思想便贯穿着我们的一生，从小便在奋斗这些，不是吗？我时常会想，我得病是一种苦难还是一种幸福？让我可以跳出父辈、老师以及更多人从小就强调要追寻的东西与生活，有更多时间去思考除了大众眼中的美，我们还能追寻什么。这也让我想到，在追寻这些的同时，是不是我们跳进了一个像陷阱一样的深坑里。幸好我们的思想进步了，并没有像井底之蛙一般只是望着天空，开始用双手挖土填补脚下的路，什么时候用双手填平了陷阱，什么时候我们也就解脱了。这个陷阱之上曾是无限风光的海市蜃楼，会诱惑我们跳下去，很多人都是心甘情愿跳进去的。也恰恰是因为得病，让我对海市蜃楼没有了贪迷，也庆幸没有跳进去。

转念又想，我是否真的跳出了这些捆束？首先我是没有劳动能力的，也就打消了赚大钱的念头，也就不再想买一间豪华的房子住一住，不想了，也就不贪痴在怎样赚大钱买房子的问题中。我也开不了车，自然至今都分不清宝马和奔驰的标识，就更别说其他车型的标识了，既然分不清，那必是不会去追求买一辆高贵的车子坐坐了。是啊，这么一来，我必是跳出来了呀，可我又自嘲了，既然跳出来，为何又要给自己的小妹施压，让她尽量有能得到这些捆束之物的能力呢？又为什么会幻想小妹成为某个光荣单位的一员而让我自豪呢？小妹得到了这些就真的开心吗？我就真的会自豪吗？

一系列的问题让我无法躲闪，总想学会释然，却总不能真正释然。本以为看淡世俗的眼睛，却偷偷在暗地里偷窥世俗发出的荣光而窃喜。

吵架后的第三天，母亲在我身旁嘀咕了几句，小妹对母亲说过，她有过不嫁人的念想，因为我以后会无人照顾，终将成为累赘，小妹默认了她要照顾我，在她的思想里也对我有了疑惑，或许我真的无法买一间大房子住一住，也无法在这现实的生活里靠写的文字养活我自己，生活都无法持续了，那找到一个对象当作妻子，让她来照看我，更是难上加难的问题了。这话让我心中久久无法平息，小妹脑海里的画面也浮现在了我的脑海里，我无力地瘫睡在那里，母亲的额头边撩出几缕白发，她只是颤抖着与父亲坐在一旁。一位满脸褶皱和几丝愁容的中年妇女（是我脑海里无助的妹妹中年时期的样子）走到我的面前，无奈地帮我翻动了身体，她的丈夫瞪大了眼睛看着我与我的父母，没有搭手帮助这位中年妇女，与她一同帮我翻身，他的目光里不光是愁，更是仇。我笑了笑，摇了摇头静止了幻想，我忽觉小妹发火是对的，与我吵架也是对的，两天不与我在同一桌上吃饭也是对的。倘若这画面在我与小妹吵架之前便已在我脑海中回荡过，我定不会怒气满怀地回撑小妹。

小妹何尝不想洒脱？何尝不想跳出那些陷阱，与我一样看淡一切呢？她爱微信红包也是有道理的，她想要一所舒适的屋子也是有理由的，她不想这般累，想得到这些也是情理之中的。倘若我能走入小妹的世界，小妹得到了父母对她期盼的生活，或许我会看到另一个画面。有一个男护理，每月领着高昂的工资，站在我的身旁，时而帮我翻翻身，时而又帮我抬抬腿，母亲也撩起了白发，不再发抖，怀中抱着她的孙子开心得合不拢嘴。父亲随着落日丢下了手中的扑克牌望着远方，不远处走过来的身影是那样熟悉，父亲认出是自己的儿媳、女儿、女婿。女儿肩上挎着包，儿媳挽着女儿的胳膊并排前行，女婿手中提着菜篮，背上挎着女儿的背包，跟在女儿和儿媳后面，三人脸上烂漫着微笑，慢慢向父亲的身边走来……

突然，碗筷声音打断了我脑海里的所有画面，有一句久违且亲切的声音传入了我的耳朵，只是很简单的两个字：吃饭。我抬起头看了看小妹，这次她没有再夹起食菜去自己的房间吃饭，像往常一样坐在了饭桌旁，我摸了摸自己的脉搏，跳动的频率告知我，她流淌的血液与我的相同，也是这股血液又流淌进了彼此的心里。

生　日

年三十，是多么富有诗意的晚上啊！夜里十二点，满天爆竹耀眼夺目，开心自然是涌上心头的，可我却高兴不起来，初一便是我的生日，按理来说，也是值得开心的日子，可我却很沉寂。往年，兴许会在被窝里偷偷许下一个愿望，安下心睡觉，今年我没有许愿，也没有感觉到窗外的声音有多么喜庆，我的鼾声伴随着爆竹声，不知不觉，我就睡着了。

睁开眼睛，我依旧安静、纹丝不动地躺在炕头。不出所料，我的力气依旧没有回来，但我并不失落，这是意料之中的，多年来习以为常了这个结果。或许是时间久了已不再有任何期待，睡觉前也就没有了许愿的念头。

回忆二十六年里，最有意义的一次生日，还是二十三岁那年。

那年，我不再期盼早晨起来拥有一身力气，可以用这股力量撑起身子，再站起来。也不在脑海里翻动去父母面前晃悠一番，让他们高兴高兴的场景了，可我又控制不住地回忆起，不知多少次想象过老两口看着自己的儿子又蹦又跳，高兴得手舞足蹈。那一刻，我站在大镜子前，摆弄身姿，再靠近镜子一点，剃了胡须，用手摸摸腮帮子，仔细端详脸颊的胡子刮干净没有，我晓得楼底下有个温文尔雅的女孩，正在屋外等着我，她要陪着我，与我一起走在大街上，偶尔在人烟稀疏的地方牵一下我的手……

开门声打断了思绪，我依旧躺在床头。是啊，一个人，有血有肉，也有思想，没干过什么伤天害理的事儿，可就偏偏没有了力气，站不起来。这事儿，怨不得父母，也怨不得他人，更怨不得自己，只能慰藉自己的心，接受现在的自己。也在那年，我说服了自己，并接受了自己。

那年生日，我一个劲儿开心，那是我人生中最真实的一个生日，坐上父母给我买的电动轮椅，借着高科技力量，独自走出家门，去感受一番行走的滋味。这种滋味也是我二十三年里，每个大年三十夜晚新年钟声敲响时，许下的第一个愿望。许了十年，也等了十年，到了二十三岁，没能得到某一位天神下凡来帮助我，也就这样失落了十年，终究是父母帮我完成了这个心愿。

那年，我坐着轮椅，也便有了些行动的能力，去了县里最大的公园。喜爱这个公园的一个原因是——地坛，那个承载着一位轮椅巨人的梦的地方。我也向往那种生活，开心了，我会去公园，忧愁了，我依旧去那里，哪怕在那里停滞一分钟，也是开心的。那年生日，我还是毫不犹豫选择去那个公园坐一坐。冬日的园林里，着实没有可览的景物，我驾着轮椅，来到一个人工湖旁，绕着湖边转了一圈，一圈下来也有二点二公里。湖水结成了冰，还没有要融化的意思，我就这样绕着冰封的湖水，转了一圈又一圈。我将轮椅的速度调得很慢，张望着周边的一切。游荡之余，我看见了枯草下的嫩芽，便开动轮椅，轻轻地、慢慢地来到这一簇破土而出的新芽儿前，生怕惊扰了这生灵。我低下头，仔细观察了许久，伸出手，想摸摸它，可我坐在轮椅上够不着，我深吸了一口气，尽量弯下腰去抚摸它，但终究没有触摸到它。我又大吸了一口气，支起自己的身子。我对这小生命很是喜欢，投我脾气，像我，寒冷的天气还要探出头，来看看世间的冷暖。我便这样放空一切，在这小生灵旁坐了许久，与它一起吸纳阳光的养分。

那年生日，我还坐着轮椅上了山，一路爬坡，真担心轮椅老家伙爬不上去，每走几步，就看一看操控屏，电量是否允许我继续攀爬，老伙计也很争气，它知道我不会放弃这次爬山的机会，电量一直很充足。陡坡一段接着一段，一路之上，也有些荒僻之地，能听得见几声犬吠，心中增添了几分惶恐，生怕出来个野狗之类的生物，坐在轮椅上的我恐怕招架不住。每当听到犬吠声，便不自觉地向山上望一望，立马又向陡坡的远处望一望，隐约瞧得见一两个巡山之人，也就正了胆，继续前行。

终究，我来到了轮椅无法翻越的地方，停下了前行的脚步，在山头的某个点，我选了个位置，操控着轮椅站了起来。站起来——多么平凡又充满期盼的词，我只是借着轮椅的力量，将我像绑在十字架上一样撑住罢了，但即便这样，也是开心的，终归是站着的。那年，我站起来了，是啊，站起来了，就是读者们轻而易举就可以完成的一个动作，可我会一遍又一遍重复来强调这个词，仔细想想，其实也没必要如此浓烈又矫作地强调这个动作是多么美好，因为它仅是对于我一个人而言的幸福感。我站在山上环顾四周，眺望远方，看见了家乡小县城最美的模样，有高楼，有矮房，有体育馆，也有大操场。有了电动轮椅，眼下的每一处美丽的景点，都曾留下过我轮椅的印迹。我在这里，生活了二十多年，也在此刻，目睹家乡全貌时，才知道它是那样美丽。

想起了，我还邀请了一个女孩，想让她陪着我，过一个只有我感觉意义非凡的生日，她没有答应我的邀约。她并不知道，我只是想和她一同走一走。当然，我猜她也不愿意陪着一个坐着轮椅的男子，在田野间的小径上散散步的，抑或是陪他一起去公园的湖边走一走，又或是陪他登一次山。想想，我在她的脑海里，只是一个比一般坐轮椅的人多识得了两个字，会写一两篇感悟的人罢了。

那年之前，她说过一些慰藉我的话，告知我，我很坚强，很厉害，精神很感染她。她也告诉我，有了时间，会陪着我一同出去走一走。那年生日之前，我从未邀请过她与我见面，我不知道她是方形脸还是圆形脸，我也不知道她是单眼皮还是双眼皮，甚至都不知道她是高是矮、是胖是瘦。我只记得手机上，她发来的一句句让我心潮澎湃的话语，看到那些话，我开心得合不拢嘴，笑容一次次被父亲母亲发现。也是这些美好的回忆，让我有勇气邀请她与我过一个不一样的生日。那年生日，我只是记得，她轻描淡写地说了句："过年没有汽车，没办法来。"

后来的后来，我才知道，女孩从未想过与我一同行走在大街上，甚至没有勇气想象一下与我走在大街上的场景。也是那年过后，轮椅上的少年死了心，不再邀约任何女孩陪他走走，哪怕只是茶余饭后在街边走走。如今想起来，倘若女孩是我自己，我会毫不犹豫在年三十丢下家里人，去陪着一个坐在轮椅上的人转一转吗？何况是真的没有车，我自然也会思量思量，考虑考虑，或许我也会说出没车的理由来委婉说明一下的。站在女孩的角度，这真的是一件很普通的事儿，没必要放在心上。我摇摇头，笑自己是多么痴，如此普通的一件事这些年都还记得。

也是二十三岁那年生日，我坐着轮椅，陪着夕阳，伴着微风，一路哼着小曲，荡荡悠悠在花花世界里逛了一整天。那年，父亲母亲的头发还不是银白色，只记得回家时，我看见父亲双手背在身后，时而向自己坐轮椅的孩子出去的方向望一望，时而站在家门口，与邻居闲聊几句，聊天时眼睛依旧望向远方。母亲双手插在搓衣盆里，甩动着胳膊，眼睛却高高抬起，同样向坐轮椅的孩子出去的方向望去。他们在守候，也在等待，等待一个他们日夜操劳、细心呵护的人。我一步一步靠近，逐渐瞧见他们的容颜，父亲停止了闲聊，双手放在身前，向前走了几步，母亲也站起来，双手甩了甩，将手上的水滴甩掉。阳光正好，微微落至家门前，洒在父亲母亲的脸上，我看见了他们的笑容，是那种期盼已久的笑容。

那年再向前推十年，我坐着手摇轮椅。我是没有一丁点力气，不可能让手摇轮椅带我出去游荡一天。我坐在轮椅上，望着窗外的世界，猜疑着外面是什么样子。应该是充满着美好，抑或是有些灰暗的，幼稚的脑海里总是像电视里的一种单一色彩，也仅靠电视里看到的只言片语去了解世界，脑海里浮现着五花八门的东西，除了想象，也只有想象。敲门声打断我的沉思，家里人准备了一大桌子好吃的，有鱼肉，预示着年年有余，有蛋糕，还有一大帮子给我唱生日歌的兄弟姐妹、堂哥表弟。我总是在那一刻哭泣，长辈们都会宽慰我："今儿是初一，全国人民都在给你庆贺生日，你还有啥不高兴的？"

欢闹中，我也可短暂丢弃所有烦恼与忧愁，唱了生日歌，偷偷许下心愿，愿自己来年可以站起来丢掉轮椅行走。可我已经忘记，自己许下了多少个这样的愿望。来年又会许同样的愿望，来年的来年依旧会许下一样的心愿，来年也就推移到了那年。

那年生日，我偷偷丢下一大帮子亲戚，默默坐着电动轮椅，走出了家门，看见了外面的世界，它是五彩斑斓的，并不是他人口中的黑暗无比，也不是他人眼中的苦不堪言，这个世界时而冷，时而热，时而明亮，时而黑暗。这个世界也不是我心中十多年积攒下的埋怨里那样不公平。因为苦不堪言不只属于我，它影响着这个世界的每一个人，只是苦难的方式不同罢了，或皮肉之苦，或心身之痛，或精神匮乏。不过好多人感受到这些苦，又看到坐着轮椅的我的那一刻，与我同等苦的人，会因悲而泣，为我而泣，也为他而泣，那一刻我们是天涯若比邻的难兄难弟。只受皮肉之苦的人，心中也略微有了点缓和，与我相比，他们是幸福的，苦感也就瞬间减去不少，这多好呀，那一刻，知足之感也就降临在了他的身上，是一件很幸福的事儿。

是啊，世间之痛，我算是也受了些，但也不能自讨苦吃啊。为了抛弃这些苦难，我不得不用物理知识来解答。当我坐着电动轮椅走出去时，我更愿意将自己看作一个质点，在世间百态中移动时，也就没有了那些苦，那一刻，我抛去了所有外在条件，是一个生活在真空下的元素罢了。我眼前的世俗，他人的目光、话语、动作都会被忽略不计，没有了这些外在条件，也就没有苦难而言了。

可终究在他人眼中不是一个质点，是一个活生生的人，他们会从柴米油盐酱醋茶的角度思考我的价值。当然在这个角度，我就太苦了，赚不来钱，没有换取柴米油盐的条件。这样，我也就低了几分，很多人分不清我与蛔虫同类还是与根瘤菌同类，总以为这两种生物都是寄生物种，没有什么益处可言。是啊，倘若我只能从这个角度被他人发觉，那我也束手无策，就让他们眼中浮现着蛔虫与我的模样笑笑罢了。根瘤菌与我一起微笑着坦然面对吧。

最终，我还是回归到一个平凡的人的角度，我毕竟是有被诸多条件捆绑的人，安安静静地过一会儿平凡人的生活吧。那年过后，我也算完成了心中多年的愿望——站起来的愿望吧。从那以后，对生日意义的期盼，也就改变了。我又许下了新的愿望：希望家里人可以平平安安、健健康康地活着，陪在我身边就行。

人，毕竟是会成长的，儿时，感觉过生日是一种幸福，从未想过母亲。某天下午，坐在医院门口与几位朋友聊天，无意间听到的两位医生的谈话触动了我，他们说母亲生孩子时的痛苦不亚于汽车碰撞后产生的剧烈疼痛。听到这句话，我沉思了良久，我也是母亲十月怀胎生下的，生我那一刻，她也忍受了这样的痛。二十多年里，每个生日，母亲总会忙前忙后，为孩儿操办生日，希望孩儿可以感受到幸福，母亲让我懂得，坐轮椅并不影响我得到快乐，我依旧可以在她的身旁开心成长。

孩子的生日，母亲的痛日，我竟忽略了这一点，每次许愿的那一刻，却丝毫没有想起母亲，总是很自私地只为自己许愿，贪婪地想要健康，想站起来走路。想起母亲，我也只是贪婪地接受着母亲一切的爱，生活起居，穿衣出行，无不需要母亲的相助。这让我想起了铁生诀别母亲的场景，他也曾忘却了母亲的爱，也曾不理不睬母亲，也曾闹脾气一天不回家，可当失去母亲那一刻，万般苦痛也只能留至心田。想起书中的那一幕，我突然心痛，泪水在心中泛滥。总觉得自己是这个世界最苦痛的人，却忘记了母亲，她才是！母亲常常以泪洗面，心中的愿望也与我一样，只是期盼她的儿子可以站起来走路。有句老话：老人的心在儿女上，儿女的心在石头上。想必不是讥笑的话语，也是有真真实实的例子摆放眼前吧。

生日也在我心中有了新的含义，它不只代表一个人初生人世的喜悦，请记住这一天，还有一个人曾撕心裂肺地痛过，她就是那个能让你在生日这一天许下美好心愿的你的母亲。每个细心的人都曾注意过，这一天没有一个母亲会不开心，因为她的儿子或女儿过生日。难道那一天每个母亲都会忘记生孩子时的那份痛苦吗？从她们的容颜中，我只能观阅出无限的喜悦。孩子生日那一刻，每一个母亲，只会记住生下孩子那一刻的幸福，不会给孩子提及丝毫自己受过的痛，每个母亲只希望自己身上掉下的这块肉可以长大成人，或顶天立地，或举世无双。但期望终归是期望，成长是几十年的事儿，在这期间会发生什么，我们谁都无法预知。

母亲也期盼过我能飞黄腾达，母亲也寄托过我能儿孙满堂，母亲也回忆过我的半生颠簸。她时常因梦见我站起来走路而笑醒，她也做梦因我坐轮椅而哭醒。她怎么也想不到自己的儿子生下来就失去了行走的能力。一年的期望落空，五年的期望也落空，十年的希望又落空，时间久了，母亲也就看不到这些期盼了。眼睛里除了迷离什么也不剩。她唯一能做的就是一边照顾着她的孩儿，一边慢慢降低期盼度，只希望身上掉下的这块肉健健康康地活着，万一健康的条件都无法达到，那就只期盼他活着就行。

初一的早晨，我落笔写下了生日，也不再期待生日这天发生点奇迹了。只希望母亲依旧可以给我做一碗生日面，每年都能看见父亲、母亲、妹妹、弟弟陪在我身边，吃一碗面就已知足。

第三辑

爱愿篇

手心的温度

冬日里,我与许多冬眠的动物一样,很少出门。寒冷当然是最重要的原因,冰雪未消融,高楼遮挡的道路上没有阳光,会形成一块块伤疤状的冰坨。我坐着电动轮椅出去,自然是不会让家人放心的。

要是有了万不得已的事儿,那也必须出门去一趟,就比如挚友过喜事儿,抑或要见一位心中极想见的人。正巧是冬日里相传的"九九寒天"。一寒有九天,共有九个这样的寒九天。至于寒九天的顺口溜,也都是老辈们根据天气的状况、多年的经验以及一些古老的传言而编织的。至于顺口溜怎么念,我呀,还真不会,就不在这里多言了。我只知三九、四九是冬日里最寒冷的两个"寒九天"。今天是三九里的第六天,我打开了手机的天气预报看了天气,零下十三度至零上二度,还有阳光相伴,那自然是再好不过的天气了。朋友的事儿算是有了着落,还有件事儿便是要见一位心中分量颇重的人。

现在有了手机的我们,联系起来着实方便了不少,微信里与她约定了时间,约定了地点。她是我二十多年来,第一位准备牵手的人。对于情感,我一直是躲避着的,也很少在文章中提及。看了我前面文章的朋友们也应该了解了我的状况,也是这个世人眼里的特殊身份,让我一直躲避着恋爱。

  好了，我想好多读者并不在意我去挚友家庆贺新婚之喜的事儿，更想知道我与这位说得极重要的人到底见面了没，发展情况怎么样，又是怎么相识相知的吧？

  下午，阳光在蔚蓝的天空上清纯而明亮，我从朋友家中出来，深深吮吸着蓝天白云下新鲜的活气儿。打开手机询问她是否有时间。我手中拿着朋友给的喜糖，出门时还准备了妹妹亲手做的手工糖，就放在我的轮椅背包里。捧着手机，看着手机屏幕，静静地等待着，五分钟后，屏幕自然熄灭，没有得到回信。我也不再多想，就戴好保暖手套，操控着电动轮椅奔向见面地点。风是轻柔的，没有划破脸皮的料峭劲儿，路也是平坦的，那一块块高楼下的冰疤也温柔了许多，轮椅走过并不滑溜，耳机里传出一首我挺喜欢的歌，歌手清亮的嗓子通过手机传来的声音也很甜美。我来到了那个空旷的操场旁，那里有一面墙，冬日里，挡风是最好不过的选择。到了地点就立马打开手机，依旧没有回信。心中也多了几分忐忑。记得上次见面，我与她聊了不知多久，我与她上电梯去餐厅前还有阳光，出来时，路灯微弱的光洒在这座小城的地面上，看看时间，也只是下午六点半左右，冬日的夜晚来得是这么早。她望望我，我看看她，轮椅上的我担心着她回家路上的安全，站在我面前的她又挂念着我回家时路上交通是否通畅。我是安全到家了，她比我先到的家，家里人又遣她去给二姐送东西，又出去了一趟。路上漆黑，还有冰坨，下坡时一个不小心就摔倒了，三根手指也擦破了。看着她发来的手受伤了的照片，我心中一股酸涩涌出。倘若换作别人，此刻应该是在她的身边帮她擦药，给她包扎，而不是坐在家里，拿着手机，默默心中酸痛吧。虽然她一直说不关我事，我心中的内疚却也是很难平复的。我坐在房子里想着给她擦碘伏的样子，想着给她包扎伤口的模样，也想着她动容微笑的样子。可这也只能是我脑海里的自己的样子。

躺在床头，我是无能为力的，无力的双手握着手机颤抖着，看着屏幕中她的伤口，想了很久，终究是没办法像常人一样照料她，心中唯有能平复这份无奈的念想冒出了我的脑海，想起了平安扣，我虽不是迷信之人，却也只有这一种方法，可让我心中少些酸痛，默默许下一个愿望，祈求让这块玉能带给她平安、幸福、美满。

除过亲人，她也是第一个与我见过面的女孩，也是第一个坐在我旁边与我一同吃饭的女孩，二十六年里，我从未想过，有一个女孩坐在我的面前。三年前，我曾鼓起勇气邀约一个女孩，想让她陪着我在大街上走一走，逛一逛。那时，她也爱写作，也偶尔写写文章，也因这份不约而同的爱好，我与她相熟相知，也因这份熟知，我才鼓起勇气邀约她，最后她也没有出现在我面前。那时候，我也绝对想不到，三年后会有一个女孩愿意与我一同坐在一起吃饭。吃饭的地方，并不是什么包间房，吃饭的人也蛮多，自然眼睛也就蛮多，时不时会有眼睛望过来，目光直射我俩。我总会不自然地去望望她那双眼睛，那双眼睛里，我们聊到开心的事儿，它便闪烁着光；我们聊到忧伤的事儿，眼睛里也有着一丝愁。只是她的眼睛里没有异样，也没有惊奇和不适。平日里，我见到最多的，是那一双双瞪得大大的眼睛，直勾勾盯着我的眼神，还有那眼神里是不可思议，是难以置信，有怜悯，也有不该如此。眼睛里出现的是一个二十多岁、正值青春的小伙坐在轮椅上的样子，而她的目光里是那种平和、自然、正常。

那次见面后，这个轮椅作家的庐山真面目也揭晓了，比想象中的更糟糕了点，吃饭时都端不起碗。她的愁便多了几分，是摔伤后没有安全感给她的恐慌。不光如此，她想到了自己的父母，得知女儿和我在一起是怎样的感触？又想到了爱情背后的家庭、社会、责任带来的种种困惑。她的脑海里有一个画面，我躺在床上，没有一点力气，她在马路上摔伤，痛得也只能在马路上哀号。一个身体没有一点点力气，不能及时赶到她身边的人，那一刻躺在床上抽泣着、煎熬着。我想起在《深夜构想》一文提到的，倘若要谈对象，那些对科技的构想就必须要实现。可目前还未有一项成为现实。我又该怎么办？放弃？此刻我能做的，只是轻轻闭上眼睛，双手紧握，心中默念、许愿，祈求着她别再摔伤，别再有个岔子，祈求她脑海的那一幕也只是出现在脑海里，永远不会出现在现实里。

手机铃声打断了我脑海里的一切，她的消息来了，她正陪着自己的母亲逛街，调侃我要不要见阿姨。我心中最多的是害怕吧，便谢绝了见阿姨，只见她。我们还在手机里约定了，见面时，让我抚摸一下她受伤的手。她确定了我等她的消息后，也便急匆匆打发母亲回了家，又在手机里发来定位，再次确定了我们见面的具体位置。得到她的来信，心中也便少了许多顾虑，驾着电动轮椅走上专门的轮椅通道，来到一个小广场，坐在阳光下等待着她的到来。

手机又响了起来，是她的消息，她到了公园下方，问我在哪儿。我放下手机，操控着轮椅，轻轻调转着方向，望着我眼睛里每个能看到的角落，旋转了三百六十度。我脑海里还是第一次见她时的样子：短短的披肩发，还有她穿着的淡蓝色羽绒服。我旋转了一周也没见到她，直至她走到我的面前，我都没有察觉。她扎起小马尾，红色的冬日棉衬衫……见到她，我即刻询问摔伤的手怎么样了，她从衣兜里伸出手来，轻轻移向我的身旁。我缓缓抬起无力的右手，她的手离我有点远，又有点高，在我的眼睛前面晃，我抬起的手够不着，加之身旁不远的地方又走来了游荡的行人，我便将伸出的、立马要触摸到她受伤的手的右手又收了回来，她也立马将手收回缩进衣兜里。我把手里的糖果递给了她，又立马转身,将我的轮椅后背展现在她眼前,让她从轮椅背包里拿出了我感觉最有意义,也是这世间最好吃的糖果给了她。

我俩看着游荡的人,缓缓走过人群中央,想找到个人少又可以歇息的落脚地。我们在一处有阳光又有石凳的地方坐下了。她将糖果放在了身边的石凳上,双手又回到了衣兜里。她的眼神迷离,是那种积压已久的沉重,也不敢再多看我的眼睛,只是一直盯着公园的大电子显示屏,荧幕里演绎着一幅幅县城的风貌变化。不知怎的,我们的聊天话题没法出现开心的事儿。她想起了人生,又想起了生死,还想起了远方山上的黄土坡,她告诉我,自己想在黄土坡上挖一个坑住下去。此刻,我本感觉自己已经是一个通透生活、看遍人世间冷暖的人,却不知是什么又让我眼前这位活蹦乱跳、仅是二十四岁的青春少女会有这样的想法。我便从我脑海里翻出了所有可以勉励自己、激励她的故事,讲给她听。我发现,她很少说话,时而用那双无望的眼睛看一眼我,虽然无望,可眼睛里闪烁的微弱的光,对于我依旧没有不适,也没有嫌弃,更多的,也只有忧郁罢了。

我望着她许久,再次沉默了,也不知突然哪儿来的勇气,便大胆说了句:"把你的手给我。"

她先是一愣,没有说话,望着我,眼睛里出现了一丝迟疑,眼角却也有一丝微笑,我再次重复了那句话。她便伸出手,我抓住她的手。那一瞬间,我感受到,并不是电影里的那种牵手之感,没有触电的感觉,也没有那种羞涩得抬不起头的慌乱,更没有那种唯唯诺诺的迟疑。抓住了她的手,是像找回了自己的东西,这只手就像是我很久很久之前已经触摸过,就像我身体的一部分一样熟知。像是知道瓜子怎么嗑、水又怎么喝的习以为常的释然。那一瞬间,我看见了她微微笑了,眼神里失去了方才的迷离,看见了眼眸里炯炯发亮的东西。可美好又是那样短暂,我没有太多力气牢牢抓住她的手,我又怕了,怕被路过的人瞧见,我倒无所谓,怕她被别人说个不是。我松开了她的手,她也快速抽离了手。她像逗小孩玩一样,在我还未收回手的时候,她又快速握住我的手掌,随即快速放开我的手,将手缩进衣兜里。我俩没再说一句话,只是静静地坐着,你看一眼我,我望一眼你。渐渐地,她的眼神又被忧郁霸占,我们坐到太阳即将被高楼挡住的时候,说了告别,各自回了家。

　　三九天的晚上,我辗转反侧,眼睛闭上,脑海却依旧无法静止,我躺在床头,回忆着中午见到的那双满是忧郁的眼睛。我想起了"身残志坚"这个词儿。它本是用残为辅,才显示后面的坚字。这个词出现本就是在框定人群范围,那倘若以我个人名义给它一个范围呢?让它可以描绘所有人。那是不是只有残才可以凸显"坚"?那不残是不是就不坚?生活里,许多人干一些事,追寻的就是坚韧、坚强、坚定。那是不是必须要先在"残"这个条件下才能练就出"坚"呢?咱给这个"残"不限制范围呢?我想起了我在《月下思》一文提到的那位常常在我母亲小卖部赊账的妇女,她常常遭受家暴,我也想起了那个扛水泥度日的水泥工喜好赌博。我又想起了常在新闻里看到的一些脸部打着马赛克,去某个房子做一点法律允许范围之外的事儿的人(荒淫无度)。我还想起了在小宾馆看店的下午,进来了一个个头不高、脸上有一颗美人痣的男子,他着实也算得上一位"美人",靠在登记室的窗户上忸忸怩怩,眼神浑浊且带点羞涩地问我有没有特殊服务。这些可否包进"残"这一字呢?我估计真正身残志坚的人会觉得将这些包容进来会丢他们的脸,没准还不允许呢。

　　那咱就找点轻的。一个男孩,在家人的劝导下与自己的前女友去复合,双方的家人都已开心接纳,定好了谈婚论嫁的日子,就因女方家中有事儿耽搁了三天时间,也就这短短三天时间,他丢下媒妁之言的女孩又找到了另外一个女孩，并且与那个女孩定下了结婚的日子，让他的前女友哭泣不止（不负责任）。这三天的一周前，他还带着前女友去吃了火锅，十天前，还带着前女友去喝了奶茶，十天后却又与另一个女孩订了婚（撒谎）。男孩是塔吊司机，却没有一点存款，烟和舒适的生活偷走了他的工资（好吃懒做）。我时常在想，女孩没有嫁给他是一种不幸还是一种幸福呢？以上的人、以上的事儿是不是也可以包容进"残"这个字儿呢？倘若他们挑战成功了，也就坚了？挑战失败了，那是否就残了？不过我又笑了笑，还是别把他们加入"残"这个字儿吧，身残志坚这个词儿本就是人们给予肯定之人的，加入了这些，未免让这个词儿变了味。

那一夜，我睡得很晚，胡思乱想了好久好久。那三天，我没有联系她。第二天下午，我躺在床上，目光里也是她眼神里的迷离，我呆呆地望着天花板。妹妹就坐在我的身旁，她也望了我许久，突然，她一把抓住我的手，她让我摸一摸，她大声吼着："你摸摸我每天洗锅又洗碗、做饭又干家务的手，你再让我摸摸你这二十多年从没有干过力气活儿的手，你的手比我的手软绵多少，你知道不？"

妹妹看着我躺在床头的样子，也知道我此刻肯定是因为想到自己和女孩的事儿而如此难受不堪。

我突然愣住，没有说出一句话来，想起妹妹这二十多年，在家里干了她该干的，又替我干了不属于她的琐事，我的眼角突然有滚烫的东西流出来。我又想起她，倘若她和我在一起，可能又要替我干妹妹帮我干过的一切，她的手也会慢慢变得和妹妹的手一样，或许二十年后她也会握住我的手这样说吧。我彻底心痛，我为妹妹心痛，又为她心痛，更为此刻的我心痛。心中默默有了一个念头，便是想放下现在的一切，不让她再像妹妹那样摸着我的手大声告诉我那句："这是你和我的手，你再摸摸自己没有干过脏活儿累活儿的手。"

不和她联系后，每天我都在想，我离开了她，她那双忧郁的眼睛会不会变得不再忧郁，第一次见我时纯洁与清亮的眼睛可不可以再回来。我心中默念着：与其把欢乐建立在别人的难过之上，倒不如让快乐回归难受之人，让她成为那个曾给自己最真挚一笑的人。但我又开始犹豫，有难受，也有担心。倘若她也遇到了一个我上文举例的"残"的人怎么办？嫁给了他，又能否再次拥有见我之时的快乐？又能否真正地快乐？与其让她嫁给一个"假残"的上文中的人，倒不如嫁给一个"真残"的我。我想用自己从残中磨砺出来的"坚"带着她一同前行。

第三天的晚上，我彷徨了许久，失落了许久，又默默打开了手机，忍不住给她发去了一条消息。很快我就收到了回信，依旧是平顺的聊天，依旧是无忧无虑，没有任何顾忌的坦诚相待。我们聊了很久很久，她心中的所有顾虑我也曾想过，她心中的所有伤痛我也曾经历过，她忧郁的眼神我也曾拥有过。我不联系她的日子里，快乐并没有回到她的身边，和我聊至深夜的那一刻，反而让快乐回到了她的身边，那一刻，她脑海里回想的痛苦似乎消失了，或者被我许下愿望的那块平安扣吸收了吧，她又有了久违的欢笑声。

又过去几天，小舅结婚，家里人都去了小舅家，只留下了我。告诉她一个人在家的消息，她让我悄悄留门，她来陪我看一会儿电影。我就没有让家人离开时上锁，为她开着门。她来到了我的家里，来到了我身边。我打开了电脑，播放了一部电影，电影的男主也是一个身患重病坐在轮椅上的人。这部电影以喜剧的方式呈现，有一个电影片段让人记忆犹新：男主被捆绑在轮椅上，男主的父亲推着他去参加马拉松比赛，然而因中途体力透支晕倒，男主坐着轮椅顺着下坡路向下滑，轮椅失去平衡，落进下大雨用来通水的水沟里。男主倒挂在轮椅上，歪斜着头用微弱的声音呼喊着爸爸，呼喊着救命！

我嘴里吃着她买来的炸鸡，眼睛离开电脑屏幕，望着她，我和她居然都开心地笑了，我看见了她眼珠里最初那纯洁的闪亮。电视里又出现了男主被新闻人士发现后进行报道，台词出现了："到底是道德的沦丧还是人性的泯灭。请关注后续报道……"

我俩听到这句话又彼此望了望，没心没肺地大笑了起来，她只是轻轻抬起手，又轻轻捶打了一下我的胳膊。

电影要结束的时候，我又大胆地牵住了她的手，我的手心不停冒着汗，我紧紧握着她的手，这次我没有松开，将那双手自认是自己身体的一部分，我紧紧握在手心里，让自己的汗渗透了自己的双手，也沁入许久未见的灵魂上。

午后的餐桌

　　西吉县的小镇不算广阔，倘若步行起来，却也要费些力气。周四下午剃了胡须，母亲帮我洗了头，我便坐上自己心爱的电动轮椅出了家门。
　　离家两公里有个公园，决定去那里。我一路哼着小曲，街道的汽车轰鸣声，掩住了电动轮椅的电机齿轮转动声、相互摩擦的磨损声。街道中间有一排护栏相隔，突显街道的狭小，汽车速度要快上我这轮椅百倍，耳边总有呼啸之风掠过，我只得将轮椅靠至路边沿前行，这样足可让出那紧凑的双车道正常行车，不至于交通拥堵。虽然老一辈总会提醒，车子不能过井盖，这是图个吉利的说法，可这拥挤的路段里哪顾得了这些，井盖上得，落水口的护栏也过得。手是停不下来的，要时时刻刻掌握方向，耳也要灵验，侧着耳听着汽车的轰鸣声，注意可别让这窄道上的铁家伙亲吻一下自己是非常重要的事。
　　晃晃悠悠，坐着轮椅也就没有腿脚的疲乏感，不知不觉二十分钟过去，公园也就到了眼前，找到一道挨着台阶的缓坡来到公园台阶之上。
　　我很喜欢坐在某一处独自观望。公园的台阶之上视野开阔，我遥望着街道，街道上稀稀疏疏徘徊着几个过路人，路上来往的车辆也蛮多，挤满了栅栏相隔的四车道。眼睛停留良久，愣怔了，心中也就没有了思绪,只是呆呆驻目街道。不知为何,时间一久,我便喜欢上了这份孤独:比起走走停停的行人,我是孤独的;比起时快时慢的车辆,我也是孤独的;公园的台阶之上、我的身旁也鲜有人出没,自然此刻的我也是孤独的。孤独也有孤独的好,心中有一份说不出的静与安逸,倘若静下心,这世界也祥和了不少,入了神的我,行人的话语听不见,路旁汽车的马达声也听不见,只听得见自己长长的叹息声。安静里,我在等待一个人来打破这番孤独,她这会儿还在学校为自己的学生讲述课本里的知识,我不能扰乱了她的思绪,只得等着。

等人,未必是一件无聊的事儿,也便有了些时间发呆。我望着太阳,却是看不见它明显的动态,盯得久了,也有些刺眼,没法一直盯着;歪了歪脑袋,转了转视角,看着身旁洒满阳光的围墙,围墙的影子不长,我望着影子入了迷,脑海放空。等我回神再看影子,它拉长了,是太阳挪动了,以时间为丈量大地的工具挪动着。我还以为它与我一样孤独发了呆不动了,它却一直在动,它不能停下脚步。我望着太阳的脚步,久久地盯着围墙影子,又不知思量什么,待再次看去,影子又长了一截,这影子像孩子一般生长,盯着他,总是感觉没长个,只有许久不见忽地看去,才觉明显。入了神,也就能忘却去碰手机,忽然被手机铃声打断,是她的消息来了,一瞥时间,一个小时就在愣神里消失不见。我放下手机,四处观望,瞧见了她的影子,我操控着轮椅,慢慢向她的身边驶过去,她也摘下口罩微笑着向我招手。

公园里是着装靓丽、一身白色长呢子大衣、马尾灵动飘起的妙龄少女,对望着一个铁壳车子上坐着的、看不出有任何作家气派的轮椅少年。两人正向一起靠拢,自然引得许多双好奇的眼睛盯着。两人走到了彼此身边,并没有像短视频里看到的年轻人一样拉手或者相拥一起,又或者像西方人见面一般更猛烈地亲吻。两人只是相互对望,彼此微笑。

她的微笑打破了我脸上的孤独，我俩简单交流几句就明确了去处，离公园一点五公里处有医院，她要去做核酸检测，让我同行，我便开心地答允下来一同出发。

去医院的路上，她与我并肩前行，她一只手扶着我的轮椅侧背，说着学校里的往事，有淘气孩子让她无奈而满脸愁容，也有乖孩子让她放心而满脸欣慰。她时而叹气，时而又放声甜笑。不管说什么，她总是柔和地说每一句话。她穿着一双棕黄的靴子。路上的行人很多，都会望着我们。眼睛是不会出卖人的，从他们那不挪开的眼睛里我看得见好奇，看得见疑惑，也看得见不值得。他们会猜疑我俩的身份，是朋友，是兄妹，还是恋人？恋人这层关系是他们不敢想象的。可我不能大声呐喊——这是我的恋人，这样会显得我像个疯子，更不像一个搞文学的，怎么能疯喊呢？不过又想想，不疯不成魔，不疯又怎写得出好东西。或许是我不够疯，作品才不够味吧。罢了罢了，我摇了摇头，没有喊出声，只默默陪着她向前走。虽然没喊出声，可我的心里憋屈、无奈，心尖有一丝丝恨开始萌芽。只想喊出，别看我们了行不行？可我又没有这样做，我看到了一双眼睛，她看我时是喜悦的，和我同行是欢喜的，那柔和的言语给了我恨不起世俗的念头。我不能疯喊，也不能发恨，我能从她的眼睛和语态里知觉这世间的美好，我不该疯也不该恨。

我俩来到一个巷子处，人也就少了，自然望向我们的眼睛也就少了。我的轮椅并未停下，她的脚步也依旧与轮椅同步。她右手摸进口袋，拿出一个橘子，剥掉了皮，又伸出手来，轻轻帮我摘下口罩，我望着她笑了笑，她看着我微微噘起了嘴。她掰开橘子，把一小瓣递至我的嘴边。这动作很连贯，就像已经做过几千次乃至上万次，仿佛已经是存入身体细胞里的动作。我愣了一下，没有张开嘴巴，她看了看我，像哄小孩般说了句：张嘴。我回过了神，不再有任何犹豫地张开了嘴巴。她把一瓣橘子轻轻放进了我的嘴里，又掰下一瓣塞进自己嘴里。她看着我开心的模样，打趣地问我："好吃不？"

我没有回答她，陪着她继续向前走着。

我俩走过小巷，又来到了一处长坡，上了长坡还要走一段长路才可到达医院，上坡前，她把长呢子大衣脱下来，折叠好，很自然、没有任何犹豫地放在了我的腿上，我就这样把她的衣服抱在了怀里。她忘却了我坐轮椅，她忘记了我没法站起来，她还忘却了我得病了，是这怪病抽走了我的力气，她忘了，她真的忘了。当她把衣服放在我的腿上这一刻，她没有记起我得病的事儿，这一刻，她只把我当作可依靠的那个人。这么多年，没有一个人让我帮他拿衣服或帮忙拎东西，都是看着我，内心满是怜悯，眼里满是不该如此，我的东西都是别人抢着帮我拿，每个人嘴上不说，可心里认定我需要帮助。

帮助我这件事很好理解，我的头上还顶着个"残疾人"的称号呢，每个从这个角度出发的人都会帮我推轮椅，替我拎包，帮我拿衣服，这是常理，更是好心，我也是感激的，我并没有埋怨其他人这样做有什么不好，很好，对于其他人的怜悯的帮助我只有满满的感谢。

她没有这样认定是因为我在她这里是另一身份，是恋人，又是以后需要依靠的人。当我帮她拎着衣服，她笑着望着我的时候，我没有一丝不开心，我满心地欢喜，她在依靠我，是一个女孩依靠对象的模样，而不是一个好人帮残疾人减轻负担的怜悯。我反而乐意她这样做，我愣住了，傻笑着望着她。我俩又走了近五百米，上了一个陡坡，到了医院里。核酸检测处有个大帐篷，她拿起我腿上的大衣，从口袋里掏出手机，又把衣服叠好再次放在我的腿上，随后左手摸上右肩把背包放在了我的腿上，又贴近我轻轻说了句："在这儿等我。"

她像放电一样给了我一个眼神。我抱着她的衣服和背包，望着她荡荡悠悠走进核酸检测点，偷偷笑得合不拢嘴。

　　做完核酸，时间还早，我俩都没有回家的念头，彼此点了点头，准备去吃饭。倘若她一人，也便好了，向前走个百来步，便可轻轻松松跨上台阶美美吃一顿，再歇歇脚轻轻松松回家。可与坐着轮椅的我去吃饭成了大问题，有无障碍通道的餐馆离医院还有两公里路途，她只是说"走"，我俩便出发了。她边走边给我介绍路上的方位，指着她闺蜜的住处说着她们的过往，晃晃悠悠，一公里走完了。

　　我俩走过了小巷，穿过了街道，等待绿灯亮起继续前行，只是她的脚步开始沉重，慢慢不再说话，渐渐地，她不再靠着我身边行走，我只是顺着双车道边沿前行，怀里依旧放着她的呢子大衣。她的脸上没有了笑容，我清晰地听到她嘟囔的话语："一想起要走这么远的路才能吃顿饭，还要自己走回去，想想就生气！"

　　我没有说什么，却会偷偷望望她的脸，她没有转过头来，只是对望着没有我身影的一方，仔细看她，是可以看见她的脸是板着的。是啊，倘若她是别人的女友，饿了要去吃饭，她的男朋友准会乐呵呵地从裤腰带旁拿出车钥匙，摇一摇展示出来，再按下遥控器的按钮，汽车认主，会嘀嘀响两声回应主人到来，他会打开车门坐上去，她也会开心地打开车门，满脸笑容地坐在副驾驶座上，两人在车上会很幸福地聊着天。不到五分钟时间就可轻松到达目的地。

　　这一刻，看着她脚疼的样子，看着她不看我的神情，我埋藏心底的哀怨突然冒出心尖，为何我不能开车？为何我就不是那个从裤腰带拿出钥匙打开车门，让她坐上副驾驶座的人呢？我一直在忘却我是一个病人这一事实，我一直在文章里顶天立地，我也在用自己的方式去感染他人，这一刻，我却无法自己感染自己，我也想丢掉轮椅，我也想五分钟将她送到目的地，自豪且傲气地问问她："看我车技怎么样，稳吧？"可我坐在轮椅上呀，坐了已经二十多年了，是没办法开着车，让她夸我的技术很好的。看着路上飞快前行的车辆，我再也没有看过她的眼睛和脸颊，她是否已经转过头来看着我也不再知晓。心底压着失落，脸色也沉了下来，我只顾看方向，只顾前行，只想快些到达吃饭的地点。

我不敢祈求她能开心，或许我不该带她走这么远的路途来吃这顿饭，她可以找到一个完全不用忧愁因吃一顿饭而脚疼的对象。沉思的片刻，绿灯亮起，通行的时间也就短短几十秒，我不得不快些通过十字路口，我穿过车群。车辆依旧拥挤，吃饭的地点也就在眼前，我准备走上路边的马路牙子，让十字路口通畅起来。平日里这不到十厘米的障碍我的轮椅可以轻松跃过，今天，此刻，我却差点翻车，轮椅跌跌撞撞，我极速按着操控杆稳住了重心，我调整着角度，再次尝试。我明显感受得到，我的轮椅后方有一股力量稳住了轮椅，让我可以更稳些通过障碍物。我极力扭过头去，我看见了她的马尾，是她疾步通过十字路口，快速来到我的身边扶住了我的轮椅，又亲切且小声说着："你小心点。"

那一刻，她的脚痛全然抛在了脑后，并不是扭过头去不管不问我的那个她。

我俩坐上电梯，电梯里，我静静望着她，她也对望着我，没有再拉下脸来，而是擤了擤鼻子，甩了个眼神，戴上了疫情期间必须佩戴的N95口罩。她只是轻轻踮起脚跟，很显然是因为疼痛让她无法舒适地站立在那里与我对话。我俩找到了一个灯光略微昏暗的饭桌坐下，灯光暗了，对坐的他人也能少点注视的目光，我的轮椅也能不被好奇的眼睛看到。她去点菜，一扭一扭地走去前台，是因为脚痛的缘故让她无法正常行走。看着她一跛一跛地走，我心中出现了点释然，似乎我带着这样的一个女孩出来吃饭更适合些，也不会有很多眼睛望着，可我转念又想，或许我带着一个走起路来一跛一跛的女孩就符合了人们的认知，也可以认定一跛一跛的女孩是我的对象，说不定目光会少点。不，不会的，或许比现在望着我俩的人更多，大家没见过这好奇事儿，想知道到底一个坐轮椅的男孩和一个一跛一跛的女孩是怎么谈恋爱的。我暗暗笑着自己，讥讽的成分多些，这一刻心中已经败下阵来，我回忆着一小时前，来时在公园等待她时的我是多么果敢，坐在这里时坚定却荡然无存，是啊，我又记起了自己得病的事实，身上被他人加上的特殊称谓。

我的沉思被她打断，她点餐已经结束，回来坐在了我的对面，我却还在发呆，她轻柔地问我："喝不喝水？"

我慌忙回过神，下意识点点头，她笑了笑又拿起杯子去了饮水机旁。我望着她，心中突然酸痛，周边总有叽叽喳喳声传进我的耳中，偷看的眼神也让我坐立不安。她手中端着两杯水走过来了，我望着她的眼睛，柔和、清凉、淡雅，丝毫看不出一丝异样与嫌弃。她将那杯水放在我的面前，又环顾了四周，看着我，调皮地笑了笑。她一只手伸到桌子底下，偷偷拉靴子的拉链，脚上紧绷的疼痛让她顾不得优不优雅了。看着她可爱的模样我又笑了。

两个小时在我们的话语交谈里流失不见。我与她的饭量很小，我俩剩下了不少吃食，她去前台寻找打包袋，我便独自坐在餐桌旁。为了让等待她回来的时间过得快些，我便轻轻在桌上敲击着，很有节奏，旁桌的妇人听见了，看了我一眼，疑惑地望着我的轮椅，我便用余光去望着他们。妇人碰了碰男人的肩膀，示意让他瞅瞅我，为了让他能看见我的轮椅，她歪斜了身子，让那位男士可以看见轮椅上我的完整的容貌，能看清我的神态和动作。看了许久，妇人应该是想去卫生间，便放下筷子站起身离开了座位。男士也可以不用侧着头望着我了，他直起身来目不转睛瞅着我。

男人的视线被一个挂着拐杖、身着破旧中山服的中年人挡住，让他无法全神贯注地望着我。中年人伸出手来，示意男士施舍他些吃的或者是人民币。那中年男子我见过不止一面，他以行乞为生，手中的拐杖却是摆设，我也多次见过，他可以完全不用拄拐杖行走，只是在走进他人的商店门时拄着拐杖一跛一颠地走动。平时里，他可以提起拐杖，健步如飞地跑动。

她拿着打包袋回来了，那个中年乞丐向那位男士讨来食物，迅速塞进自己的衣兜，拄着拐杖来到了我的身边，他先看了看女孩，没有说话，又望着我，脸上露出了并无善意的微笑，眼镜下有一对小眼睛，眼角发出的诡异光芒让我突感不自在。他轻轻倚着桌子，开始说他的不容易，并伸出手来讨要些人民币。我心中早已无法在意他说了什么，脑海里，是我坐轮椅二十七年的种种场景，每日、每夜、每时心中都会有股渴望催动我，站起来是一件多么美好的事情，能走路却又是多么幸福的体验。我身上没有一丁点力气，可我想把站在我身旁的这个向我伸手索要钱财的男人手中的拐杖拽过来，我想让在座的每一位，都看见他可以不用拄着拐杖，他可以不用拐杖行走，还可以健步如飞地奔跑。可我没有一点点力气来揭穿他。我愤怒地说出了句："我自己都混不下去了，我哪有钱给你？"

他脸上邪诡的微笑不见了，一本正经地看了我一下。脸上也有了些严肃，可这严肃只保持了不到两秒钟，便又把脑袋转向了她，伸出了手，这次不再诡异地笑，而是低沉着声音，长叹着气，哀求的声音里带着些嘶哑向她说话。我看着他，我没有一丝怜悯，我只有想站起来揍他的冲动，奈何我的身体没有一丁点力气，哪怕指着他的鼻子说他两句有力气的话。她看了看他，没有多说什么，只是拿出手提包，从包里掏出五块钱递给了他。

我俩走出餐厅，她回家了，我驾着轮椅也荡荡悠悠向家的方向驶去，不远处，我又望见了行乞人的身影，他提起拐杖，挺直腰板，昂着头穿过十字路口。

  晚上，她回到家中，洗了脚，发了一张照片，照片里她的，双脚都起了泡，一个浮肿起来即将破裂的泡，是今天陪我走完这一路而磨起的水泡。望着照片，我想起了她愁容不展，苦着脸，扭过头不再看我的样子，也想起了她不再贴近我，只是大老远无奈且委屈前行的方式。我没有一丝生气，我只是心如刀绞。我想起了那个拄着拐杖行乞的中年男子，他邪魅的微笑让我眉头一皱，他不用拄着拐杖就可以前行的模样深深敲击着我的内心，站起来走路是多么廉价呀，可即便这样廉价我也不曾拥有。我回忆着轮椅上无力的我，想起了与她前行的场景，我只能低下头，不去看她脚上的水泡，那个浮肿的水泡敲击着我的心，让我眼角逐渐湿润。

口　碑

一年一季，回族的开斋节即将到来，馓子是不错的吃食。

每逢佳节，我能想起的是头披白盖头、脸颊被岁月雕琢渐渐长出皱纹的老辈们，他们笑起来，脸庞微微颤抖，是老去的信号啊。开斋的前几天，大家庭里奶奶领着大娘、二娘、三娘、四娘（我的母亲）戴着护袖打下手。奶奶也有自己的连手（闺蜜），是邻居家的奶奶，还有远方坐汽车来家里搭把手的远方婆婆。

整个厨房里，乍眼看去，一堆堆人半弓着身子，有揉面的，有调调料的，几位老奶奶低着头仔细揉捏面食，与其说是做吃食，倒不如说老奶奶们在传承一种艺术。几位老奶奶虽然脸庞微微颤抖，双手老去的皱纹明显，可捏面丝毫不受颤抖影响，动作灵活，双手的拇指和食指负责捏面的形状，其余手指负责固定面食不掉落，你一眨眼，奶奶就可捏出一个面做的小鸟来，邻居的奶奶也不会藏着技艺不展示，只见她微微颤抖着头，似乎很不满意地捏着面，要是只把注意力放在奶奶的动作上，不看她的手，那又会错过一场艺术表演，那只活灵活现的兔子的捏造过程也就无福欣赏了。女娲真有点偏心，给奶奶们把本领传授了，她却没再继续传承，这门捏物的技艺也就没有传给大娘、二娘、三娘、妈妈以及我们这一辈的小女孩。

奶奶们捏出了各式各样的花果果，主食馓子可不能少，馓子的粗细长短在于个人意愿和手艺精湛上。面食发酵、和面、捏面、下油锅，每一样都要做好，有一样出了岔子，馓子就做不好，不是颜色影响口味就是食材吃起来很难可口。炸馓子时，若有个老人坐镇，即便技艺不怎么好，可心里是有底气的，馓子做出来，味道准差不到哪儿去。

年幼的我只记住了一家子妇女围坐在一起说说笑笑，各自忙碌，分工明确炸馓子的样子。怎样和面，又需要怎样的力道揉面，何时下油锅，我都不记得。我只记得，和我一般大小的哥哥姐姐、弟弟妹妹，也都期盼奶奶做的面食小鸟、面食兔子，等待出了油锅，能得到那么一个，是最开心不过的事儿了。面食小鸟的配料里有蜂蜜，出了锅的面食小鸟、兔子、小鸭子晾在面板上，淡淡的蜂蜜味儿进了鼻子，勾起味觉，口水也就不由自己控制，直往下流。舍不得吃是常有的事儿，攥在手里，玩耍过后，油味儿、蜂蜜味儿、白糖味儿，还有泥土味儿也就粘在脏兮兮的小手上，那个时候，谁还管手脏不脏，只是不停地舔手掌，回味着那淡淡的且甜甜的香味。

时至今日，舔手掌的美味便再也无法回味。记忆里的奶奶也已住进了坟塬，每逢开斋、上坟的日子里，我也可在坟头去探望奶奶。风轻轻吹过，柳絮脱落，像蒲公英一样飞扑脸颊，坟头的草茂密而细长，父亲抱我来到草丛中，我没有能力跪在坟头，也就坐在草丛之中，淡淡的草香夹杂着泥土的飘香进入鼻腔。我轻轻抚摸着翠草，一滴泪悄悄在眼角凝聚。是呀，坟头的草都已这样茂密，老人的模样也都已经在脑海渐渐模糊，坟塬里都是曾经至亲至爱之人，坟堆一个一个不知何时已经堆满这里。抬起头，擦擦眼角，望着坟塬，老人家做的花果果，也只能在我的脑海成为回味。

久久望着墓碑，想到家里，大娘、二娘、三娘都有自己的家庭，也都成为了奶奶，只有我的母亲，还照顾着坐在轮椅上的儿子，没能荣升奶奶。有了各自的家庭，却也没看见大娘、二娘、三娘带着自家媳妇炸花果果，开斋节里，她们都怀里抱着孙子，儿子带着儿媳去了丈母娘家，花果果的美味，也只有我奶奶的孙子我品味得到，这帮小小孙子侄女是不会知道花果果有多美味的。

花果果的香味虽不能再品尝，可开斋节的主要吃食馓子吃得到。今时今日，能吃到馓子已不是罕见的事儿了。我生活的地方，以汉族和回族居多，节日里，走门串巷是必不可少的事儿。记得邻居开斋节会来我们的家中坐一坐，聊聊这一年的过往，聊聊未来的期许。孩子的成长是必不可少的话题，少时成绩的询问，毕业工作的难寻，而立对象的难觅。每年都有新的话题，每年的话题也都在时间里迁移。是呀，唯一能作证时间流去的，是父辈们满头黑发活过半辈，渐渐苍老后显现的样子。酣聊过后，客人要走时，作为主家，必会找个袋子，轻轻托起桌上的一盘馓子，整整齐齐装入袋子里，客人也算满载而归。一年一年都是如此，装一把馓子也就成为了一种习惯。也就这近五六年里，这习惯渐渐没有了。

开斋前夕，家家户户也就没必要像以前一样起锅烧油炸花果果，这门艺术逐渐成为了一种营生，现在会有专门的人把馓子炸出来，摆上柜台，等待买方到来。馓子也就不再是什么稀罕的吃食，开斋节吃得到，平日里也尝得到，走进馓子店，想吃多少便买多少。有了卖馓子的店铺，也就帮大家省去了不少发酵、揉面、调色的麻烦工序。只是馓子店里的馓子粗细一样，色调一样，吃起来也都是一个味儿，你家的吃起来是这个味道，我家的吃起来也是这个味道。这不，竞争来了，一家馓子店铺怎能满足需求，色香味俱全的馓子才有好口碑。

封斋的日子里，有个下午，约定和自己无法过门的女朋友去一个公园聊天。她是偷偷溜出来的，倘若被家人发现，准会挨顿骂。我坐在公园的一角，她提着一把馓子来到我身边，我俩聊了些什么我记不清了，总之我们聊到快要开斋。回到家里，我把馓子递给了母亲，说："这是那个女孩买的。"母亲只是嘟囔我不该让女孩花钱。

往后的日子里，早晨封斋，我和母亲都会吃一两根馓子。母亲从未评价过馓子的味儿是怎么样，只是每个早晨，都会不声不响地吃那些馓子，我也不知何时母亲吃光了那些馓子。母亲再没有提过馓子的事儿，更不会让我向女孩开口去买馓子。虽然母亲没有提过那馓子是否美味，我相信，吃馓子那一刻，母亲多多少少是有一些幸福的，因为那时候，母亲不知道她的家人不同意我与女孩在一起，也不知道女孩是偷偷溜出来与我见面的。

有时我心情不好了，回到家中，只是默默坐着，没有一句话语。母亲虽然在我面前不说什么，可她心中早就熟知。坐轮椅的儿子有一个无法过门的女友。女孩家指定不会同意，我的不开心肯定和女孩有关。不过，有那么一刻母亲却满是开心，自己坐轮椅的儿子还是有女朋友，这是件开心的事儿。但母亲是一位非常知晓事理的人。母亲为了不让我带给女孩太多麻烦，告诉我，希望我能释然这段美好的回忆。希望我有闲暇的时间了，和女孩能一起坐一坐，聊一聊，吃一顿饭就行。别想着带女孩回家，如果人家女孩遇到了比我更好的人家，我也应该学会放手，让女孩追求属于自己的幸福。女孩如果嫁给他人，倘若那天到来，母亲也只是希望自己的孩儿没有哭哭啼啼、要死要活便好。我知道母亲说这番话时的无奈，我也多么希望那把馓子是自己的媳妇买给母亲吃的，而不是我的一位朋友。我顿了顿，没有接母亲的话语，依旧奢望着女孩的家人同意，我们俩能走进婚姻的殿堂。

女孩的馓子，母亲悄无声息地吃完，我也知晓母亲，她准不会再提馓子的事儿来增些我与女孩不必要做的麻烦事儿。我也没有去麻烦女孩，自己找到了女孩买馓子的那家店铺，又买了两把馓子，回到家里，母亲问过我是谁买的，我告知了母亲是自己去买的。母亲依旧会吃，只是偶尔早晨起来封斋时会吃一点，或者开斋了有闲暇时间，感觉口中空荡荡的时候吃一点，并不会像吃那把馓子一样每早都吃。

快要开斋时，母亲没有时间起锅烧油炸馓子，也更没有儿媳妇能让她带着去忙碌。去馓子店铺买馓子已经是一种人人适应的方式，母亲也就打听起县城里的馓子店铺。小城的西北面，有一家河州人的馓子店铺，口碑很好，每逢聊起馓子店铺，那家店铺的名字总能在人群里脱颖而出。母亲也就想去河州馓子店铺去买一两把馓子回来吃。第一天，母亲去了，馓子店排着长长的队，母亲看得见，老板拿着一张纸条，一一做登记，买几把馓子，做好登记，今天买不到的客人，第二天起早点，店铺开门了，老早去排队，有了登记的单子准能买到馓子。第一天，母亲没有买到馓子，可母亲并没有空手而归，回家的路上，离家不远的寺门旁，有一家馓子店，母亲买了两把带回来，晚上她品尝了白天买来的馓子。母亲没有尝到过河州馓子的味，也就没有品尝到口碑的味道，心中也就有些不甘，第二天忙完家中的活儿，她又去了城西北，馓子店铺依旧排满了人，等母亲到了店门旁，馓子又卖光了。

母亲这次空手而归，不过母亲从不会因没有做到某件事情而遗憾，她不再想买河州馓子品尝一番的事儿了。回家的母亲便又急急忙忙投入了忙碌的生活里，母亲的连手，路过我家，给母亲送来了两把馓子，是母亲连手自己家里做的，母亲很感激，心中也很开心，心想连手的馓子也应该可以弥补一下没有买到河州馓子的遗憾了，晚上母亲开斋，坐在炕头，手边放着我买来的馓子、自己买来的馓子和连手送来的馓子。三种味道的馓子母亲一一拿起一根吃下。母亲不知河州馓子的味道，倘若只有一种口味的馓子，也就罢了，可吃了这三种味道，便越想吃河州馓子，尝尝众人口中美味的馓子是什么味儿。

不过母亲很忙，没有时间再去城西北排队买河州馓子了。开斋了，走访的亲戚、朋友也就多了，只是近几年，每个人的时间都开始紧迫起来，越发能感受到时间的珍贵，聊家常的时光已经不多，来访的客人，匆匆来过，问候几句，放下开斋节送来的礼物，半小时之余，便匆匆离开。

大舅来到了我们家中，他手中提着两把馓子，是专程拿给母亲，母亲在微信组建的家人群里询问过买河州馓子还要排队的事儿，说过之后，母亲也忘了这茬事儿。母亲没有想到大舅会提着河州馓子来，不过大舅匆匆而来，放下馓子，随便聊了一句便又匆匆离开去忙其他事儿。

晚上，家里的散客都已回家，母亲也便有了些时间，她终于可歇歇脚。吃过晚饭，母亲倒了杯水，打开紧绑的袋口，拿了几根大舅拿来的河州馓子，她平和地坐在炕边，馓子来到口边，入进口腔，母亲轻轻咬断馓子一边，在口中回味着，她没有评价馓子的味道，只是喝水，将剩下的半根全部吃完，便又匆匆去忙。

开斋节过去了，一天下午，我的心情蛮不错，母亲是看得见的，母亲熟知那一天我和女孩的心情都会很不错。她站在我身边，看了看我，说了句：吃来吃去，唯独你和图图（女孩的别称）买来的馓子最好吃。是呀，图图买来，我递给母亲，这或许才是母亲想吃的口碑最好的馓子也不及的味道吧。

我望着母亲，心中不知为何，问了句："妈，奶奶在世的时候，她做的花果果也很好吃，我也喜欢吃。"

母亲没有多说什么，只是眼角湿润，低着头忙着自己的事儿。我心中明白，母亲想每天吃到轮椅孩儿和轮椅孩儿的妻子拿来的吃食，不需要很多，每天有一点就好。

　　想起母亲看到大娘、二娘、三娘成为奶奶、抱孙子的场景，母亲多半是不好受的，可母亲从不会说出口。每次几位娘娘来家中，都会怀里抱着孙子，看到那可爱的孩子，母亲总会木愣很久，说话间去逗逗几位娘娘怀中的孩子，不由从娘娘手中接过孩子，抱在怀里，轻轻摸摸孩子的脸蛋。

原文刊登于《民族文学》2023年第7期

凋零的花瓣

我无心刷牙洗脸，独自坐在床头，面无表情地望着窗户，窗前放着一个水杯，里面插着一朵玫瑰花，玫瑰花的花瓣落在了窗台上，已经干枯的粉色花瓣粘在了窗台上，我看着这朵只剩下一根直细长茎的玫瑰花，想起了它的由来。

那个下午，我摇着轮椅来到花园里，一股淡淡的花粉味儿飘入鼻腔，顺着闻到的香味，摇动轮椅走到围墙边的一角。一丛绿物在微风里轻轻点着头，走近细看，尘土是裹着朝露抹在了绿物的脸上，脏兮兮的脸就不那么清绿亮眼了。注目良久，绿物上粉嫩的花苞让我眼前一亮。它以傲娇的姿态挺立在那里，我摇着轮椅再靠近一步，看见了它深粉色的身姿，那淡淡的花粉味儿着实让人着迷。

摇着轮椅来到玫瑰花旁，伸出手便想抚摸一下它，可我够不着，这入鼻的香气让我想起了女孩，我邀约与她在公园见面，便想摘下一朵玫瑰花送给她。轮椅上的我是真的无法摘下这朵玫瑰花。转过轮椅，我看见不远处的凳子上坐着两个小女孩，十五六岁的年纪，其中一个女孩，正低着头刷着手机里的短视频，空闲的手里拿着辣条往嘴里送。我想让小女孩帮忙为我摘下一朵玫瑰花，可不知怎样开口，徘徊在玫瑰花与小女孩之间。十多分钟后，我邀约的女孩发来了消息，说她一会儿就来。给她一朵花的想法愈加强烈，心里痒痒的着实着急，我便慢慢凑到了两个小女孩身边，开口说了请求帮忙的话语，显然坐在轮椅上的我让小女孩心里有些诧异与惊恐。其中一位呆呆地望着我，询问我花在何处。她询问我的语气里多了几层无动于衷，或者是惊诧吧。她继续拿着手机和辣条，抱着膝盖坐在那里。

旁边的小女孩拍了一下她的肩膀，笑着说道："你瞎呀？那边不是吗？"

女孩望着她指过去的地方，站起了身，跟着我向玫瑰花的地方走去，那位刷短视频的女孩没有跟过来，继续低下头往嘴里送辣条。小女孩留着长长的辫子，轻快地跳上了花园半米来高的围墙。我则转过身去望着周围的人群，那一刻我像个贼一般。我明知道要珍爱花朵，不可采摘，可想到了即将来到我身边的女孩，她正在想办法摆脱家人的视线，偷偷来到公园与这个坐在轮椅上的人见面，我便顾不得牌子上的警示语了。突然我听到小女孩大叫了一声，我转过身去，看见她弯着腰，收回了手，正往下抖着袖子，我关切地问小女孩怎么了，她并没有转过身来，只是说了句："这花上有刺。"

我呆呆地望着小女孩，她抖了下衣袖继续揪花，可花茎上的刺儿还是可以穿过衣缝，又会让她迅速收回手来。

我开始犹豫要不要得到这朵玫瑰花，便告诉小女孩不要勉强采摘，小心伤了手指。小女孩只是轻描淡写地说了句没事儿。她小心翼翼地将开了玫瑰花茎部的刺儿，找到了一个可以入手的地方，使劲儿一揪，拔下了那朵玫瑰花。小女孩满心欢喜地跳下花园围墙来到我身边，给我递玫瑰花时微笑着提醒我，小心花茎上的刺儿，小女孩把花递给了我便蹦蹦跳跳去找她的伙伴了。

我得到了这朵玫瑰，一直等待着女孩的到来，初摘下来的粉色玫瑰着实芳香，我在手里捧着它，闻着它清淡的花粉味儿。那天的阳光很好，有好多人走过我的身旁，眼里是一个轮椅男孩，手里拿着一枝粉色玫瑰花，傻傻地笑着。从路人的眼神里我能看得出他们怀疑我是否傻痴。玫瑰长在那里时是那么艳美，在我的手里，它慢慢失去了生机，昂起的粉头慢慢弯下，花瓣也渐渐萎蔫。等待女孩的三个小时里，我见证了这朵花从芳香到凋零，却终究没有等到女孩看到它盛开的样子。女孩终究还是来了，我把花递到她的手中，依旧像小女孩提醒我一样，提醒她小心花茎上的刺。她拿在手里看着凋零的花瓣，自然是没有什么欣喜的，便放在了身旁。我俩坐在公园的凳子旁，我看着凋零的花瓣，还有女孩的一颦一笑。她的家人很快又打来了微信视频，催促着女孩回家，女孩为了不让家人找出来，与我坐在公园未度过一小时便要匆匆离开。女孩回家时忘记了那朵凋零的玫瑰花，玫瑰花斜躺在公园的凳子上，像极了快要死去的睡美人。我提醒她，她笑了笑，把花朵插在了我的轮椅之上，转身回了家。

　　我回到家里，看着已无法直起脑袋的玫瑰花，有些后悔，是我想得到它博得红颜一笑而让它的生命缩减了。我将它拿在手里发了呆，母亲走出家门，看见我坐在那里独自神伤，便询问花的来历，我只是淡淡地说它已凋零，母亲从我的手里接过花来，玫瑰花就插在了水杯里。第二天清晨，借着窗外的阳光，我看见了玫瑰花挺起了它的头，它依旧是那样美。

　　女孩殊不知玫瑰花会有再次盛开的样子，女孩与我的事儿终究是被她父母察觉。那个下午，女孩给我发来了很长的一段微信文字，分手两个字是最醒目的，我从一长串文字里以惊人般的速度搜索出了那两个字。女孩找了一个坐轮椅的对象，这是件有说头的事儿。村里人的消息很是灵通，女孩和我处对象的事儿在村里传开了。女孩的父母怒了，一个坐轮椅的女婿，是多么让人看着揪心又气愤。自己的女儿是傻了，还是痴了？怎会看上这样一个男的，和他处了对象？

女孩的信息里有两句话让我无法忘却：

你让我成为了所有人的笑柄，你让我的父母骂我，我这辈子都不会原谅你，你对我做的事儿，一辈子无法偿还，我甚至不敢再憧憬爱情。请消失在我的视野里。

望着这几句话，和女孩相恋的日子里的场景一一翻出我的脑海，我越不想去回忆那些事儿，那些事儿便更像电影一般在脑海里演个不停。

初春的晚上，北方的天气并不热，是有些冷的。那个下午，女孩与母亲吵了一架，她邀约我去吃饭，一个有电梯的商业楼里，我找到了一个比较安静的角落，坐在那里等待着女孩到来。我俩谈着彼此的过往，谈着马上要来到的未来生活，女孩歪斜着脑袋听着这个不入流的小说家谈论着对未来的勾画。女孩的心情也慢慢好了起来，她与我一起吃完饭。晚上八点钟，她轻轻帮我戴上了口罩，又帮我戴上了手套，那一刻，我感觉很温暖却又很酸涩。这本不是一个男孩该为女孩做的吗？只可惜我的双手没有一丁点儿力气，我无法自己戴上口罩与手套。

下了楼来到大街上，女孩便想去散散步，我俩沿着街边走着，风是凛冽的，穿过我戴着的口罩，刮着我的脸有些痛。我问女孩冷不冷，她摇了摇头。我俩来到体育场的小花园里，夜晚没有路灯，也就少有人出没，她拉住了我冰冷的手，塞进了她的衣服兜里。我俩就这样走过体育场的后花园。来到一个下坡的桥边，女孩拽着我的手，开心地蹀来蹀去，凛冽的风依旧刮着，可我俩都不知冷是什么滋味。她开心得像个孩子，牵着我的手，我坐在轮椅上，感受着这世间最美的那双手的温度。

是啊，这些事儿都不曾被女孩村里的人瞅见，这些美好的日子，也只在我和女孩的脑海里回荡，也庆幸这样的女孩没有被村里人瞅见、被女孩的父母瞧见，不然女孩定会被挂上傻与痴的名声。女孩的父母得知了我与女孩的事儿，女孩耳朵里听到的谩骂声让美好消失不见。女孩的脑海里出现了母亲给她勾画出来的画面。女孩和男孩结婚的婚礼现场，轮椅少年置办了隆重的婚庆布局，只不过没有出现一个女孩的家人，女孩也没有得到一声祝福，女孩含着眼泪与轮椅少年结了婚。

家乡有个习俗，女孩嫁来婆家三天要回趟娘家。第三天女孩回门的日子里，娘家大门紧锁，没有一个人走出家门给女孩打开大门。女孩与轮椅少年站了一个下午，最后也无奈回家。村里的人见到了女孩牵着轮椅少年的手，从女孩和轮椅少年的表情里可以看出两人的失落。村里人低着头，凑在一起，眼睛望着女孩与轮椅少年，手也时不时指指两人，将女孩与轮椅少年的故事告诉旁边嗑着瓜子的妇人，议论着女孩为何嫁给他。有说男孩有钱的，也有说女孩是受了啥刺激才选择了轮椅少年。聊来聊去总结出那句，女孩是疯了，嫁给了一个轮椅上的男人。异口同声地笃定女孩与轮椅少年不会有美满的生活。被他们猜中几分，女孩回到轮椅男孩的家里，男孩要上厕所了，女孩便使尽全身力气把男孩扶进厕所里，女孩还要为男孩擦屁股。女孩号啕大哭地奔向娘家。

我一直发呆，想起了那个头发蓬乱、衣衫褴褛的拾荒者，他曾在公园望见我与女孩，一跛一跛来到我与女孩身边，他久久望着女孩，又转头望着我，他傻傻地站在那里笑，那笑意我无法分辨善意还是恶意。他直勾勾的眼神让我与女孩瞬间无法坐在那里聊天。我按动轮椅操控器，带着女孩闪过拾荒者的视野，他并没有放弃，跟在我俩后面慢慢走着。我像发了疯的恶狼，调转轮椅，直勾勾望着拾荒者，瞪了他一眼，他停下了脚步。痴傻的他望着我与女孩依旧笑着，或许是在笑从前那个不拾荒的自己准是比我优秀，或许也有一位如女孩般善良的人陪着他，也在公园里坐过，此刻应景生情而笑了。

女孩太累了，要与轮椅上的我结婚，拾荒者都会笑意浓浓，女孩的父母该是多么不甘与无奈呀。女孩父母构想的画面，让我在女孩脑海里的所有美好形象消失了。女孩瞬间泪奔，轮椅上的写作者成为了画大饼的人。我再也不敢去奢望女孩推来移位机，轻轻把几根安全带挂在我身上，拨动电钮，移位机托起我的身躯，女孩又缓缓推着移位机，轻轻松松送我进厕所，坐在智能马桶上，也不会让女孩为我擦屁股，智能马桶解决了不必要的麻烦。

母亲打开门走了进来，打断了我的一切沉思，我望着母亲，她没有多说什么，只是走到窗台边准备帮我整理一下窗台的杂物。母亲拿起了水杯，准备扔掉那朵只剩下一根茎的玫瑰花。我从母亲手里接过那根茎，上边的刺儿依旧坚挺，我试着去按压了一下那根刺儿，瞬间痛醒了我。这些刺儿是那么拼尽全力保护了这朵玫瑰花，最终，还是因为我想得红颜一笑而让它凋零了。我轻轻地对母亲说："妈，我不该摘下这朵玫瑰花的，应该让它好好活着。"

母亲继续整理着窗台上的杂物，并没有转过身看着我，她只是平和地说了句："即便你不摘它，过了那几天，它依旧会凋落的，栽在水里的那几天，它不比长在那里盛开得差，依旧有人细心照料着它。"

我与女孩憧憬的美好生活碎了一地。我手里拿着玫瑰花的茎，心中默默祈祷着。若隐若现，女孩的身边出现了一位男子，他是女孩父母的乘龙快婿。他与我一样，女孩伤心了，他毫不犹豫丢下手头工作，脑海里都是女孩满脸委屈的样子，第一时间奔向女孩。他揪着心，拿出所有积蓄，颤颤巍巍去售楼部交了首付，女孩算是有了家。他是一个顶天立地的男子，兜里有二十块钱，迟疑了一下，来到汉堡店买了他半年都舍不得吃的汉堡。走出家门，他可以是外卖小哥，他也可以是水泥搬运工，哪里劳动来钱快就去哪里，回家之前他会剃了胡子，洗漱干净，满心欢喜地去见他视如公主般的人。女孩确实像公主一般不会因车贷房贷而发愁，他会一块一块地省钱，笑着一个月给女孩些零花钱，女孩薄弱的工资可以留给自己，做些自己喜欢的事儿。

  我拿着凋零的玫瑰花，笑了笑，心里满是幸福的样子，默念着这样一个男孩出现在她的身边，他与我不一样，他不坐轮椅，这是比我优秀百倍的事儿，他又如我一般呵护她，我还有何不放心？他可以静静坐在公园，等待女孩到来的时候，亲自将那朵新鲜的玫瑰花递到她手里，必是可以瞧得女孩一笑的，女孩也必可以带着那朵玫瑰花回到家里，与我母亲一样，舍不得看着它凋零，找来水杯将花插在里面，她也可以看见玫瑰花再次芳艳的一面。

  我把手里凋零的玫瑰花递给了母亲，提醒母亲小心上边的刺儿，母亲代我将玫瑰花的茎带去了它该去的地方。我拿起剃须刀，刮去了胡子，心中默默为女孩许下心愿，希望她的父母亲，能早日碰到心仪的那位乘龙快婿，让他骑着白马快些来到女孩身边，替轮椅上的我照顾好女孩。

深夜构想

此刻,我躺在床上,就只能这样静静躺着。身体虽然是完整的,但没力气挪动自己的身体哪怕一点儿。即便肉体抗议,给些信息,或疼痛,或麻木,但我却无法回应身体发来的消息,腿脚此时似乎不是我的,倘若是,为何这般不听使唤。低下头,将自己无力的手伸进被窝,摸了摸腿,是长在自己的身体上啊!为何它就不听使唤呢?究其原因,我患有一种叫做"脊髓性肌萎缩"的病,这病让我失去了站立、起身乃至翻身的本领。

夜色下,多半,我是思考着的,虽然躺着,无法动一下,思想却是不愿消停的,早跑到了老远的地方。夜,黑得是那么纯,听不到一丁点儿声音,也看不见一丁点儿光色,睁着大大的眼睛,只有茫茫的一片暗包裹着屋子。睡不着,便打开手机,继续写下此刻的想法。说实话,这一刻我想得可天花乱坠了。首先,幻想着智能手机能把所有讯息灌入我脑中,省得我思考了,可又想想,倘若这大脑不动,那可了得,时间久了,生了锈,那我接下来的构想还怎样继续进行?

我想到了自己的生活琐事。这么多年,陪伴我的,照顾我的,都是父母,即便翻动一下身体,都没法独自完成。平时的生活,我离开他们一刻都不行，不是我依赖，而是束手无策。腿脚时而发来消息，可我却无力控制，我多么想抬起自己的腿，让疼痛少来烦我，可它总是不依不饶，疼让我睡不着。开始写吧，想吧，或许只有这样，才可以让我暂时忘却一切痛。脑海里跳出一大堆问题，身子怎么就无法动弹了？生活为啥就无法自理了？我又做错了啥，才会这样受折磨？这些问题是困惑，因为有了困惑，也就有了想解决困惑的办法涌现脑海。

我可上了十二年学呢，虽不敢称知识渊博，可也知道些常识的。脑海里也有足够的知识，荒废在大脑里好久了，把它们都搬出来想一想，也不是一件坏事。回忆过往，思想便可以转移，痛苦就会少了许多。

灵机一动，想起了些物理知识，倘若身下的这张床拥有物理学的相对运动知识，我不动，它来动，我想翻身，它便滚动起来，我就可以保持不动而翻动身体，那多好啊，家里人就可以睡一个安稳觉，白天有更多的精气神儿，去料理家庭生活。虽然这想法让人感觉有些懒惰，这构想有些蝇营狗苟，为何如此说，因为这种想法只是为了满足我个人的私欲，却想动用许多科学家的高科技果实，这是自私的，有些不可取。那咱已经开始想了，即便自私，即便无理取闹，还是继续下去，让思想的步伐别停下来，跑吧，飞吧，带着我，忘却此刻身体的麻痛。

突然思想又转了一个弯，我又想到，自己刚才的想法好生滑稽，现在还没有哪一位科学家，想到有人需要这种床。有人会不能翻动身体？那身体都无法翻动了，脑海里也就有了大概模型，那就是植物人的模型，既然身体都这样了，活着还有啥意义？哦，不，我不能再这样想下去，不能，即使翻不动，可我还有思想，会思考啊，有活着的意义，因此，不能让那些负面思想继续活跃着。来吧，思想哥们儿，架起你的助推器，飞起来，飞得越高，我便想得越欢，飞得越远，我便能将疼痛忘得更加彻底些。

跟随着那跑远的思想继续前行吧。智能机器人，已经不再是脑海里构想的产物，出现了许多电子产品，给人类带来了很多便利条件。看到过一些新闻，还有不用自己驾驶，只输入程序就可以自动出行的汽车，好嘛，这多好，人的手脚都空出来了，睡一觉，就到了目的地。既然有这样的高科技，那我想一想自己脑海里的智能机器人也无伤大雅，就算是抚慰这黑夜里的疼痛的良药吧。眼睛摸索着漆黑的夜色，肚子隐隐作痛，为何各种疼要阻挡我去想更多的事儿呢？为何我不能完完整整想一件事儿，闭了一下眼睛，狰狞了一会儿，咬了咬牙，让肚子翻江倒海着痛了痛。

突然又有了新想法，倘若自己可以去上厕所，不需要别人帮助该有多好，那奇妙构想又把我带入一个美好的幻境：当有那么一台智能机器设备，它通过主人的语音提示，自动来到主人身边，轻轻松松扶起主人，辅助主人去上厕所。一系列过程也很简单。也就一拉、一绑、一固吧。

拉是载住主人无力的身体，可以让使用者坐起来，或者站起来。绑是将主人牢牢与机器贴在一起，主人的衣裤也被机器上的绳索连接串起来。固便是固定主人的身体，比如膝盖、腰部、脚腕、手腕，将这些身体的关键关节固定在机器上，可以让主人轻松自如地站起来，走进厕所，也不用主人自己动手解衣解裤，等待程序指令完成便是。至于马桶，现在已经有了较全面的智能系统，也用不着什么卫生纸之类的，自动将主人的屁股擦洗得干干净净。这想法一出，让我也多了几许自嘲。是不是梦境太过于美好，或者简直就是在做梦，怎么会有这样的事儿？有几个科学家会想到？这不是瞎胡闹吗？

当我有了怀疑的想法时，各种疼痛就会通知大脑，指挥部会占领我的思想，立马包围我，霸占我的腿、肚子、腰部。糟糕，只要我略微分神，疼痛就立马开课，我想再忍忍疼痛，因为那构想太完美了，像梦一般美，又像糖一般甜，我舍不得丢下，也不忍让熟睡的家人醒来。我又闭上了眼睛，再次转换思路，倘若这构想真成功了，那何有残疾之说？"残疾人"这个名词就会消失在字典里，我会站在每个人面前，站在他们面前微笑，我可以自己完成那些曾经想都不敢想的事儿。哈哈，大家也别好奇我都想啥事儿，很简单，就是能借着这机器，穿衣服、洗脸刷牙、出行。多么美好啊，这些美好会让我忘却痛，少一分钟疼痛，便会多一分钟轻松。那么，如此梦幻的想法都让这不愿休息的大脑想出来了，当然也不差再多想这一阵子了吧。来吧，读者们，来吧，疯狂者，来吧，那些喜欢与我凑热闹的朋友们，也不差这一时，咱们继续想下去。

既然有床可以帮我翻动身体，那是不是可以说，我自己可以翻动身体了呢？那是不是能让家人熟睡至天亮呢？那是不是说，我和所有人一样了呢？完事儿，我也可以借助机器人自己起身，自己站立，自己上厕所，有事儿自己出去办。这些二十多年我都无法自己完成的事儿一下子在思想里实现，这比吃了蜂蜜还甜。当我拥有了这些能力后，那么，我是不是和其他人没有区别了呢？好嘛，那咱们再大胆构想构想，因为现在思想已经无法平复，我跟着思想的力量，似乎已经可以自己站起来了，那些痛无法包围我。激动早已牵着思想的手去恋爱了，我也想凑凑热闹。

好好好，我便跟着思想与它一起疯狂。我也谈恋爱，因为我可以自己做力所能及的事儿了，不需要别人照顾，那么，不会拖累女孩子，不会让女孩子每天为了照顾我而累得上气不接下气，她便可以与其他女孩子一样，做一个撒娇时有人哄、闹脾气时有人疼、疲累的时候有人呵护的人。这是不是解决了一切阻碍我恋爱的困扰？

我曾这样认为，倘若我知识渊博，有思想，积极乐观，会有一个女孩愿意与我同行的，但这只是我自己的想法。倘若有一个女孩同时被两个人喜欢，一个是坐在轮椅上，只有点虚名的写作者，他很善解人意，对女孩的关切是无微不至的，但他的吃喝拉撒都需要女孩不离不弃。一个是一名普普通通的老师，他不需要女孩照料，女孩不会因为和他在一起被父母指责，被亲人远离，被朋友抛弃。女孩是喜欢前者的，可她会选择后者。我并没有任何怨言，也不会埋怨什么。当然了，时代是在变革的，十年寒窗苦读，终有一日，愿过上理想的生活，女孩子也想过好生活，当然优秀点的女孩子更想过更优质的生活，无可厚非。

　　时代的变革，让恋爱拥有了代价，再也不是电影《牧马人》里那句纯真的台词"老许，你要老婆不要"那样经典的婚姻时代了。新时代的女性读书识字也多，当然也就有了自己的思想，女孩最怕的就是嫁错人，付出所有，去了一个新家，当然要过得理想一点了，不能光洗衣做饭带孩子。也需要一个独立的经济管理体系，生活才能更精致。当然这样想并没有任何争议。哈哈，想必会有女孩想说："你个大男子主义的人，还想说啥？是让我们当保姆，任劳任怨吗？"这并不是我想要表达的，我是想说，生活的琐碎，终究羁绊着许多丢失了信念、耐心以及热爱的人。

　　我想每个女孩都怕家庭暴力，我也曾经看到过一个短片，一个女孩的自述，是摄像头拍下来的，女孩和自己的对象发生了争执，便被拽住头发，拳打脚踢，男的打累了就将女孩丢在地上休息，女孩试图跑出去，却被拽回来又是一顿毒打。看着这样的视频让我触目惊心，可让我想不到的是，这样的视频却不稀奇，比比皆是。还有惨痛的案例，男的或许是爱之入骨吧，和女的不能在一起了，便成为了气急败坏的恶魔，提着凶器杀害了女孩及女孩的家人，最后也结束了自己的人生。这真的是后怕的事儿，这类生活是好多女孩子的梦魇。怎样在浮华的生活里保持冷静，怎样在柴米油盐里不厌倦另一半，怎样避免这样的梦魇发生，或许也是一个值得思考的问题。

我的思想似乎有些趁虚而入，竟出现这样的想法：与其过一种梦魇般的生活，为何不找一个以知识为信仰、以科学为力量、以悲悯为赤心的人，去谈一场恋爱呢？借助科技力量站起来的他，心中只存放着欢喜与感激。哈哈，真像是给自己打广告一样，一瞬间让自己成为了一个大好人。这人呀，有坏的一面，当然也有好的一面呀，短视频里只是集中了一两个案例，发出来让好多人瞅见，尤其让好多女孩子瞅见，从而产生了对婚姻的恐惧。我还是更坚信，人之初性本善。善恶之间的念头就像我这思想一般乱跑，罢了罢了，人都是自私的，为了不让疼痛少烦我，便借着思想的这股劲儿继续想下去。

我的思想似乎驾上了火箭推进器，直接起飞，让我停不下来，这一切的美好都在大脑中如代码一般自动生成，疼痛也无法打断我的思绪了，我继续想象那些能忘却疼痛的美好。倘若那智能机器真的出现了，帮我与我的另一半解决了我刚刚所想的一切困难，我也就拥有了勇气去和某个女孩说出自己内心的喜悦，我也拥有了谈恋爱的条件，我不再是坐着，让女孩俯视着与我聊天，我们也可一起对视，我们也可同一视野看远方的某一景物，我更不会成为女孩的梦魇。那为何女孩不选择与我谈恋爱呢？那时候，我与老师还有差距吗？我还有点虚名来填补一下人性上的虚荣，还有一颗珍重着女孩的心，女孩本就喜欢我，此刻也就可以义无反顾地喜欢我了对吧？

咱们继续想，因为这一切，对于一个卧床不起的人来说简直就是强心剂的存在，会让他心跳加速的。

疼痛，你哪里去了。来制止一下这个被思想带着去了很远的疯子，他已经无药可救，已经坏掉了大脑，怎么拦也拦不住，他太能凑热闹了，和思想手牵手，肩并肩，似大侠一样，摆弄着身姿潇洒地丢下了你，这不行，倘若思想松了手，那我会摔得更痛，所以，你还是来制止我吧。

正当我准备丢下一切，跟着思想翱翔时。突然，思想这家伙的经费不足，无法支持我跨越山河、跨越空间去思考了，没有足够的路费让它继续飞行了。好了，平复平复吧，闭上眼睛，将思想拉回来，哦，原来这一切都是这调皮的思想构想出来的梦境啊，只是为了让黑夜不再陪伴着孤单的我，只是让我暂时忘却疼痛，只是让我忘却那些烦恼，忘却不开心。思想只是展示了一下七十二变罢了。可我说思想啊思想，你怎么变化多端，也是遭瘟的猴子，逃不出那大大的手掌心，不对，是逃不出我这翻不动的身体的。

罢了罢了，想一想，也未必是坏事儿，有个念想，总比失去灵魂的肉体好，倘若有哪位和我一样的疯狂构想者，看到这篇文章，帮我实现了那疯狂的让人不敢再想的梦，制造了那么一款机器人呢？或许有，或许没有，一切的一切，也因思想的回家而停滞。

我终究不能战胜疼痛，肚子的疼痛让我额头冒汗，咬着牙，团成蚯蚓状，终于开了口，叫醒了熟睡的父亲。当父亲看见我这般模样时，更多的是担心与疼痛，便招呼母亲去收拾了厕所，帮我穿上了衣服，将我抱进厕所，此时，因压了很久时间压着不动的腿有了缓和，腰下也有了缓冲，疼痛便离开了，肚子也丢下了那份苦痛，一切痛也短暂离开，我便轻松了许多，额头的汗水也不见了踪影。

思想笃定地告诉我，某一天，我便可以永远离开那些疼痛，前提是要坚持得住，即便疼痛每天都折磨我，都不能有一丝要放弃的念想，否则，我便什么都没有了。那时候，不光是皮肉之痛，思想也会变味，它也会苦起来，那一刻，一切的一切都不再重要，因为没有了思想的陪伴，黑夜也就只剩下一份无边无际的迷茫。

第四辑

随心篇

街 角

坐在后窗边，四壁围墙高起，偶然抬起头，透过窗户，看见高高围墙上阴阳分明的一道亮光，这缕阳光，让人心中总觉欢喜。我伸了伸懒腰，让父亲帮忙抬出轮椅，驾着轮椅来到屋外。冬日的午后，晴朗的天空似一片汪洋，湛蓝、深沉、纯洁。温和又清亮的光穿过高楼的缝隙洒在小城的街角。

对于一个躺在床头的人来说，冬日走出屋子，能在某个角落，晒着暖阳，看看忙碌的世界是怎样运转，便是再幸福不过的事儿了。

摇着轮椅来到门前红色石砖铺成的石台上，一片榨干了水的柳叶萎蔫地垂下头，却又不想离开枝头，抓着树梢挣扎在枝丫上，风轻轻吹过，它也便没力气抓住干枯的柳梢，在风中打着旋儿，如鸿毛般不知不觉躺在了我的腿上。我轻轻拿起它，透过阳光，叶片泛着秋色，中间的茎串联着叶上的每一条脉络。指尖轻轻摸着叶子一捏，干脆的枯叶粉碎了身子，在指纹上留下了些残渣。

轻轻拍了拍掉在棉裤上的枝叶，放空所有思绪，人必须是要呼吸的，只提供呼吸和思考所需要的能量，凝望着这不大的街头。丢下手机，摒弃浮躁，让这颗心足够安静。

前方十米远的柏油马路上有一条长龙，它在等待绿灯亮起，我看见了长龙的头，顺着长龙身子，扭头转过一百八十度，依旧没有见着长龙的尾。绿灯亮起，长龙游动，每个关节相互断开，向前奔行，每个小关节里都有一个或两个细胞，大关节里也有不下二十个细胞。关节头处的细胞控制着关节的走向，每个接头细胞都紧紧把持着关节间的距离，生怕它们相撞在一起。红灯再次亮起，又是新的一个关节变成龙头，再次转头看去，一辆又一辆车彼此紧跟，我终究看不见龙尾。

关节里的每个细胞的表情、神态、样貌都看不见，好奇心又让我注意到了关节之外的一切。关节的边侧有熙熙攘攘的细胞在蠕动，这些细胞有个称呼叫——人。人群中，我望见了一个妇女，紧身浅蓝色牛仔裤，粉红色皮夹克，头戴包裹着额头的红纱巾，阳光很耀眼，洒在纱巾的装饰链上一闪一闪，她的手微微插在裤兜里。浅蓝色的牛仔裤和粉红色的夹克衫很协调，让她的身姿很醒目，我的目光足足停留了三秒。

她的身旁站着一个男的，低矮干瘦，足足矮妇女半个头，他双手也插在裤兜里，轻轻跺着脚，运动可以产生热量，逼去身上的寒气。我看着男人，思量着他与妇女的关系。父亲？有些不像，男子的容颜里，是看不出他能生一个如此完美的女孩的，不过我也想了这层关系。那或又是长兄？女子这样丰满，长兄也应该是魁硕飒爽的，也不应该是。那要么是丈夫？不，这个可能是我最没有想到的，也是我没想着接受的。男子站了也就三秒钟，回头望身后的车辆，准备搭乘出租车。他看不见出租车，便迈着小碎步向阳光处走去，女人的脸蛋分明是化妆过的，很白皙，因而笑容也就更显艳美，她一只胳膊挽上男人的胳膊，倚着男人向前走。是啊，我的脑海里猜疑的三个答案也只留下了那个最不可能的。男子定是妇女的丈夫，倘若不是，也不会在街头挽着他前行的。

男子和妇女站在冬日的阳光下。视野敞亮了不少，也让我能满足自己的好奇心仔细观望。她略微低下头，靠在比她矮点的男人肩上，这画面不能说小鸟依人吧，却也让人心中有些思量，或羡慕或气愤，或不解或理解。妇女接近男子，听着他说话的同时再看看男人的手机。男人右手拿着手机，左手的食指与中指间夹着一根烟，男子耳语了些什么，便慢慢扭过头，将棉花卷成的烟嘴，轻轻移至嘴边吸了一口，吸进嘴里的烟顺过了男人的肺，徘徊了许久又不舍地来到了嗓子边，在口中循环一下的烟雾，顺着微微的风飘过妇女的脸颊，妇女白净的脸前缭绕着一圈二手烟，白烟让我眼帘里妇女的模样时而模糊、时而清晰。

  看着两人的举动，不知为何，我的心像有一根针扎了一下，我又望着那妇女。对妇女身旁的男子我没有丝毫兴趣去多看一眼，心中莫名有了些讨厌，或许我的讨厌有些多余，也有些毫无理由，可毕竟是不想再看那男子。让我奇怪的是，男人的举动没有让妇女的脸上展现出一丝不适，那眼睛里的笑容依旧。

  这一刻，她的紧身牛仔裤、她的粉红皮夹克装扮的身姿不再那样让我感觉清新，她的红头帕下白皙的肌肤不再那样吸引我。可我的心中还存着一丝意犹未尽，那便是悲悯，还残存着一种念想，或许妇女只是妥协，只是因为男子拥有能让她过好日子的能力而妥协地挽着他，妥协允许二手烟飘过她的脸颊。我心里暗暗告诉自己，妇女那挽手的动作是不情愿的，和男子一起行走时是忸怩的，闻男人嘴里的二手烟时是气愤的，可眼睛不会骗人呀！我从妇女的脸上看不出一丝假笑的模样。倘若不是她头上的那红色头帕，她做了什么，又和什么人走在一起，我也不会努力去满足我的好奇心，去猜想，去期盼，去与自己的思想争执，再期盼得到一个可以自己劝自己接受的结果。倘若不是她的头帕，我也不会知道她是回族，也没有心思如此细致地去观察她，她头上的头帕可是圣洁和典雅的象征，回族同胞的纯洁形象被她的举动洗刷掉。

一辆出租车停在了男人和妇女身边，男人打开出租车后门，低了下头坐了进去，妇女也弯了弯腰随着男人坐进了出租车，远离了我的视野，变成了两个小小的细胞。这样也好，她的头帕也就不再那样耀眼。

我回忆着父辈们，父亲有没有抽烟我是不知道的，我也从没见过父亲抽烟，在我记忆里，倘若父亲敢抽烟，定会与母亲有一场属于家庭的世纪大战，母亲在这场战争中有霸权地位，父亲准不会反抗母亲什么，也绝不会在母亲面前抽烟。大伯、二伯是会抽烟的，只是他们也不会、更不敢在大娘、二娘身边抽烟。一般，见大伯、二伯也是家里大团聚的日子，他们也头戴白帽，烟瘾若是上来了，便会站起身，摘下洁白的礼帽，偷偷溜出房子，在墙角处抽上那么一根。我是不抽烟的，也不知道烟的魅力在何处，母亲也不会准我抽烟。有人说抽烟可以缓解烦恼，不过在母亲的脑海里，父亲抽烟会让她很烦恼，我若抽烟更会让母亲痛苦，为了不给母亲痛苦，我也就不用抽烟来缓解烦恼了。

本想着，我只坐在街头的一个角落里，遇到几乎相近的事儿的概率不大，可我被一声洪亮的呵斥声惊醒。一个身材魁壮、发型潇洒的男人扭过头，一只手罩住打火机，一只手夹住烟放入口中，也是点起一根烟，他眼睛里发出一种略带仇恨的光，瞪着二十米开外的女人。男人的步伐没有丝毫减慢，脚下的那缕风狂野，地上的尘土与落叶打着旋儿在地上曼舞，枯叶刷着地面嘶哑地呻吟着。男人喊了"快点"两个字儿后，扭过头目视着正前方，毫不犹豫地大踏步前行，我顺着男人瞪过去的地方望去，一个女人穿着咖啡色棉衣，怀里抱着一个三四岁的男孩，她穿着宽松的棉裤，脸上的肌肤也是微微泛着淡黄的本色，比起刚才妖娆的妇女，可见少了不少化妆技术。她尽量迈开步子，想跟上前面这个大男人的步伐，可她又存着一份小心，要看着脚下的路，她怀里还抱了孩子。

我又开始想，为何不是男人抱着或背着孩子，女人只需要挽着男人的胳膊，闲庭漫步地走在男子身边，男子一边照看孩子，一边与女人谈话，阳光洒在一家三口的背上暖洋洋的。可我突然又笑了笑我，想得那般天马行空。此刻，女人脑海里丝毫没有想我想到的画面，她脑海里只有一个念想：快点追赶上前面那个男人，他是我怀里抱着的这个孩子的老子，他要是跑丢了，孩子怎么办？追赶他的同时，还要注意脚下的路，若一个不小心，被哪个不长眼的石子绊倒了，自己摔了没事儿，要是孩子有个磕碰，前面那极速奔走的孩子的老子指不定反过身，跑回来恶狠狠地踹自己一脚。不过事儿一定不是这样的，凡事都要有个好的念想不是吗？应该是我看错了，也想多了，事情并没有这样糟糕，男人走那么远也不是没有原因的，或许前方的男人也是很在意这个妇人，香烟里有尼古丁，回味过男人的鼻腔，带出了不少含有毒素的白烟，这烟也曾多次飘过妇人的脸，才让她看起来皮肤淡黄，男人心里明白，二手烟可不能再让孩子和妇人吸纳，他要比刚才那个等出租的男人体贴多了，他大踏步走在前方准是想着与女人和孩子拉开点距离，也能让娘儿俩远离二手烟的危害。

　　阳光依旧还在人间，还有余温，我是舍不得提前离开的，还能再坐一会儿，再看看这街角的一切。看见一个很年轻的女孩，她步子踏得很快，双手插在衣兜里，她没工夫闲庭漫步，更没心情多看一眼这街角里的其他人，她在打电话，声音很大，我听到一句："咱俩结婚了，衣服要你洗，饭要你做，我就是你的小公主，听见了没？"

　　很显然，她在对电话那头的人撒娇。

　　现在流行一种短视频，里面都是男士给女士做饭，女孩很像童话故事里的公主。短视频的拍摄者，靠着这样的拍摄方式，拥有了一大批女粉丝，也有了生活的外快，这些女粉丝亲切地称博主为欧巴，不允许其他人说博主一点不好。我脑海里突然闪出了韩国泡沫剧的样式。刚毕业的少男少女，也是正谈婚姻的年纪，喜欢会做饭的男人，喜欢会洗衣服的男人，还喜欢冷了帮她披衣、渴了帮她倒水、困了帮她铺床的男人。本来，我以为这只是看了短视频的她一时冲动，可我不经意间在一则自媒体文章下看到了很多女孩有同样的想法，她们尊崇写这篇文章的女主，好奇心催动我打开文章一读，女主以及其浪漫的方式写着她公主般的生活。这篇文章的点赞量和阅读量很高，这样一来主人公就可以接个广告，赚些外汇让她有动力继续写下去。

有时候想想，有这么一个伴侣当真幸福，也没有任何不对。顺着这个想法，我脑海里浮现着这样一个好男人的模样。女孩生下了娃，男人听从了女孩的话语，当起了女孩心目中的好男人，成为"全职太太"，穿着酷似睡衣的棉大褂，左手拿着奶壶，右手拿着饭勺，他一手炒菜，一手帮孩子喂奶，一只脚也没闲着，搭在摇摇车的轮子边轻轻摇着孩子，不让孩子哭泣号叫。女孩呢，自然是要出去上班的，不然怎么生活？怎样继续活下去？女孩好不容易找到了一份工作，可不尽如人意，和所有出去努力上班的男人一样，丝毫不能怠慢工作。女孩下班回来，走进屋子，听见孩子的哭泣声，摔门进来，也没给厨房前的这个男人搭把手，她只管发牢骚告诉男人，你挣钱太少，还要老娘出去抛头露面，给孩子赚奶粉钱，看看别人家的男人，没出息的你能干些什么。你整天除了会扫个地、做个饭，再就是让我养活着，分担不了我的一点点压力。本来女孩是喜欢眼前这个男人的，他就是那个最完美的男人呀，会洗衣，会做饭，还会照顾孩子，是一个多么完美的男人，可现在怎么也喜欢不起来了？看着眼前这个没出息的男人，再想想自己每天出去谈生意有说不完的奉承话，上班又天天加班，还要看领导脸色，回家又没有一口热乎饭，这日子有啥过头，和没出息的你过的啥日子，不如离了算了。

第四辑　随心篇

　　新的生活，新的时代，新的问题，或许我们的时代变了，又或许没有变，追求美好是每个人的目标，婚姻也是如此，街头总是演绎着生活，它没有摄像头拍摄和剪辑，只留下美好。也没有人精心策划，写一篇修改好的文章供我们阅读，街头演绎着原汁原味的生活。

　　我想起了那个夏天，夜晚的风着实清爽，不愿回家早睡，摇着轮椅坐在柳树下。城市也卸下了一整日的喧闹，安静里让人不由自主地想读会儿书。

　　"你来，在店门口，和你聊会儿天。"

　　一位十五六岁的女孩夺门而出，来到柳树旁，望着远方。女孩住在家门前的旅店里，那日旅店老板说过旅店被初中毕业考高中的学生包了圆。我望着女孩，女孩扎着马尾，穿着黑色T恤站在路沿上，她低着头，不停向手机屏幕里打字，一副欣喜若狂的样子。女孩按动手机，隐约听到手机那边传来一句"等等"。

　　书里的故事我只读到一半，也无暇顾及女孩，便继续低头读刊物。游荡在书里，时间便跑得极快，半个小时眨眼而过，合上书扭扭僵硬的脖子，不经意间又看到了女孩，女孩依旧等在那里，只因两个字"等等"，半个小时就这样过去。她想必是站累了，蹲在路边。她的身旁时而有散步之人走过，时而穿过骑着小黄车的精干小伙，女孩发呆地望着手机屏幕。

　　月儿依旧高挂天空，柳儿在微风里轻轻摇摆。女孩撑着下巴让时间又溜走了半小时。她不甘心地站起身，踮起脚尖望向远方。女孩又上下翻动着手机，手机铃声好久没有响起。女孩这次再没有对着手机屏幕打字，只是带着些气愤地说："出不来算了。"

　　她站起身头也不回地进了旅店。

　　望着女孩的身影，心中久久无法平静，她在柳树下足足等待了一个半小时，想必女孩要见之人在她心中弥足重要。倘若不是，也不会花掉中考前的时间去等待一个人，没见着等待之人，女孩这会儿准是睡不着的。我想，女孩不应该回屋哭泣，倘若她拿出第二天考试的功课复习，定能再突进些分数，我深知化悲愤成为的那股力量的强大。

第二天下午，我坐在公园入口的一棵树下，瞧见四个女孩、两个男孩，有一位女孩吵喝着要在那里举行一次分手大会。"分手大会"一词让我瞬间呆住，我久久望着他们。从他们的容颜里看得出，应该也是初中毕业的学生。"分手"两字说得很是随意，转念又想想，现在的孩童许是性格极好，抑或他们只是彼此说着玩笑话语，并没有在意这个坐在轮椅上的我的存在吧。仔细瞧去，女孩手里有部手机，同行的男孩手里也有手机。彼此肉眼可见，却也在屏幕里说着悄悄话。我看见女孩与男孩牵手了，他们也没有在这里举办分手大会，让我这凑热闹的人没能一睹大会的盛景。

我低下头，眼前有一片花林，我望着这片花林，它们昂起头，每朵花都将傲人的一面展现给遥望它的人。夏季，是花儿最芳艳的时节，有足够的阳光，有新鲜的空气。这片花林选择了在这个最美的季节开放，每一朵花盛开得都是那样饱满，绽放的这一刻，芳香传入鼻腔，心中释然不少。这些花儿没有在冬天拼了命去绽放那一瞬间，也没有在初春探头观看世间，而是选择了这个夏日最酣的季节绽放。

我发了呆，想起前几天与一位朋友坐在家门前，看着一个男孩牵着一个女孩的手，两人嘴里都塞着冰镇汽水的吸管，缓缓走过我俩身边。朋友入了神地望着他们，突然他拍着大腿笑了起来，嘴里喃喃："哎呦呦，美着。哎呦呦，羡慕着。"

我也笑着问朋友羡慕吧，他点了点头答道："有点。"

朋友回忆起了和几个哥们儿在商业广场，斜靠在用贷款买来的小轿车旁望着十几岁女孩牵着男孩的手走过他们身边，几个人回眸相望，不知怎么同时笑了。哥几个睹人思人，想起了以前的他们像极了现在眼前路过的青年少女。

我说："看看人家小男孩小女孩，多美好，你也学学。"

朋友看了我一眼很平和地说："看着吧，最后他俩肯定不会在一起。"

我疑惑地看着朋友。朋友看了我良久打趣地说道："想想，我那时候也这样被咱俩现在这个年纪的人笑话过吧。那时候真傻。"

我好奇地问过他，为何以前那般有桃花运，现在却还没有结婚？

朋友看着我，又笑着说道："因为现在牵手没感觉了。"

朋友望着远方，沉思了良久，慢吞吞说了句："我后悔那时候没有好好上学，而是牵着女娃的手。"

电话打断了我与朋友的聊天，他迈开步子，直奔工地。

我望着这个二十五六岁的男子，他拿着一瓶矿泉水，身边也没有女孩相伴，急匆匆踏着步子向工作的地方走去。

一句熟悉的问候打断我的沉思，我抬起头，是我的老同学，他陪着推着摇摇车的妻子来到了我的身边。老同学我熟悉，上学那会儿算得上是个唐僧，不近女色，很少与女孩接触，他只是埋头苦学，现在也有份不错的工作。老同学很幸运，二十六岁遇到了他的结发妻子，妻子与他一样，是女版的唐僧，两人第一次谈恋爱就结了婚。我们聊了几句，摇摇车里的孩子哭闹了，同学的妻子便从摇摇车里轻轻抱起孩子放在怀里。

我与同学挥手道别，同学的妻子怀中抱着孩子，同学推着摇摇车，两人缓缓穿过花林，那一朵朵盛开的花儿摇摆着头，望着同学与他的妻子走出公园，消失在花林间。

我常常在想，我们这个时代，像我这两位同学的人还有多少？不结婚真的是因为房贷车贷的压力吗？仔细想想，或许每个人心中有一个意难平之人，磨灭了婚姻后的美好生活的憧憬。分开后的生活里，总是寻找着他（她）的影子，意难平的人再也找不到了，情感成了一文不值的坏情绪，寻找的方式也就变了味，能找到一个可以让自己过上丰足生活的人也可将就。追寻过程里，一不小心上了华丽标签的当。街角只是演绎着追寻到的韩国欧巴走下荧幕，上演真实的生活状态罢了。

目光恍惚的我抿着嘴，眼睛一动不动，母亲走出屋子，询问我需不需要些什么，我向她要了一片口香糖嚼在嘴里，按动轮椅电钮，在红砖石台上，来一圈去一回地逛游着，眼睛依旧盯着街角。一个中年男子走进了我的眼睛，他一只手扶着铁架车，车子下有四个可以随意转向的小轮子，车子上有一些小零食，糖葫芦、黏牙糖、干板糖。这一瞬间让我仿佛回到了童年，脑海里却明确提醒我，这都啥年代了，二十年前才有边走边卖货的商人，他怎么还没有转行，二十年要有多少变化，他怎么一成不变呢？该死的好奇心又拽着我，注视着中年男子。男子走得很慢，慢中又有些艰难，我细细望去，他一跛一跛地走着，左手紧抓住铁架车，右手轻轻附在怀里。这一瞬间让我想起了网上有不少逗乐人的段子，也有这么一段逼真的形容：左手六右手七，左腿画圆右腿踢。平日里在网上看见这样的人，都是在玩耍，模仿着脑梗或者某种疾病让人半身不遂的模样。此刻我眼前却真的出现了这样一个人，真希望他和网上的人是一模一样，只是为了玩玩。

他走得很慢，从他身边走过了一群又一群人，他也不吆喝几声，只是一直望着前方，有电动车靠近他，都会减下速度，绕开很大空间，从他身边经过，还有带着孩子的老人，牵着孩子走上红石砖，紧紧拽住孩子的手，用身子挡住孩子的视野，不让孩子看见心爱的糖葫芦。中年男子比蜗牛快些，扭动着身子来到了我身边，我看见了他铁架车上的一根拐杖，拐杖横在铁架车上，摆在糖葫芦的一边。中年男子没有看我一眼，他一直直视着前方，他走过我身旁时，略微低了下头，我看见他怀中的手真的向内卷着，一条腿的膝盖不会弯曲，只是抬起落地，抬起再落地，向前方跨步，他的脚下有一条直溜的划痕。

终究走过了我身边，只留下了一个背影，周边有很多人，没有一个人注意他铁架车上卖的东西是什么，只是望着他是不是真的右手六左手七地前行。我发了呆，脑海里是二十年前，中年男子大声吆喝着："卖糖葫芦、黏牙糖、干板糖……"

他步子稳健，一路哼哼唱唱，路过他身边的年轻妇女也没有让他有丝毫羞涩之意，他还望着年轻妇女的脸颊问："吃糖葫芦不？有男人不？给你买个糖葫芦回家吃。"年轻妇女脸一下红了，扭过头快步离开。他只是露出大白牙，望着妇女远去的背影笑着。中年男子又路过小孩身边，他从铁架车上摘下糖葫芦拿在手里转着，孩子看见了，他便开心地迎上去抱起小孩揽入怀中，小孩一乐，抓住了他手中的糖葫芦，男孩的家人也就只能无奈地掏了钱，抱着孩子离开……

我闭了一下眼睛，看着这个一拐一拐的中年男子渐行渐远，我不知说些什么，又能说出什么，只是无奈地深吸一口气，抬起头望着透过高楼的那缕阳光。高楼的缝隙间的阳光越来越暗，街角洒下的阳光一点一点散去，就像你不知什么时候秋叶变黄了颜色。冬日的下午，没了阳光，腿上即刻有了冷冷的感觉，按动电钮，调整位置准备回家，扭头的一刻我又看见了有出息的男子。他依旧脚下生风，双手插在裤兜里，疾步向来的方向奔走，我心中咯噔一下，想起了那个女人，是不是她被男子丢弃了？快速调转轮椅方向，我安心了，看见她手里牵着小孩，小孩紧紧抓着妇人的手，一蹦一跳，我隐约听见孩子呼唤了一声："爸爸。"

街角熙熙攘攘的"细胞"依旧一个挨着一个，只是为了能过得好的日子不停蠕动着。

老 人

夏日的热气蒸灼着大地，我静静坐在一棵老树下，斑驳的树荫落在我的身上，轻轻吹来一股风，只有此刻才觉清凉。

我望着前方红油漆框架、透明玻璃的公交站点入了神。公交站点坐着许多人，有的是为了乘公交车，有的则只是想找个凉快的地方，能有个坐的地儿小歇一会儿。公交站点的人群中，我在极力眺望一位老人的身影，已经好些天没有见着老人。对他，我既有好奇，又有想念。我与老人并不沾亲带故，但我每天都能看见老人的身影，也不知为何，老人这两天突然消失。坐在树下乘凉的我，总想看见他的身影，我先扫视过人群，又怕自己看得不够仔细，便挨个巡视了一番，我终究没有寻见老人的身影。

眼睛停了下来，脑袋随着又一丝凉风陷入了沉思。我脑海里浮现着老人的模样，老人戴着一双黑色手套，腰板虽不是那样挺直，却也看不见明显的驼背。老人右手拄着拐杖，左手手掌朝天，手掌半蜷着，挎着一个小凳子。老人迈着迟缓的步子，来到墙角，颤颤巍巍把凳子放到地上，慢慢坐到凳子上。

冬日的暖阳铺洒到老人身上。老人低下头，不知是睡着了，还是在静静看脚下。老人经常出没这里,便有些人说说他的故事,也就从他人口中得知了老人的年龄、住址和身份。老人是退休老干部,每月有工资,可老人没有了牙,老化了胃,嚼不动肉。老人没有其他爱好,也找不到要做的事儿,老人只喜欢暖阳。

两年前,老人八十六岁,他还迈得动步子,会走出家门,踏着小碎步游荡那么一千米,到离家最近的花园晒太阳,公园里有许多老人,他们围坐在一起,时而说说话,时而看看景,时而沉寂下来没了一句话,只齐刷刷地望着远处一条柏油路上来来往往的车辆。老人说不出为何喜欢这个公园,老人只是沉醉这种环境,享受着坐在那里的一丝安逸,这群老人围在一起那一刻,空气里总觉弥漫着舒适的味道。在这公园里的时间,总感觉过得那么快。

他不需要看时间,只要每次低头,都可看见自己的影子拉长一截,老人瞧着自己坐在小凳子上的影子盖住远处一座雕像的腿,老人也就明白自己到了回家的时候。回家前,他走累了,口渴了,都会在家门口的商店里花一块钱买一个雪糕润润嗓子。老人除下雨天,都会去公园坐一坐。一路上老人会遇到些熟人,都会笑盈盈地看着他说句:"身子骨还很硬朗哈,八十多岁了还走这么远。"

老人只是笑着点点头,他不知道自己什么时候会没有力气走那么远,只是每天走着,熟人每天都会打招呼,他们也不知道老人什么时候会没能力,去不了那个公园。

一年前的一天,老人走出家门,他只是感觉很疲乏,走几步路,双腿便会软绵绵地往下塌。老人走不了那么远的路了,老人走出家门站在路边,像极了那尊摆在公园里的雕像,老人想搭乘出租车去那个公园晒太阳。老人等了十分钟,二十分钟,半个小时,一个小时。闪过老人身旁的出租车也数不清数目了。老人一直招手示意,偶尔会有一辆出租车停在老人面前，他慢悠悠打开车门，可以从车窗口清楚地看见出租车司机摇头的影儿，随后关上汽车门快速离开。那个下午，老人没有搭上任何一辆出租车，也就没办法去一千米远的公园。老人慢慢转过身，颤抖着拄着拐杖一晃一晃来到商铺门前的墙角边坐下晒太阳。老人慢慢抬起头，望了望公园坐落的地方。

从此，商店墙边出现了一位老人。老人自己也不知道，哪一天是去公园的最后一天，搭乘出租车的前一天，老人也没有在那个花园旁多待一会儿，多看一眼，就匆匆告别了花园，没有说声再见。老人坐在商店前，身边没有其他人，老人听不到公园里的说话声、嬉笑声和逗骂声，老人也不知道除了他，曾与他围坐在一起的其他老人是否也同他一样，没有了力气，去不了那个公园了。老人成了一尊可移动的雕像，他睁大眼睛，不说话，只是坐在墙角，看着汽车一辆辆驶过家门前。老人会孤单吗？不会，宛如旧友的阳光依旧陪伴着他。老人在这里依旧会坐一下午，依旧会口干舌燥，会拿出退休工资中的四千分之一去买个雪糕润嗓子。不是老人舍不得花钱，老人只是不知该买什么，还嚼得动什么，能把退休工资用在哪里，不过有了这份工资，老人可以安详地晒太阳，晚上回家安心吃饭。

春天的风不是那样轻柔，会吹过老人长满皱纹的脸颊，夏日的风也不是那样清朗，依旧吹过老人身旁。冬日里，阳光照常出现，老人依旧没有忘却阳光，穿着棉裤来到墙边晒太阳。

我还清楚记得，脑海里老人望着我的一幕。他不知是醒了还是不再望脚下了，慢慢抬起头，望着远方的我，眼睛里的光涣散。不说话，只是静静望着我。我不好意思对视着他，便环顾着老人的四周。

周围是安详的，有一排被冬脱去了绿衣的柳树，树上有几片干瘪的叶子，在风中轻轻摆动却也不落地，阳光陪伴着它。树下有红砖铺得亮堂堂的空地，装点了曾经的泥泞不堪。路边有一辆辆车，在平坦的柏油马路上疾驰。墙角有一位老人，平静地坐在那里晒太阳。老人的儿子手中牵着孙子，慢慢来到老人面前，孩子扑进老人怀中，摸着老人萎蔫的脸。老人的儿子笑了笑，牵住孙子的手。半头银发的儿子弯下腰搀扶起老人，挽住老人的胳膊，牵着孙子的手，慢慢地、慢慢地向家的方向走去。

又一年春天到来，枝丫上零零星星泛着绿，老人依旧是那般眷恋阳光，他又慢悠悠来到家门前，看见不远处有几位老者玩桥牌，老人也就来到他们身旁坐下，几位玩扑克的留着花白胡子，却在老人面前只算得上是几位"小伙子"。老人不是来看这几位老者打牌的，只是凑凑热闹，享受一下围坐在人群中的喜悦。天慢慢热了起来，老者们依旧享受玩牌的乐趣，并没有注意周边坐着的老人。旁边站着的观众也有几个，只是目光聚焦在扑克牌的顺序上，也没有多留下眼睛去瞅一瞅老人。一个小时过去，两个小时过去，老人坐久了，便想挪动一下位置，老人先移了几下小碎步，绕开了围观的人群，到了宽敞的地儿。

老人想站起来，他一手撑起拐杖，伸展了一下脖颈，摆出跳跃的姿态，用双腿撑起屁股，离开小凳子，但顷刻间屁股又落回了小凳子。老人望了望周边围观扑克牌的观众，没人看见他。老人停顿了一会儿，瞧见过来一位熟人，他再次重复刚才的动作向上翻跃，这次的动作幅度要比刚才猛烈。熟人只是双手背在腰后，他眼睛是看见了老人的动作的，却视若无睹。他的目光很快扫过老人，转移到了扑克牌上。老人看了看熟人，又看了看打牌的老者，停了下来，继续呆坐在那里。老人回想起，那次他就坐在墙角，自己的儿子从警局下班回家，来到家门前的第一件事儿就是接他回家。老人心底明白，有儿子的帮助，站起来很容易，并没有希望这位熟人搭把手，可熟人极快地从凳子上跳起来，小快步抢先他的儿子一步,两只手扶住了老人的一对胳肢窝,像抱孩子一般抱起了老人,熟人笑着看着老人和老人的儿子。老人也望着熟人点着头。今天熟人却不知为何,没有搭把手扶起老人,似乎成为了熟人中的陌生人。

半个小时又这样过去,周边来了许多围观桥牌的人,有几个站在老人前面,也有几个站在老人后面。老人前后左右看了看,再次重复站起来的动作,这次,他的右手狠狠拽住拐杖,大腿与小腿的夹角从九十度到一百二十度,再到一百三十度,最后一次到了一百五十度,停顿了一秒半又回归九十度。老人终究没有让大腿与小腿的夹角实现一百八十度,始终没站起来。老人放弃了站起来的念头,静静地、目不转睛地也看起了扑克牌。

卖雪糕的老板,蹲在屋子里,帮顾客翻找东西,无意间透过透明玻璃看见了老人刚才的动作,等顾客离开,小卖部的老板就来到老人身边,询问老人是否要站起来,老人开心地点了点头。他两只手分别扶着老人的胳肢窝,老人也拽了拽拐杖,重复了刚才的动作,这次一下子就站起来了。他又把小凳子折叠起来,挂到老人半蜷着的手掌中,小卖部的老板没想着让老人的儿子瞅见他帮老人的样子。

老人慢慢地、一点点地迈着步子,也不知什么时候,他的影子消失在了人们的视野中,只能看到打桥牌的围观者照旧盯着桥牌的顺序。小卖部的老板,还是在小卖部里给顾客拎商品。

夏天老人穿得很单薄,步伐也略显轻盈,他依旧挂着拐杖慢悠悠来到家门前,家门前不远处有一公交站点,站点内有专门提供休息的座椅,座椅旁有个小空隙,老人提着小凳子来到公交站点,又是熟悉的动作,缓慢地坐在了空隙间。老人就这样望着公交上下来一拨人,又从站点上离开一拨人。一辆公交走了,过十来分钟又来一辆公交,依旧是刚才熟悉却又不认识的人重复上公交、下公交。老人很喜欢这个公交站点，来来往往的人不会与他打招呼，只是累了在他旁边坐会儿，有同伴的就在他旁边聊天等待公交到来。老人不会打扰他们说话，只是坐在一旁静静地看，默默地听。人来人往中，没有老人的亲戚，也没有老人的熟人，可老人很欢喜，也觉得热闹，更喜欢陌生人带来的一份安详。

老人在公交站点坐了几个小时，没有一丝瘫软疲乏的迹象，他拄着拐杖，使了把劲儿，虽然动作依旧是那样缓慢，可他站起来了，没有小卖部老板，他还是站起来了，老人滞在空隙间闲着，并没有要急着离开的意思。他望着远方，也像一位等待公交启程出发的路人，只是他知道自己已经跨不上公交的门。老人不说话，只是左右看看，静静站在那儿，目送年轻人、小孩、中年人戴着口罩走上公交，看着公交离开他身边。老人的手里还是挎着凳子，手掌朝天，他面前突然开来一辆出租车，停在老人身旁，老人有些惊愕，更是欢喜，拉开出租车车门。司机很耐心，他打开驾驶门，来到老人身边，扶着老人坐入出租车，关好车门，又坐回驾驶位。司机询问老人要去哪里，他思量了片刻，慢悠悠说出了那个离家最近的公园的位置。

司机心领神会，启动发动机，车动了，汽车用了不到三分钟时间，只等待了两个红绿灯就来到了老人要去的公园。司机停下车，老人又慢悠悠伸出手，将手放入怀中，摸索钱的位置。公园旁是交通要塞，停不得车，后面有车辆一直鸣笛示意出租车快些离开。司机望了望老人，有些焦急，他怕交警过来给他贴张单子。老人喊着："我有钱！"并望着出租车司机。

司机笑了笑，又打开驾驶位的车门，来到车后门前，打开车门，扶住老人移出出租车，老人依旧望着出租车司机说着："我有钱。"

司机摇了摇头，他微低一下头，像老熟人告别一样，小急步来到驾驶位门前，再次向老人招手再见，便开着车快速离开。出租车启动了，后面的车辆排着队一一离开老人身边。路上也不再拥堵。出租车司机是幸运的，并没有被交警贴上罚单。

老人慢慢转过身，又迈着迟缓的步子，他左手上挎着凳子，右手挂着拐杖，阳光照在他的身上留下影子陪伴着他，与老人一同向公园中心移去，那里是否还坐着曾经与他一同围坐的老人，老人不知道，老人只知道，那尊雕像一定在那里矗立着，老人迈着迟缓的步子，向雕像那边走去。

洒水车播放着激昂的曲子，向大地送去一丝清凉，也打断了我的沉思。我也不知为何，只想看见老人柔弱的身影，只想看见他慢悠悠走过我的眼前，再轻轻坐在公交站点的缝隙处。看见老人出现在我的眼前似乎成为了我心中无法割舍的思念。

可老人的身影再也没有出现在我的眼帘里。我呆呆地望着公交站点，那里似乎缺了点什么，像是失去了一尊雕像。

时隔一年，我又见到了老人，他坐在轮椅上，儿子推着他慢悠悠散步，我上前与他打招呼，庆幸老人还认识我，从他口中得知，他再也没有去过那个公园，公园里和他坐在一起聊天的老人，不少已离开了这个世间。我看着一头银发的儿子推着老人渐渐远去。

寻找心情

提起笔，竟无从落下，日子久了，发现笔尖略显深沉，不敢轻易撂下一笔。当初着笔的喜悦感也荡然无存。

或许当喜欢沉淀发酵成爱时，也就多出了一份责任吧。近日来，我似丢了魂魄，每次提笔，便不敢落笔，思来想去，是怕了些东西，也丢了份心情。先说怕的事儿，浩荡岁月里，我已不再年幼，剥去了青涩稚嫩，本以为会无所畏惧。可细细品来，仍有些害怕，怕了生活、人生、命运戏剧般捉弄人的种种场景。颤抖着窥探所怕的一切，也就没有了落笔的思绪。心中积淀一份情，笔下才可清泉而出。不知不觉间，寻找心情成了重中之重。

生活里的我终究是一颗不起眼的尘埃，缥缈虚淡的状态让我怕得卑微。幼时怕别人瞧见我悲催的一面，心情也就变化无常，会因某件小事儿而气愤。记得孩童时最熟悉的老舅，拍了段视频，手机中的我盘腿坐在炕中央，佝偻着身子，用尽全身力气抓住洗脸盆，吃力地洗着脸。不知舅舅是好奇还是出于关心，他想把我洗脸的模样发进家人群，我抬起头那一瞬间，看见了他拍我样子的场景。那种万针刺痛的感觉瞬间涌上心头，也不知哪儿来的勇气，竟以呵斥的口气，面红耳赤地让舅舅删除视频。舅舅看了看我，随口嘟囔了几句，以缓解当时我怒不可遏的情绪。尴尬中，舅舅拿起手机删除了我心中认定的极狼狈的模样。

长大了，也就有了自己的朋友圈，当然我是坐轮椅的，自然有了一些与我相同的朋友。小时舅舅随手一拍，我便气愤不已，我本以为每个和我一样的患难人都会气愤。若不是亲眼所见，我始终认定我小时面红耳赤与舅舅争执是对的。三年前某一瞬间，见了好几个朋友，他们拍出疾苦的模样，制作成小视频，展示于成千上万人眼中观看。他们也分享到了我的手机上，打开拍摄的视频，看着他们趴在那里，破旧不堪的衣服遮掩着如柴的肉骨。再看看那些诸如可怜、心酸、难受等词霸屏那一刻，我心中久久无法平静，看着他们的模样，我的心却在痛，是鲁迅先生在写《藤野先生》一文中看到国人在备受煎熬，同胞却站在一旁无所事事的痛。当然，我说得是有些夸大，这痛只是建立在我个人心中，看着他们的模样瞬间想起了坐轮椅的我。

我待了好久，一个人坐在屋子里，想着许多事情。时代的变革让我产生后怕，陷入长久沉思，我似乎窥探到一种现象，疾苦成为了一种审美，是啊，画面成为了潮流，只有拍自己伤痛的视频，才可得到好多人好奇且可怜的叹息。当然，靠着这种方式，这几位朋友拥有了一大批粉丝，粉丝们总会顺手发出慰问与关切。我好奇地问过一位朋友："别人看着你疾苦的模样说凄惨的话语时，你就没有一点不适或心痛吗？"

朋友只是轻描淡写地说了几个字："我要活着。"

是啊，那位朋友要糊口，要生活，倘若没有时代的变革，街边乞讨的人群中或许就会出现他的身影。

回想起我对舅舅发脾气，是我不愿让亲戚朋友看到我那副模样，更不愿以那样的方式得到嘘寒问暖。我是多么怕，看了朋友的做法，我怕的是多么不着边际，怕的是丢了尊严，怕的是不敢面对眼前这个自认为狼狈不堪的自己。比起朋友，我是再幸运不过了，生在一个能吃得饱饭的家庭里，又有一位可以抱着我读十二年书的父亲，让我享受了独有的一份爱。倘若我也每日因吃不饱、穿不暖而发愁，倘若我也没有上过一天学，或许那狼狈模样也成了我能抓得住的最粗的稻草绳了。我常常会感激遇到的一切，也庆幸我读了书，懂得思考，不愁吃喝，才敢去思考：人已经活着了，怎样才能有意义地活着？

那什么又是意义呢？我已二十六岁，也是到了谈婚论嫁的年龄，心中暗自埋下种子，望多读些书，多写些作品，可成为才气小生，得到女孩青睐，这是我最稚嫩的意义。哪知命运打个折，让我丢了行走的能力，也就因这单单一折，我竟不敢料想洞房花烛。我本以为读书，就可以躲避一些不敢面对的事儿，读了林清玄的《温一壶月光下的酒》让我顿悟。有些事是逃不掉的，成仙之人、得道高僧、凡夫俗子都是无法逃避"情"字。如今我也该释然接受，心中的结也应打开。《词苑丛谈》中的那则故事依然记忆犹新：乞丐去茶坊讨茶吃，无一人愿侍茶，只有茶坊掌柜的幼女愿意为乞丐沏茶倒水。有一天被她父亲发现，打骂了女儿，女儿没有退缩，依旧为乞丐端茶倒水，日子也就这样过去了一个月。乞丐问女子愿意喝他剩下的残茶吗，女子不愿意，乞丐便倒出一些，落地残茶的茶香飘满整个茶坊，女子喝了剩下的残茶。乞丐又问女子有何愿望（乞丐心中依旧期待女子说出与他相守一生），愿意完成女子一个愿望。女子的愿望是希望自己长寿。乞丐摇身一变，仙雅清肃，将长寿的方法告知女子便飞窗而去。

女子本可以与神仙一同结伴而行，长生不老自然可成，可世间唯一愿为乞丐端茶倒水之人也嫌恶，忘不了长寿，更侍奉不了乞丐。

是啊，这世间又有谁可逃过"情"。我也遇到过几个女子，第一个女子在他人口中了解了我的家，只顾我家状况，总想来我的家中看一看、坐一坐、吃一吃，谈语话间，丝毫没有心系我的一点，想必也是心系家况罢了。第二个女子家境不差，却有些小疾，悲时找我，乐时无影，我便成为精神粮食，可取可丢。是啊，女子想必也想找个好人家，在"情"一方面是无法接受我的，也像他人不愿为乞丐侍茶一般。第三个女子，却像极了茶坊幼女，清新脱俗，可也有无法割舍的东西牵绊，忘不了嫌恶，也忘不了恶疾。我也无法拥有乞丐摇身一变的本领，终究以乞丐之身离开。本以为，女孩读的书多了，通透了，也便忘却了我有疾病缠身。可终究女孩心中埋下一颗种子，读书、奋斗是为了过上舒适可观的美好生活，终究无法做到对我无嫌的境界。且行且磨炼在这世间，光阴久了，也就怕了，更别说脱俗释然的意境了。

怕了生活、婚嫁。想想事业必不再有后怕了吧。说起事业，也是我会怕的，在学校读书的年纪，我已经深知自己的病状，也知医学已无法挽救我，便期待科学可以解脱我的身体状况，可以让我独自站起来，或者可以自己照顾自己，我便选择了理科，想有朝一日为自己设计出一款帮自己的机器，使我的生活与常人无差别。学生的天真与充满想象也让我一度心潮澎湃过，也奋斗了，也拼搏了，最后因没能去读大学而一切梦想烟消云散。还是败在了身体无健康上。往后的日子里，没有证件，也没有文凭，何谈好工作、好事业。无业游民的称号也就自然而然地被他人挂在了我的身上。这便又成了我所怕的一件事，怕的是那些铺天盖地从他人口中而出的可怜、无奈、无能的形容词。日子久了，心情也就无法愉悦。

为了结束这诚惶诚恐的状态，我便开始寻找一份好心情。我又去了不能再熟悉的公园寻觅提笔的感觉。公园依旧是那所公园，花草树木都无巨大变化，我依旧是那个坐在轮椅上，穿过枯树林，踏过鹅卵石，望见清湖石的我。吸了口气，也是那熟悉且清新的空气。一切都如三年前第一次踽踽独行来这公园一样，我却发现轻松、释然、愉悦都不见了。我急切期盼再次遇见这帮组团抽离我身体、不见了踪影的好心情。我来到一处敞亮的地点坐稳，抬起头瞅瞅蔚蓝的天空，它们是不是在某一白云蓝天交接处躲藏了？蔚蓝背景下的云儿时停时动，拉开帷幕让我明白，它们是不会隐藏任何心情的。缩缩脖子，视野落在枯树头，枝干黝黑发亮，还有几片干瘪昏黄的叶子唯唯诺诺抱住枝头，裸露出每一个棱角，枝头藏不住任何一份我要寻找的心情。

我又深深吞了一口气，这口气顺过大脑倾入心脾，最后成了二氧化碳吐出来，看不见，也摸不着。没想到一口鲜气周转五脏六腑，厚重且污浊了不少，它钻出鼻腔环抱大树去洗净沾了满身的黑碳物了。顺着叹出的这口气，我也低下了头，眼前是澈透的湖水，水底还有些鹅卵石被软绒草包裹。是啊，清澈见底的湖水也不会将我探寻的心情藏起来的。眼前瞧得见的物我都一一看过，没有我要找的任何一种心情。找不到期盼的心情，目光也就呆滞起来，懒得逐个去找，久久平视着远方，山啊、水啊、树啊也就抢着入眼。大山的一脉映入眼帘，湖水的一波灌入眼眶，枯树的一干钻入眼眸。是啊，我并不是画家，无法用画笔勾勒出眼睛里的一切，只能在心中深沉地记下这一幕。

耳朵也消停不下，蛙声连片钻进耳中，翠鸟欢歌也挤入耳中，戏水游鸭也不消停，把欢舞声也压进我的耳中。我没有了一丝想挪动的念想，如木偶，又像个稻草人，更像是会喘气的植物人，深沉又安静地坐在这公园的湖边，寻找落笔点，探望丢失已久的好心情。也不知是在哪儿，又是在何时，我把追寻的一切丢失了，我时刻都在小心翼翼地捧着这些爱不释手的好心情、妙灵感，却又在不知不觉中丢得一干二净，究其原因，恐怕是心中、体内、魂魄占据了太多溃气、腐点、污垢。只吞一口气是无法洗涤体内浊物的。一有时间，便独自来到公园，静静地坐着，慢慢地品着，远远地望着，日子长了，大自然帮我丢去了体内残留的浊物。可大自然也有累的时候，哪能总帮人类吸收体内的晦气呢？

终究，我没能找到心情，便离开公园，去了图书馆，倘若在这里，我依旧无法寻觅到要找的心情，那就是病入膏肓了。操控着电动轮椅，游荡在书架间，无意间翻阅了《泥步修行》，开篇便耐人寻味。像小迷弟一般啃着这本书。终究，我还是在书中找回了我觉得满意的心情。世间，总有太多矛盾，也有太多不舍。为何我不敢提笔？恰恰是因为怕，就如怕自己狼狈模样被世人看见一样，畏首畏尾地窥探世界，从而丢了心情。走上了写文这条路，本以为是这世间最干净的路，踽踽独行之余，泥泞便常伴左右。倘若不是余秋雨先生这本大彻大悟之书，我也没有勇气谈吐接下来的话，也便无法回归创作的本真。

自从有了微信，人们的距离似乎被拉近了，也有了属于自己的圈子，认识了有共同爱好的人，朋友圈的点赞也成了一种新潮，谁谁谁上刊，谁谁谁获奖，谁谁谁升迁。点个赞，这便是真心的祝福。我也是写文字的，深知一篇作品从写出来再到发表出来是多么不易的一件事。祝福是冒出心尖的高兴，这高兴也只有创作者心中能共鸣。

急于求名的我陷入了泥潭，在朋友圈为所谓贤德之人点赞成了必然。他人的成就，我开心与否，必定点上一赞，起初我明白，点赞是衷心的祝福，可日子久了，给有些人的点赞却要加个"别有用心"。点赞也不是真心的，而是随着大波浪跟着点赞，这个圈子本就很小，认识的人也就互有微信，不能说鱼龙混杂，可滥竽充数之人还是有的，要是认真看身份还会感觉大有来头，他人点了，自己不点，似乎有些不近人情。为了更随大流点，他人发个牢骚，又发个无关紧要的链接，或者就只是单纯的一个图片，也会凑上去点一个赞，这无非是让他人记得，我很关切你。混熟了之间的关系，便想得到些东西，想借借他人的人脉，想用用他人的关系，又想套套他人的近乎。为了提高自己在他人之间的熟悉度。可久而久之，我发现这样做对我没有一丝提升，却沾满了俗不可耐。所做之事，只为两个字"攀爬"。这些事儿做久了，也就疲惫了，最终也就厌倦了，一旦厌倦，祝福与羡慕便变了味，成为了嫉妒，那种真心与饱满的祝福感也就荡然无存，心情又怎能好多少呢？

　　人生的虚衔真的过于诱惑，有好多人会拼死拼活，竭尽全力，苦及一生去追求。为了让我不再这样跟大流，我丢下了手机，整天泡在图书馆里寻求真正的自我。慢慢地我发现，书里的知识、书里的深沉、书里的广博意义要比在朋友圈里得到的多得多，慢慢也能放下那份虚荣的姿态。读书先看作者，这好像成为了一种读书人的习惯，总被一大串某主席、某编辑、某某文学大奖盖住眼睛。我喜欢读文章，可总记不住先去读作者的简介，只在文章读得太入迷，故事太过于美好时，舍不得一下子读完，才会合住书，深深地吸口气回味回味，好奇也就窜上了心头，轻轻翻开书本的第一页，记下作者的名字，是怎样一个人，又经历了什么，才写得出这般让人通透的文章？史铁生，张贤亮，余秋雨……一大堆名字也就刻在了我的脑海中。

　　我的心情也在这一本本书里找到，记得读林清玄先生的《人生最美是清欢》，那篇《生命的化妆》读了一遍又一遍，每读完一遍，都会合住书，抿起嘴，眺望着天空。每次都有新意，每次都是一次"化妆"。合住了书，便怜惜起来，不敢再次打开，因为看着没读的章目由厚变薄再变少，我便贪婪了起来，只想让这本书每天给我一份收获，一份好心情。不想让它这么快被我读完。

　　其实，每一份舒适都在我的身边，都在他人的笔下，我却翻山越岭去寻找。终究也是太在意自己在他人心中的模样，又太执着于世间的"情"而无法愉悦，更着重于名利而无法通透走出泥潭，不知多少人与我一样无法跳出。顿悟往往只在一瞬间,不着于外表,不贪于情恋,不急于名利。

　　一本本书读过,我像洗了个温泉澡一样,舒坦了不少,也通透了,笔也就轻雅了许多,睡了一大觉醒来,我就写下了这篇。

中

中，这个字儿包含了太多，就比如这漫长的日子，中年有着最好的黄金期，经历了童年的美满，又蹚过青年的方刚，恰又没有老年的黄昏欲。中年之人，心中即便有着万千苦痛，也并不会显露于表。

年末将至，有了更多闲暇时光，独自坐在街角观察行人，人群中中年之人居多，也就有机会瞧得见他们的面容，平和、自然、真实。不经意间要是遇到相熟之人，会立马热情地打招呼，微笑挂在脸颊，握手之时谦逊的状态给人的印象是那么温文尔雅。

中——又像是一个哲理性的问题，人吧，要是能活得中规中矩，能从某个端点游历至中端，也便是活明白了。

几近三十的年纪，不敢说蜕去了方刚，却也瞧得见中的妙处。童年时代，欲望最丰满，总是想得到最美好的，吃也是想最好吃的，甚至连玩具，都是想得到别人孩子手里的。如今想想，记不得孩童时想要多少好东西了，思来想去，竟最怜惜炉子里烧出的土豆，依稀闻得见它淡淡的香味。我想起了童年时的母亲，她吃土豆时满脸幸福，当时还在心中默默笑话，母亲是没有吃过什么好吃的吧，才会感觉土豆香甜可口。电视机里出演的大老板，出来就是大鸡腿、大龙虾，满口流油的状态是多么解馋，心中默念着，等我长大出息了，一定也要母亲天天尝电视里大老板吃的好东西。

母亲喜欢吃刚从炉子里拿出的土豆，轻轻剥去一层带着炉子炭灰的薄皮，慢慢放入嘴中，我却不爱吃，要把所有干皮剥掉，吃中心最鲜亮的一部分。家里的小卖部二十年前已开着，现在依旧营业着，那时的我，吃土豆一定要拿一包门市部的辣条，一口土豆一口辣条才觉美味。二十年过去，老旧炉子不知去向，铁片锅炉也让家中更显干净，也更觉暖和。没有再生过炉子，也就没有再烧过带有炭灰的土豆，现在的辣条厂也应该是没有生产过那个品牌的辣条，门市部里也没再见过它的影子，如今回味起来，口中依旧分泌馋水。

现在，也能偶尔尝得大鸡腿、大龙虾。可儿时的美味却又不见，更没有那时心心念念的好吃，甚至油腻之感让人无法放开肚皮吃，满口流油的状态只是让自己的胃不堪重负而倒下，抱着胃在小凳子上独坐良久或用碳酸饮料辅助调节，才能缓解疼痛，到头来还不如一碗清香素面吃来实惠。再想起儿时的土豆为何无法忘怀，最重要的也是因烧出的土豆那最中心像杏儿果肉一样的部分，如今回味起来也就解释通了。时常听见父亲与母亲交谈，父亲母亲依旧爱吃炉子里烧出来的土豆，却没有了炉子。儿时不爱土豆的我，也回味那土豆香味，对油性食物没了任何向往。当真没有想到，这二十年里，最后回味无穷的不是山珍海味，是父亲母亲常常提起的火炉里的土豆。

前天，一位许久不见的阿姨坐在我家炕头，抓着母亲的手，分享她与化心梨的故事。阿姨记起自己儿时的事儿，看着舅婆婆得病，重病让她躺在炕头无法起身。正是冬日最冷之时，炕头便是最好的取暖工具，热炕头顺带而来的是容易上火，阿姨坐在炕头看着舅婆婆，舅舅拿来了化心梨，舅婆婆眼睛发亮，吮吸着化心梨的汁水，阿姨也有些馋了，便伸手去摸化心梨，被舅舅拨开了手，阿姨便心里暗想："脏兮兮的有啥好吃，外表一块黑一块紫的，就像坏了的苹果，准没有苹果的半分好吃。"

心里虽这么想，嘴上却没这么说，她想长大点有了经济条件，一定买来化心梨尝尝。这一等便等了四十年，她似乎忘却了吃化心梨的事儿。前不久她要去探望一位友人，不知给友人拿些什么好，她看到了街边有卖水果的摊子，便去挑一挑，她一眼就看中了那脏兮兮的梨子，是四十年前舅婆婆吃过的化心梨。询问了价钱，五块钱五个，阿姨感觉死贵，可想起得病的友人，便买来了十块钱的去了友人家。她看着友人的家人洗了梨子，端到友人身边。友人正巧也上了火，便没有客气，左手拿着梨子，右手拿着勺子，化心梨肉质松散，勺子轻轻一刮，便可喂进嘴里，友人吃了几勺，又觉不得劲，便丢下勺子，将化心梨放至嘴边大口吮吸。阿姨看着友人吮吸的样子，想起了舅婆婆，如今已不在这个世间，她想吃化心梨的念想也涌入心头。她心里告诉自己，不管这化心梨有多么贵，她都要买几个尝尝。

出了友人家门，直奔街边水果摊，买到了剩下的几颗梨子。摊主告诉阿姨，这是冻梨，回家放进杯子，等它自行融化成梨汁喝起来更可口。阿姨回了家，随手便洗了两个化心梨放进杯子，去干她干了半辈子的剪头工作了。忙完了工作，也已晚上，疲乏自然没得说，心中也就忘记了化心梨的事儿。直至第二天下午，她才觉口渴，化心梨一下奔入她的脑海，心想买来就已经没有好成色了，又放了一天，可能都坏掉了吧？口渴让她无法专心剪发，找了个恰当的理由，丢下手头的活儿，来到杯子旁，看着如蜜的梨汁，杯子中间看得见的也只留下了化完身躯的梨核。阿姨看着稠密的果汁，口渴之感也就愈加强烈，舍不得倒掉那杯只有中心梨核的梨汁，拿起杯子一饮而下，用舌头舔着嘴唇，因忙碌而心中积攒的火气被化心梨消除，阿姨瞬间流泪，脑海里舅婆婆吃化心梨的模样模糊了她的眼睛。四十年后很普通的一天下午，中年时期，阿姨完成了儿时想吃化心梨的心愿。

除夕晚上，我打开手机，春晚节目列表醒目地摆在眼前，单个节目前脚播放结束，后脚就有人帮忙整理出每一个单一节目的回放录，抬起头，电视里也传来的是春晚的喜庆。妹妹也没有看电视，只是低着头，或是在给手机的亲朋好友发着祝福语，又或是领别人发来的微信红包吧。母亲也躺在炕头，右手握着手机，用左手的食指来回拨动着手机屏幕。父亲双手紧握抱着腿，坐在凳子上，母亲几小时前帮父亲刮去了头发，父亲明亮的脑壳又给屋里添了一份亮度，他握紧的双手上肌肤老去的痕迹清晰可见。电视机的响声让我陷入沉思。记忆里最清晰的也是十多年前，家里那台没有遥控器只能手动按键的老牌彩电，却也是家里唯一能带来快乐的机械产品。电视机没有多少频道，很难收看到央视频道。除夕晚上，父亲便早早忙完手头的事儿回家，我与妹妹那时最爱的便是春晚节目中的小品。父亲看着我的小眼神和妹妹大大的水汪汪的眸子，早早就开始准备修理电视机，待晚上七点半之前，让我俩能看到期待的春晚小品。父亲先插好电源，又拔出电视机长长的天线，我们也对那根天线寄予厚望，希望它能够很长很长，接收到屋外满格的电视信号，可往往总是失落较多。父亲摇摇头，便走进后院，找出一根长长的铁丝，做引导信号与电视牵手的红线。父亲将那根铁丝的一头缠住电视天线，一头穿过烟囱口穿出屋外。荧幕布满"雪花"，父亲时而捏捏电视机的长天线，时而捏捏铁丝，我和妹妹便负责在电视机旁观察，雪花时而多，时而又少点，电视屏幕清晰时我俩便大声呼喊父亲："好了好了！"

父亲松开手，电视里的影像又没了，我俩便又叹着气，摇着头。反反复复不知多久，倘若能看得见主持人的一副清秀脸庞就已知足。

电视终于修好，一家人围在一个小电视旁，小品看着看着，那雪花又添上荧幕，父亲又无奈地站上凳子，继续捏铁丝，那个时候的开心或许就是能够看完一部美好的春晚小品。现在，电视机放在眼前，清晰没得说，当然能看完整个春晚，手机随处可以瞧得见春晚节目，电子产品可谓颇多，每个产品都看得上春晚的每个节目，哪个清晰哪个观感更足便选择哪个电子产品观看。如今应该是更有优越感了，也更应该有精气神看完节目，可我的专注、想念与期待不见了。扭了扭头，丢下手机，看着父亲始终如一望着春晚，他依旧像十年前一样期待春晚，或许父亲现在心中更欢喜的是，自己的女儿、儿子不用看布满雪花的电视了。我望着父亲沉思良久。如今温暖的房子有了，大彩色电视也有了，唯独那份开心没了，转念又想想，父亲用了十多年时光给予了我们期待的生活，我们却还是没能开怀大笑。究其原因，"不开心"应该是和"不珍惜"去回味当初满屏雪花的旧彩电去了吧。我笑了笑自己，苦命久了，居然恋上了苦中那仅有的甜，即便此刻没有苦痛，也要翻进记忆里去寻找一番。我抬起头，又望着父亲锃亮的脑门，也便不再沉思任何，抬起头，随着父亲看去的方向，也认真看起了春晚节目。

想一下，不再期待春晚节目，也是因为没能拥有父亲中规中矩的淡然吧。逝去的虽然美好，拥有的更需珍惜。时刻保持中的态度，满足也会常伴左右，细细想来，并不是专注消失了，只是十年后生活的多彩丰富让我们眼花缭乱，倘若还能在彩色里依旧秉持以前的欢喜，那专注、思念、期待也便会继续珍惜着我们。

科技追寻尖端，人才也需尖端，技术也要尖端，尖端都是为了美好的日子，是最该支持点赞的。那过日子是否也要追寻尖端呢？吃完午饭，桌子前放着一瓶牙签，瓶口有一个小孔，我拿起牙签瓶，像抽签一样摇晃着，心想，跳动出来的任何一根都可以，也应该都是上上签。从牙签瓶里蹦出了一根，它没有尖端，是一根筷子模样圆状的头，显然不能用来剔牙。我很好奇，心中想，它的下端应该符合牙签的标志，不然是不会装在这个瓶子里的，我便好奇，用手抽出了这根牙签，下端一定是我想要的，可谁想它的下端也是圆状的，它像悟空耳朵里塞着的那根棒子一样，并没有达到我上上签的期许。我真没法用它来剔牙，只是把它放在牙签瓶上，细细看了好久，它的跳出让我猝不及防，却也心中窃喜，在那整整一瓶牙签里，我却抽到了它，虽不能剔牙，却也让我满意，一百分之一的概率我也碰到了，那么多尖端的牙签都没有出现在我眼前，也是它让我没那么顺利剔牙，可以停下来观察它，感受此刻抽到最真实的上上签，并不是心中的那个上上签。生活里的每件事儿，我们心中都有个上上签，没做之前心想，必中上上签，没有任何意外，可这样的牙签又不知在我们的眼中出现过多少次。

有位朋友，自己的妹妹过喜事儿，朋友随礼，当地习俗与面子加持，便给妹妹随了一份厚厚的礼，朋友心里也明白，自己的妹妹，给她足够的面子，自己家中有事儿时，妹妹即便不会特别厚重，却也绝不会逊色于自己的随礼数目吧，这便是上上签，是朋友心中抽牙签必中的上上签，没有任何疑问。朋友过喜事儿的那天，他的妹妹也来随礼了，只是厚重程度仅仅达到了朋友随礼的十分之一。朋友瞬间恼怒，到了晚上，料理亲人朋友归去，独坐一旁，脑海里充血般想起了自己的妹妹，便快速拿起手机打开微信，找到自己妹妹的联系方式，三言两语便与妹妹争吵了起来，随之毫不犹豫删除了她的微信。他还记得妹妹的电话号码，便又拿起手机，把妹妹随来的份子钱以充话费的形式还了回去。感觉不够解气，又将母亲的手机放在手中，找出母亲手机中妹妹的联系方式，丝毫没有犹豫地拉黑了自己的妹妹。妹妹却也没有想到会是如此，妹妹想破头或许都想不到，自己的哥哥会因为一份随礼，让她痛失哥哥这份亲情吧,便哭泣着,将自己哥哥所做的事儿告诉了知己与亲人,随后妹妹也是无法冷静思考,一一打电话在亲戚周围去寻找自己哥哥的银行卡卡号,准备把哥哥以前随礼的份子钱全部还回去,至此两个人再也不相见。

我想起这根牙签的命运,倘若我只追求尖端,或许我会拔出它,将这个失败品快速折成两半,立马丢进垃圾桶,头也不回地拿起瓶子继续摇,拿出来的每一根必定都是上上签。可我并没有折断它,也没有失落,只是像观望一位许久不见的老朋友一般发了呆,脸上出现了久违的因欣慰肌肉跳动而出的笑,牙缝的胀痛也因一笑而消散了不少。

我想起我妹妹,我的生日,妹妹一直张罗着给我过,我却没怎么期盼,只想是健健康康、平平安安的一家人陪我一天便已知足,妹妹却是要给我一个难忘的生日。妹妹在我生日前一天就去街上给我买来两条鱼,生日那天,她忙前忙后给我做了一大桌好吃的,还亲手为我做了一个蛋糕,那是蛋糕店买不到的独一无二的蛋糕,糕点自己烤,奶油自己做,水果自己买。蛋糕是纯天然的配料,蛋糕的味道里有一种店铺里买不到的甜。倘若我是一个不知足之人,心若贪婪点,这天,得到生日红包似乎是一件再正常不过之事,说是理所应当也并不为过,也是心中无需思考的上上签。可我独自坐在饭桌前,看着她穿着围裙穿梭在厨房与方桌之间,汗液淡化了她脸上的护肤品,汗津津的脸颊让我心中又多了一丝不安。我便低下头默默打开微信,找到微信里备注妹妹二字的联系人,给她发去了一个红包。饭菜都到齐了,我们一家人围坐在桌前,吃着可口的饭菜,你笑一笑,我说一说,每个人脸上都有一份开心。妹妹的厨艺也是精湛的,每一道菜都很可口,家里每个人的嘴角都油腻腻的。吃完饭,妹妹去洗锅了,我便去读书,直到晚上,打开手机翻看朋友圈,妹妹发了动态,开心地说:"小马特制蛋糕奉上,祝哥哥生日快乐，哈哈，他过生日我得红包，经验证是亲哥哥。"

看着她的动态，我笑着点了一个赞。把上上签赠予别人的同时，手中留下的或许也是上上签。

那段日子里，男足又输球了，每次热搜里，男足输球的消息总会霸占一会儿人们的话题，每次输球都会上热搜，无一例外，很怀疑男足有没有去买热搜。谩骂声自然是多如牛毛，在这多如牛毛的谩骂堵塞耳朵的时候，谩骂也让身体产生了抗体，记忆细胞能分析每一句谩骂后会产生什么效果，从而也就自然而然抵抗，这或许就是典型的环境改变基因吧。好事情是，女足夺冠了，女足也上了热搜，铿锵玫瑰、"国足"称号美得入我心坎，我也欢心，我也喜悦。可喜悦过后，我在想，女足也走到了一个很好端点，她们或许无法长久停在端点，倘若有一天游至中端，我更希望依旧有一股力量支持她们。男足与女足之间若能均衡，也不失为一种欢喜。不过目前这个状态，并不能怪罪任何人，球迷与男足之间的爱恨情仇是难解难分的，没有一个人能在热恋中保持一个中性的理智，现在也只能默默期待男足可以中规中矩吧。

一棵树

今日的风甚是狂,狂意侵袭着我的身体,让人直哆嗦。风撩起我的发梢,甚至想连根拔掉,不仅如此,这股风还想把我的眉梢也卷起来,甚至都想搬动我的鼻子,它实在太狂,它的狂让我无法睁开眼睛,只能乖乖闭上。好在是夏日最酣的季节,风没能伴随寒冷一同而来,不然我可能没办法坐在这里,接着观察大自然的美妙。

狂风侵袭了我,自然也不会放过我身边的一切。首先遭殃的就是我身旁的活物,这股风蹂躏我头上的几缕柳。柳儿没有了模样,它只是跟随着狂风摆动,绿意盎然的秀发搓成一团,柳树已放弃了挣扎,任由狂风捉弄。我坐在轮椅上,为了不再让这狂风眯了眼,我便向前移了移,尽量靠近树木的枝干,也可与这狂风抗衡,我倚在柳下的树干旁静静坐着。

细沙实在渺小,无法抵抗风力,也就成了狂风眯人眼的武器,风石乱作,我的眼睛实在睁不开,我就时不时甩甩头,躲掉细沙的威胁。甩头的一瞬间,我的目光落在了一栋楼顶。

这栋楼坐落在家门前,经历二十多年沧桑巨变,现已破烂不堪。我静静望着那栋楼,它就像老人失去了年轻的容颜一般皱了脸,没有了光泽,掉了很多漆,很是破败。人总是不会喜欢破烂的东西,自然也就没有多停留时间看它,只是慢慢抬起头向上观望,不经意间的一瞟,楼顶的一簇绿勾住了我的眼眸。我不知它是怎样生长到了那里。我依稀记得,要得到一株树,必须有种子、水、适宜的环境,条件都具备了,才能拥有活着的权利不是吗?我低下头,再次看了看这栋楼,猜疑着那簇绿是不是别人有意种在那里的,或者是哪只有爱意的鸟儿没有忍心将那粒种子吃下肚子,张开嘴丢在了那里。脑海里还充盈着好多画面:有农田里忙碌的人们撒种子的场景,还有养花人细心浇灌花儿的画面,也有好多好多劳动人民忙碌着,为了来年能填饱肚子,细心栽培田地里种苗的画面。甚至我还想到了他们看到丰收时欢呼雀跃的场景。这一幅幅劳动人民辛劳的画面在脑海浮动不止。狂风一下子吹断了我的沉思,我再次望着那簇绿,突然,我笑了,为自己的痴而笑,为自己的想象力丰富而笑。

那绿是生长在一栋荒废了的,即将被拆除的楼顶之上,有谁每天去为它浇灌,又会有谁去细心照料它?不,它的生长并不是我刚才想象出来的模样,我必须再次调整思路,认真想想,它到底是怎样生长在那没有生命迹象的地方。日月精华、天地灵气,大自然的力量单凭几个想象的画面就解释了,那是多么滑稽的事儿。我开始慎重地思考这个问题。仔细翻阅着脑海里所有的知识,想找到一种说法去解释这种现象。突然,生物学里的"初生演替"这个词儿跳入了我的脑海,这个词儿的含义足够解释这种生命迹象。是的,我不再想象那些丰富的营养环境构造的美好,开始敬佩那种赤裸的,没有任何生命迹象却生存下来的奇迹。西海固这个贫瘠的土地上,骨子里就有这种韧劲儿不是吗?

漫天黄沙的日子我还是经历过的,现在想起,也历历在目。远远地只能看见一道天地的屏障拉在眼前,这屏障席卷周围一切,街边的几棵大头绿树没有了样貌,像是有人撕扯着它的头,任由那股狠劲儿晃荡,它唯一能做的就是紧紧抓住地底下的最深处。街边行人缩着脖颈,一手拽住衣袖挡住脸目,侧歪着头向前迈步,宽松的衣物被风塑了形,干瘪的身躯紧贴着衣服,瘦小里却不显丝毫软弱,一股劲只想冲破这屏障回到家中。坐在自行车尾座的孩子紧紧抱住父亲的腰,缩成一团靠在他背上。自行车的速度出奇地慢,骑自行车的人又出奇地急,恨不得站起来双脚蹬踏板,想快一点送回家里。狂风携着黄沙屏障整齐划一迎面而来,似一堵移动的墙慢慢逼近。家家户户见势疾奔出门,拿了扫帚、拖把、水桶等一系列清洁工具赶回屋里,紧上门锁。可祖辈们都是这样顶着黄沙屏障走过来的,没有人说苦,也没有人说累,只是默默翻土、耕耘,让这贫瘠里生长出种子,开了花,再结了果。不知多少年就这样过去,那股韧劲儿传承了下来。

狂风再次打乱我的思绪,这风让每个人都很难睁开眼睛,可我却不愿闭一下眼,极力眺望楼顶的那簇绿。它并没有因这狂风而有任何妥协,只是略微地扭扭头,翘翘叶儿,那外表带着黝黑、带着深沉,却又是那么生气盎然,它就像大自然的孩子,淘气、顽皮,又倔强。黝黑黝黑的皮肤是大自然给的,那是二十年来的健康色。

我抬起头,发了呆,注视着它,又凭借着学到的知识,想象它初为种子时的模样,这次的想象是带着科学依据的。也许它刚刚出现时并没有人为它松土,或者它只是一簇青苔慢慢演变,或者它艰难地从坚硬的石缝里钻出来,裸露在那水泥地上被狂风日日夜夜吹打,它唯一能做的只有努力找到一处能抓得住的地方活下去。也许比这更惨,它身处的地方被暴雨冲刷掉一切能够让它活着的希望,不会留下一丝土壤让它吸收些养料。想到这里,我便停下自己的想法,因为不能再让环境恶劣下去了,它也是生命,也是大自然的儿女,不能再让它承受更苦的环境了。

我开动轮椅，慢慢向前走去，想靠近些它，我只想亲切些、能近距离看着它。可我的视野有了变化，越是靠近，它便越高，我不得不一而再再而三地抬起头去仰视它。我越想靠近它，便离它越遥远。我无法靠近它，也无法达到它的高度去摸摸它。为何它会那么高大？我无法靠近它哪怕一点点。我突然顿悟，若不是这二十多年来它不放弃生命的坚守，怎能到达楼顶，到达我们无法轻易攀登的地方。我放弃了靠近它的念头，停下轮椅，看了看旁边的柳树，又看了看楼顶。那簇绿的灵气也比这柳儿足了太多，它不会与狂风共舞，只是顽劣却不失优雅地迎风点头。谈论大自然的亲属关系，这"野孩子"也称得上是狂风的侄儿，它生得狂，长得狂，此刻面对这狂风也不逊丝毫。我喜欢上了这狂家伙，是天生的值得敬仰的狂。

　　我也听闻一些消息，这栋掉了油漆、破旧不堪的楼就要被拆除，也许拆除的那一刻没有人会在意那簇绿物的存在，更没有人会怜惜它的生长。也许更没有人和我一样赋闲，去思考长在楼顶的一棵树是怎样生存的，更不会去想它艰难地生存下来后又是怎么个模样。

　　我此刻只是想多看它几眼，记住它的模样，记住它纯天然的绿，记住它油亮油亮的绿皮肤，记住它迎风而动的姿态。只怪我身处低处，无法看见它的根，看见根的脉络与走向，看见它生长时的点点滴滴。阳光出来了，刺眼的光在树的缝隙中慢慢减弱，柔和地进入我的眼帘。我再次笑了，这次笑是充满敬意的，笑它的坦然、潇洒、桀骜不驯。

　　也不知过去了多久，我只是静坐在那里，放空大脑的一切，盯着那簇绿，太阳慢慢调整角度，一点点、一步步离开那簇绿，收走了笑容。此刻已经到了夕阳西下时分，我只是盯着楼顶的那簇绿，它渐渐失去了热量、光气、色泽。阳光伴着太阳落下那栋楼，那簇绿旁也再无任何陪伴。

吃完晚饭，狂风也下班了，悄悄离开人间，我又驾着轮椅出去散步，直至夜包裹了整个世间。回家之前，我便再次观望了一下楼顶，此刻啥也没有了，柳儿有霓虹灯的照耀，没有了狂风的扰乱，它的身姿是那般柔美，在聚光灯下尽显妖娆。可那簇绿，没有灯光，没有鸟伴，仅有的那股狂风也不在了，黑压压的一片，更看不见那簇绿的模样。我心中莫名地悲，不知多少日夜，它都是这样度过，也不知多少岁月的夜里，它都是这样孤零零。我看不见它任何，倘若它与人一般也有视力，它一定能看得见聚光灯柳树下的我在遥望着它。

我怜悯它此刻的处境，更不想看到它此刻的模样，倘若它真的是"初生演替"而来，那它也称得上是个奇迹。这奇迹却每夜都是这般凄惨地活着。

半年后，楼上的住户全部搬离，留下来孤零零的一棵树与一栋楼，周边拉上了长长的护栏带，有城管工作人员、拆卸队人员，还有洒水车维护城市的整洁，甚至还有警务人员拉着警报将围观者堵在远处，保护着围观者的安全。一帮子人都会见证这栋楼的消亡过程，当楼倒下的那一刻，真的是不会有人再记得它的生长过程，也无人会记得这栋楼的楼顶之上曾有一狂物活得潇洒、奔放、狂野。那一刻，它只会是残垣断壁的模样躺在废墟之中，也没有什么奇迹不奇迹可言，甚至无人会记得它曾经生长在一座楼的楼顶之上。

铲车头砸在了楼上，瞬间出现了一个大窟窿，砖块瓦砾破碎掉落，钢筋如白骨般凸露在人们眼前。洒水车喷出一道弧线洒在掉落的瓦砾上，我久久凝视着那棵我视为奇迹的树，它依旧随着风轻轻摆动着，在残垣断壁之上晃动着身姿，没有丝毫畏惧。铲车不断敲打破旧的楼房，周边的住房也被震得轻微晃动着，我看着它，随着废墟里的尘土倒下了，被深深掩埋，我看不见它的蓬勃了，也看不见它的鲜绿了，只看见了破碎的砖块与混凝土的残渣深深掩埋了眼前的一切。铲车走了，洒水车也离开了，所有屏障、护栏也被撤走了。跃跃欲试的垃圾车鸣着马达，等待着所有执法部门离开。破烂王打了电话，邀了家人，拿着电锯，全家总动员。破烂王的老婆围着厚厚的头巾，穿着破烂的迷彩服，两三步踏上了废墟。破烂王的老爹佝偻着腰，有些颤巍巍地走上了废墟。孩子也听着破烂王的号令冲上了废墟。破烂王拿起大锤，敲打着废墟上的混凝土，掏出如白骨的钢筋。是啊，没人记得这栋楼上曾长着一棵翠绿的树，一棵不惧狂风、不怕暴雨、长久矗立的树。此刻能看得见的只有几家破烂王如蚂蚁般在废墟上搜刮钢筋。我抬起头，看见了曾被这座楼挡住的蓝天、白云、大山。它们相互依偎着，静静地躺在那里望着废墟。

夜幕悄悄地爬上了天空，灰暗里能听得见的只有大锤敲击混凝土的声音，能看得见的就是破烂王的老婆半蹲在废墟上，握着电焊机，磨具擦出耀眼的火花。一堆堆钢筋断了，被装上了三轮车。

那簇绿与那股风一样一时而狂，最后消失在人间，留下能让人记得起的，也只有如白骨的钢筋和夜晚灯光艳影下的柳儿罢了。

又是半年过去，拆除的那栋楼的空位上，建成了一个临时停车场。初春时节，北方的天气还是凛冽的，我很少在冬日走出家门，时而会想念屋外的一切，更思念有暖阳的日子。那个下午，我坐在临时停车场一旁晒太阳，我还是会想起那棵树。

前年，你笔直地立在
饱经风霜的楼顶之上
我遥望着你
肃然起敬

今日，我坐在铺满沙粒的场地

楼灭树倒

我都不曾瞅见

你的一根枯枝

昨天，我坐在街角的一头

听着忙碌的人群拉着家常

老人入坟的消息

一条条震慑着

我颤抖的心

听，那风声，也有停的时候

我缓着惶恐的心

插上耳机

用歌声掩盖千古不变的逝去

毕竟，是要有活着的人

回忆老去的一切

告诉新来的生命

世界是安详的

写了小诗，晒了太阳，我便摇着轮椅回家，在拐角处看到了一簇绿草，就生长在那栋拆除的楼坐落的地方。

第五辑

感悟篇

光

早晨，还没有一丝亮的气息，我却已睡不着，睁开了眼睛，环顾四周，也只是漆黑一片，可我不愿闭上眼睛。黑夜总是会羁绊一个人的心，无论困，无论迷茫还是恐慌，都因茫茫的黑而烙在心头。闭眼是灰暗无色，睁眼又是茫茫一片，看不到一丝活气。我可是一个活生生的人，我便动动耳朵，屏住呼吸，却也听不到一点点声响。眼睛在满屋子寻荡，目光钩锁到了窗外的一切，看见了一丝微弱的光，又像是一丝淡淡的微弱的信号，也唯独那份略微的光让人惬意。

我躺在床头，竟等起了阳光的到来，安静的等待是漫长的，却也是充满希望的，窗外渐渐有了亮光，一丝光冲破沉寂在黑暗里的一切，平铺在窗户上，可只有这一丝曙光，看不见其他肉眼能瞧得见的东西。可眼睛又不愿离开窗户，即便只有这一丝亮，也让人心中充满期盼，有了亮光，心中渐觉舒畅。

渐渐地，大地拥有了一丝亮意，心中便更畅快几分，夜寐之时一过，大脑便不能静下来，无时无刻不在思索那份释然。这一刻我想到了很多事儿，天地的变化，时光的流逝，人间的生活，都一一钻进了脑袋里。我想到了天总是按照规律，不假思索地由暗至明，从不缺席，也从不偷懒，总能把那份亮传至人间。我对眼前能看得见的亮爱得深沉。

　　当人失去了什么，便更向往什么，不能走路，不能站起身，让我更爱阳光出现，照亮世间一切时的感觉。黑夜逐渐退却，光明来至人间，我第一眼看见的便是那充满生机的柳芽儿，微亮的光里它的样貌并不清晰。没有风，一动不动，或许是还未打开迷离的睡眼，再仔细看看，又像鬼影儿一般耷拉在窗外，可我识得它，心中也不生一丝惧怕。透过柳缝便能看见光，一层层，一道道，暗暗的。

　　目不转睛地盯着这一切，听到了一些响声，那便是晨鸟的叫声，此刻它也是雀跃的，想必也是因见了这一份透亮的光而欢喜吧。鸟儿的叫声填补了一些活气，那淡淡的、微微的叫声无法辨析，思想停滞，目光呆滞，竖起耳朵来，努力听一切声音，稀稀微微的汽车马达声盖住了鸟儿的鸣叫，不知是它们飞走了还是受到了惊吓。那脆声只听到一点便又消失不见，脑中构想着它的模样，是尖尖的红嘴、通体金黄色的黄莺鸟，还是一身灰褐色的小麻雀，那声音消失得迅猛，还未细细品味已经不见，我真想站起身来，跑出门去一探究竟。

　　也许是对汽车的轰鸣声没有了喜感，因而无心再听窗外的一切。停止思考，像植物人一般躺在床头，我又想起了光阴流逝的样子。钟表的嘀嗒嘀嗒声传入耳窝，突然想起，它始终没有停过，此刻怎能停下？它是记载时间的神器，不能停，周而复始只是三百六十度，可细细听来，它是在完成使命，那神圣而庄重的使命，它记载的是千年来都解释不清楚的、叫做时间的东西。无人知道时间是标量还是矢量，有人很珍惜它，有人却也不在意它，有人因为它走得快而抱头痛哭，有人却也因为它走得慢而咬牙切齿。我此刻只知道它的流逝，能带走欢乐，也能带走痛苦，也带走了岁月、年轮、朝夕。日月星辰中都有它的步伐，它带走了太多太多，在这些牵绊里，我们有着太多太多回忆，可也永远留在了脑海里，无法触摸到。终将是时间，换了新面貌，着了新衣装，在零点来到我们身边，换去我们的期盼、思想、梦想，又以新的姿态让我们记住它。我们的一切都是在时间的记载下完成的。这不，仔细听听，心脏的跳动是那么有规律，与钟表的声音相辅相成，我能清晰地知道时间在拿着指挥棒，指导着心脏有规律地跳动，钟表、心脏、时间不经意间达成共识，演奏一曲美妙的旋律，这旋律跨过历史、越过山河、冲破云霄，来到那明晃晃、亮堂堂的光前。这一切与光来到人间脱不了关系，光芒铺洒窗户那一刻，证明时间又向前迈了一步。

卧在病榻之上的我，只喜爱那窗外的光亮。人生活在这个多彩的世界里，光来照射，时间记载。我顿了一下，听觉又调频为视觉，不知何时，这光已经足以让人醒目。我看见了蓝蓝的天，它映衬出了柳芽儿的颜色，绿是透亮的，纯洁。黑夜中的消沉、无助、落寞都因这份光明而拨云见日，我不愿把视野挪开，直勾勾盯着窗外，这一隅光可占去我整片心。我心中明白，待光铺满大地时，我便可离开病床，走出屋子，在满目山河下饱饱地吸一口气。

只可惜了我这胳膊腿儿，看似健全却无缚鸡之力，只能等待母亲帮忙，给我整理好衣物，我便可以驾着轮椅，走出屋子，让自己的身体与光接触一番。走出屋子之前，瞄见了大镜子上的我，黝黑的脸上还算敞亮，本是胡子拉碴，却因想出去见一见明媚的阳光，也刮去了胡子，略显精神。双臂搭在腿上，躯干完整也无缺漏，不能说完美，可也没有缺陷。面对镜子侧身坐着，仔细一看，那大大的驼背很是醒目，因这驼背，我比常人矮了一头，也因这个大驼背，常常让人伤痛。好在有自我安慰的方法，曾听到过一位朋友说，世间万事万物的生长并无标准，树木是歪歪扭扭生长起来还是笔直成长起来，都不影响它的容貌，没有人能规定笔直就是美，歪斜便是丑。谁说坐轮椅生活就是丑，站着走出去就是美？这话颇具魄力，至少可以给我一份走出家门的力量。

感悟之余，说说驼背的由来，这驼背也有些背景，是我十二年寒窗苦，读书识字的"功绩"，因为全身没有力气，所有的负重也就担在了背上，日积月累，这驼背也就越来越明显。它的醒目也让我时刻能审视自己。脊柱侧弯了不说，还增加了些生命危险，不得受一点外力，十多年前，医生告诉我说，脊柱严重侧弯会影响心肺正常生长，慢慢导致呼吸困难，生命也可能丢了。不知不觉十多年过去，我似乎不经意间完成了一个奇迹，还有呼吸地活着。可这大大的驼背，也让我失去了一个完美的外表。女孩见我也是触目难忘。对我怕是有的，怜悯也更多一些。常能听到的那句话就是，一个健全女孩怎能嫁给一个驼背坐轮椅的少年？我付出了多年时光，换来了识字的机会，认识了一个全新的世界，却也因太珍惜识字的机会，身体坍塌了，这模样，大大的驼背怎敢让女孩接近？母亲常常催促我，到了结婚的年纪，让我多多留意一下，毕竟已不是小孩子，也过了害羞的年纪。可我何尝不知，让一个女孩只是看镜子外的我，那是极不愿意与我聊聊的，更哪有勇气与我一起生活呢？不过抛开这身皮囊，寻找有趣的灵魂的话，不敢说我是多么有趣，却也是个敢于挑战命运的灵魂。

为了不给自己徒增忧伤，不去认识一些只看镜子外我的模样的女孩，我便很少去与女孩接触了解。学不来，也做不到那些与我年龄相仿，见着女孩便会索要联系方式的同龄男孩的处事方式，或许有人说我这是自卑，或许有人说我是故作清高，不知何时，我已不会在意他人的评论。我曾默默问过自己一个问题，给我一个健康的皮囊空壳，再给这个空壳装一团欲，不识字，不学习，不知光的由来，不懂世间万物的生长，只是每日想着一些男女生活的事情，满足着空壳的欲望，我是否会比现在过得好？我是否选择空壳而站起来？迷茫的那一刻，因光照亮脸颓而自信满满告诉自己，我依旧会选择驼背了，但装满着知识的有趣的灵魂。当然我也想到了既有健美身材又思智聪睿的人，也想到了失去健美身材可依旧装满欲望的人，不过这是两种极少类，并不能作为大众化的参考衡量，不然怎么会诞生人无完人这个词儿呢？

我对光是情有独钟的，若不是它给了这世间光明，我也无法这样对自己一目了然，黑夜之下，身躯、肤色、肉体，包括所谓灵魂都是黑的，茫然无措，也无法笃定自己是什么样子；因而对黑夜也就不再喜欢。阳光布满大地那一刻，我便时刻清楚自己的模样，既然外表已经无法挽救，但心灵的寄托不一定要用外表来承托。我该怎么做，我该做什么，光总会穿过躯体直射内心告诉我答案，这也是我期盼光芒的一个理由吧。在光亮下我写该写的，想该想的，说该说的。

思考之余，父亲便来抱我坐上轮椅。坐上轮椅的那一刻，我离开了屋子，抬起头，像是又与光近了几分，屋外充满着光芒，也充盈着自由的味道，因为有光的存在，我也可看清一切。阳光下，能做的事儿可多了。我在柳树下，可坐一日，看一整天书，微微细风撩过我的发梢、眉间，接触肌肤而过，吹起我的裤腿。读完了书，深深吸一口气，让微风掠过喉咙进入身体，随着血液循环各个器官，舒适之感也就由此产生。在蓝天白云之下，我也可跑一天，驾着轮椅，穿行十多公里，我没有任何目标，只是漫无目的地奔跑，在此期间，天、地、人有动有静，我此刻是那样渺小，如一粒尘埃缥缈不定，可我也是窃喜的，我与尘埃一般有了行走的能力，坐上轮椅那一刻，每一分、每一秒都在享受自由带来的快感。可若不是这光，何来的尘埃之影。

总之，屋外的一切似乎都是那么喜人，踏足于山间草木，畅游于人间沧桑，也凭借光的力量见未见之境，赏未赏之色。匆匆然，也可忘却我的模样、身份、地位。这是自由给予我的权利，也是光提供的场所，让我释然地游荡在美好的人间。

坦　然

我曾把自己的感觉寄托在轮椅上，让它感受我的喜怒哀乐，我的酸甜苦辣。这是一种精神的寄托，而不单单是肉体的感触。坐轮椅出行，秋里，我会掌控着电动轮椅，走过松软的由落叶铺成的地毯，那种嘎嘣脆的声音从轮椅底下传入我的耳朵，身体便舒适在其中，嚼薯片的舒爽也不过如此吧。

就因这美妙的感觉，我曾写过一篇文章，以第一人称去写轮椅的感受，有人读过我那篇文章，可也不明白其中的缘由，认为轮椅就是个出行工具，怎么能和人一样有感知？那不是乱了套？工具就是工具，是没有感知能力的，也告诫我，写文章是要严谨的。

这说法让我无法辩解，可我也不想多解释什么。其实吧，坐过轮椅的朋友都知道，轮椅既是双腿，有时候，也像是我们的朋友，或者是自己身体中不可缺少的一部分。在我们的生活中，它不仅有感知，还有坐在轮椅上主人的一切记忆。在轮椅朋友的眼中，它就是双腿。当然这个例子并不那么贴切，换个角度，拿手机来说，有怀旧感的人，十年都不愿换一部手机，并不是手机性能有多好，或许早已卡顿难受，但放不下手机里的珍藏照片、写过的某些文件，或者与哪位知心人的聊天。有时候，一部小小的盒子里珍藏着太多东西，换了手机，就像换了新人一样，一切都空白了，与手机之间的情谊也便不自觉产生，自然这个物件也就成了体内的东西。

感知是相互的，在物理学里，人的作用力是相互的，你打我一拳，我的身体在痛，然而你的手也没有多舒适。将力的思维方式换成一种情感的思考也是同一个道理。情寄于物似乎很常见，桌前的一把木梳，书里的一片干叶，生了锈的铁盒里的一枚戒指，往往都会勾起一段无法放下的往事，这些物往往把思念都存在里面，给了你深深的感触，都是不愿从记忆里删除的。

不管是物件还是人，处在一起久了，也便会产生某种共鸣。轮椅对我来说如同双腿，也会像神经递质一样传递到我的大脑，随后通知身体的每个部位。这种感觉，我无法用一种通透的语言传达给不坐轮椅的人感受。咱换个想法吧，比如说监狱里的人失去了自由，因而会向往外面的世界；眼睛受了伤的人失去了光明，因而会向往阳光的灿烂；黑夜里一个人走了夜路，才知道夜深人静时漆黑中的恐惧。在家闲坐的晚辈又怎么体会得了外乡拼搏的长辈望月而泣的那份思乡之感呢。所以，要达到某种共情很难，每个人的共情点是不同的。

我常常在想，有必要对一句话这样在意吗？用一大段文字去表述，去说明。可有些时候，换位思考是对生命的重新体会，虽然没有很明显地听到过他人对坐轮椅的偏见，可那种无法被人体会的感觉，往往成为了一个坐轮椅的人的最大悲伤。

倘若世间之人能抛弃一个异样的眼光，那一定会还轮椅朋友一个精彩的人生。本来，我早已经习惯了世间人看我，如同看见异种生物一般。我也似乎淡却了他们的眼睛。可在某一刻，那眼神却又是永远忘不掉的，就算白天不想，但夜间的梦里就无法控制了。

本以为我可以坦坦荡荡拥有一个精彩的人生，可我想错了。今天才让我感受到了那世间杀人于无形的利器——世俗观。世俗认为你不该这样做，大家也会默认你不能这样做。今天，我陪着一位许久不见的同学去散心，她便与我的轮椅并排走在一起，出了家门，没走几步，便有人望着我与同学。本来我想着与同学一起散散步，如今已是再正常不过的事儿了。散步的途中我看到了好多双眼睛，他（她）们会目不转睛地盯着我俩，这好多双眼睛里布满好奇、惊奇与罕见。仿佛告诉我："你不该带着一个女孩出来。"抑或说坐着轮椅，带着女孩出来是不雅的，又或是说你凭什么带着人家女孩出来散步。我与同学一同走在一条小径上，那条路直通山顶，空旷的柏油路上，我本以为不会有太多人。来到山脚下，有个修建给孩子玩乐的园子，我与同学并排走到那里，那儿坐着许多带着孩子游玩的大人，他们看见了我与我的同学，眼睛便像锁住了千古奇闻一般。我们慢慢走着，他们便盯着看着，直至我与同学离开他们的视野，他们便扭扭身子，再回过头继续盯着，直至轮椅上的我离开他们的视野很远很远才肯罢休，意犹未尽地慢慢转过头。一路上，遇到小孩、少年、妇人、老人，都把千万目光集中在一起，辐射在我的身上，那种感觉仿佛告诉我——我是千古罪人，我现在做着万恶的事情，我不该出现在这里，更不能带着一位美丽的少女出现在这里。

　　我俩走在山脚下，行人实在太多，我俩便慢悠悠走上了山，半山腰上有一个烈士陵园，陵园的大门紧锁着，望过去，墓碑很醒目。陵园外有一排凳子，估摸是供登山之人休息的，我俩来到凳子旁，她坐在凳子上休息，周围没有人，蓝蓝的天空上荡荡悠悠飘着几朵白云，我俩你看看我，我看看你，她没有一丝害怕，我也没觉到一丝凄凉，我俩说着彼此的过往，聊到欢闹时，便放声大笑。

　　那一刻，我只想放声大笑。我笑世俗是枷锁，却无法困束我的心；

我笑目光似尖刀，却无法刺穿我的脾脏；我笑批判如恶魔，却难抓住我的魂。对于一个早已不怕生死的人来说，还会在意别人瞅你几眼？只是我为我的同学鸣不平，她是无辜的，她只是去了大学好长时间，与我许久不见，带着一份怀念想陪着我，和我出来放松放松，看看世间美景，为何会走到哪里，都要被别人盯着？只能无奈地和我坐在这无人打扰的坟头，才觉一身轻松。

说到这里，让我想起了好多曾经听到的刺耳话语。有的话语特别不好听："残疾人就该在家里好好待着，别出来给社会添麻烦。""残疾人还想结婚娶媳妇，癞蛤蟆想吃天鹅肉？"也有道德绑架类的："你是残疾人，我就帮帮你。""你是残疾人，我们就会多关爱你。"处处、句句都不离"残疾"二字。我只是希望这两个字只是两个字，两个普普通通的汉字，而不是困束化、捆绑化，最后戾气化。我参加过很多类似在搞公益的活动，活动中无处不有拍照者的影子，参会时拍照，活动中拍照，结束时发小礼品也要拍照，至于活动内容是什么我记不清了，因为在场的人都记不清，组织活动者记不清，参加活动者也只是稀里糊涂地跟着人家的安排忙得没时间记忆，至于在忙什么，都会记忆在照片里。照片里，我们被抬着，照片里有人陪在我们身旁微笑；照片里，我们身旁摆着一些床单、被褥之类的生活用品，当然这些要摆在最前面，最好是最出镜的地儿。我只记住了活动的开场与结束，开场会有相关的负责人热情致辞："关爱残疾人人人有责。"台下拍掌不亦乐乎，结束时也会有负责人热情致辞"谢谢大家对残疾人的关爱"，完事儿集体合影留念。至于活动中间负责人在忙什么，活动什么，也只印在了那一张张没有什么留念价值的照片里。当然也有一些比较好的公益活动，他们往往没有宣传，也没有照片，只是默默做着，好评也只在参加活动的每个人心中。

不过话又说回来，坐轮椅的人确实需要一些帮助，真正的尊重是行动。我很喜欢大自然里的一切，坐着轮椅，总想挑战挑战自己，在公园里被台阶挡住前行的方向，可又不想绕道而行，便顺着台阶旁的土坡前行，谁知那里刚刚浇过水，有些地方松软无比，我便被困在松软的泥土里，不管我怎样按动轮椅电钮，轮子都在泥潭里打转转，没有任何支撑力，我焦急地坐在轮椅上扭身体，望着轮椅的轮子。有位阿姨看见了泥潭里的我，她疾步跑过来，用尽全身力气推动轮椅，一边推我，一边安慰我别担心。当阿姨拼尽全力将我推出泥潭时，我是由衷感激、特别欣慰的，她穿着一身工人服，包裹着头巾，戴着口罩，我看不清她的面容，不过她应该很美丽。我也曾在过马路时被川流不息的汽车挡住，有位叔叔，他老远放慢车速，挡住后面的车辆，微笑着向我招手，示意让我前行，我也永远记住了那个甜美的微笑。我也曾在旅游景点和不知名的朋友开心畅谈人生，与我畅谈之余，他会站在我的身旁，时而拍拍我的肩，时而又像兄弟般与我击击掌，站累了便又半蹲在我的身边，抬起头望着，谈吐间都没有提"残疾"半字。虽然我不知道他的名字，但我也记住了他潇洒的身姿。以上遇到的不管是什么身份的人，帮我的那一刻，不会先大声呼喊："你是残疾人，我们要怎么样怎么样。"而是快速伸出手帮助你，还没等我说出一句谢谢，就潇洒地转身离去。当一个人决定要做一件事情时，却要拿出别人的痛处，提醒别人要记住你所做的事迹时，那你永远得不到别人的尊重。恰恰当一个人没有想着让别人给予他相应的回报时，受难的人就会把帮助过他的人所做的事儿牢牢放在心里。或者你是无名的，或者你是一个擦肩过客，但那种身影高大壮硕，永远忘不掉。

就在我沉思时，朋友以为我是难受了，便想带我和我的轮椅继续走走。可躲避是解决不了问题的，我只是对同学的处境感觉无奈。看着她，我想起了那个差点与我一同生活在一起的女孩，她也是这样被他人盯着，她也是最后无法承受而离开。我都无法想象以后再遇到那么一个愿陪在我身旁的人，她会有多少困难，要成为我的妻子是要顶着多大的压力？她的离开或许是最正确的选择吧。

我该不该让一个女孩背负着这么多世间的观念和我生活在一起呢？我想到了余秋雨先生的《牌坊》，女子只是与男方订了婚，可男的一出差错，那风言风语就会将女子送入万劫不复，直到文章的最后，我才明白为何会出现那么多女老师，她们想要换掉孩子血液里的东西，她们也是被一种叫做世俗的观念所牵绊，尼庵院成了学堂，香火房成了识字房，那一刻，这些不知何处而来的美丽女子迈出了一步。

当我一个人走时，难免摔几跤，倘若我不走出这一步，又有谁愿意去走呢？这一刻，同学只是帮我预演了一下我以后必有的生活过程，让我突然回忆起她，她用最决绝的方式离开了我，如今想想，我不会再有一点怨恨，我很感激她能帮助我体验一遭，有个心理准备。以后的路何其凶险，豺狼虎豹只是在人心中暗暗种下种子，最后结出的果实是怎样，还需要我自己去采摘。我若惧怕，那它会张着嘴，獠着牙生吞了我，倘若能坦然点，也许，它会惧怕我，坦然面对一切挑战。我很欣慰，我的同学有这样大的勇气，陪着我，和我一同从别人的目光中走出来。我很感激她有勇气和我一起面对那些眼光，而不是早早生气，甩身而去。

我俩笑够了，坐够了，望了望陵园，挥了挥手便一同下了山。我俩荡荡悠悠来到了山脚下的一个凉亭里，刚刚坐下，有位上了些年纪的大叔就站在了我面前，来问我一大堆问题：你的轮椅多少钱啊？你怎么成这样了啊？这么年轻就这样好可惜啊！你看我们好好的，你就这样。你带的这个女娃娃是谁呀？你感觉难过不难过啊？

我一一回答了大叔这些问题。我的同学她关切我，就说："走，咱们不在这里坐着了，去那里玩，那儿人少。"

她再次怕我承受不住这些话语。其实我早已经坦然面对，既然自己走出来，就不会在意能遇到些什么。对于她给予我的关切我是万分感激，这位同学算得上一个知己，能为我着想，而且敢与我一同走在人世间。敢与我去面对这些话语的挚友很难得到，为此，我除了"感激"二字，却无法用其他词去形容。

坦然面对一切，迎接一切嘲讽，阿Q如此，我亦是如此。魔不可怕，世俗能够改变，虽然我没有"牌坊"中的女教师那般能耐，但倘若多年后有机会，我会把我的故事告诉很多人，为后辈换血液，我要用实际行动将自己身边的一切变为学堂，变为识字房，认得的不单单是汉字，应该知道汉字背后还有一两点意思。

敢问路在何方

眼睛直勾勾，盯着那一片碧绿的橡胶操场，操场上的一群孩子进入了少年的视野。孩童的欢笑声伴随着手中的风筝高高飞向了蓝天。绿草坪铺设的操场里，有奔跑的运动者，他们挥洒着汗水，展示着完美的肌肉。羽毛球也划着美丽的弧线自由飞翔。这个少年，他只能在橡胶操场外高高的台阶上看看，他的脚下有一排排高昂着头颅的台阶，挺在前面的都是清一色的青亮且透着白。台阶上空无一人，有几丝清风常伴左右，少年就在那里观望着。

少年一个人静静地观望，他的身体进入另一个维度，身体的每个器官与少年有了对话。

内心羡慕操场上的每一个奔跑者，很是不平静，大声告诉少年："看着大家那么开心，我怎么就不能下去转转呢？"

少年只是轻轻说："周边都是高高的台阶，轮椅下不去。"

内心激动地说："看啊，那儿有道坡，坡下面那里有个铁门，或许我们可以进去看看。"

少年跟随着眼睛看到了那个门，兴高采烈地开动轮椅，绕过几道坎儿，下坡时，他并没有减速，满脸笑容，撒了欢儿向那里奔去。少年来到了橡胶操场围墙外，是可触摸得到的距离。操场里有很多人，热爱运动的健将，青春奔放的少女，密密麻麻团在里面，像迷失方向久久没有回过蚁巢的蚂蚁般活跃。少年虽然坐轮椅，可也热爱生活，喜爱运动，他虽然不能运动，但也像一只流离的蚂蚁，期盼去里面团聚。他来到操场的大铁门旁，被冰冷的铁锁挡住，几经周折，找到开锁人。看大门的是一位老者，老大爷一句："不让进，你没看见上面的标识吗？"

少年久久没有离开，徘徊在大铁门旁，他认真读了规定，却没有看见不让轮椅进去的理由，但那位看门大爷瞪着大大的眼睛，时不时看看少年，示意少年快点离开，不要试图闯进去。

内心很气愤，它让嘴巴大声呐喊："凭什么不让我进，凭什么就只能在外面看看，进去又不会毁坏任何东西。"

少年制止了嘴巴，也劝解内心："算了吧，还是别给人家添麻烦了。"

内心争辩："不行，我也有享受运动的权利，这片绿地也应该有我的影子，你作为我们的驾驭者，更应该去争取。"

少年停顿了一会儿，双手一颤，又对内心说："你就别烦人了，如果当初设计师想着让你进去，周围就不全是台阶了，会给你留下斜坡的。"

少年低下头，调转轮椅，离开体育场。他游荡在街道，想找到个容身之处。来到电影院旁，少年抬起头，看见电影院门前对对情侣，牵手走上一个个台阶，去里面看影院热播的《无名之辈》。

台阶下，轮椅上的少年抬起头望了望影院的广告牌。

心又说："我听说这部电影不错，有个轮椅女孩智斗歹徒，和你遭遇一样，我要进去，我也要看电影。"

少年和眼睛环顾四周，如果没人帮忙抬轮椅，少年真的进不去。少年就对心说："算了吧，咱有手机会员，回家看，在家里，没人打扰，你想怎么看就怎么看，坐着、躺着，我都满足你。"

内心辩解道:"凭啥不让我去,凭啥让我在家看,我也要感受那种气氛,那种进电影院的感觉,听说很美好的。"

少年低声说:"因为那里是台阶,你进不去。"

内心失落了,也就不和少年继续争辩。

手又喊着:"哥几个,别吵了,走,咱们去那边逛逛,那里平坦,没有东西可以阻挡我们的步伐,快快快,去那里。"

少年的手掌控着轮椅摇杆,来到了一处轮椅可以随便进出的地方。少年看见了一个锻炼身体的器材,他加快轮椅速度来到器材前,固定好自己的轮椅。少年很开心,将两只手快且稳地搭上了器材,少年闭上眼睛深深吸了一口气,他虽然无法在器材上动起来,只是轻轻触摸着器材,感受运动时的舒畅。趴在运动器材上的少年很享受,哪怕只是略微地动动肩膀、扭扭头也让少年兴奋不已,少年享受着这一刻,享受着在人群中一同运动的安逸。

"奶奶,奶奶,你看,那里有一个坏人。"三个小孩看着少年,指给奶奶看。

少年听到声音一惊,不由得睁开眼睛看着这几个叫他坏人的孩童,眼睛里闪着奇异的光。

耳朵不耐烦地喊:"小屁孩,你知道怎么样是坏人?就瞎说,凭啥就坏人了?"

内心也附和着喊道:"我要是坏人,早把你带去拐卖了,还有你们在这儿说我坏话的时间?"

身体也不答应地吼道:"我哪儿像坏人了,给我说清楚,不然我就当一回坏人让你们看看。"

少年淡淡地笑了笑,慰藉身体的每个部位说:"其实像坏人也没什么不好,起码没人敢接近咱啊,咱安全是吧。"

少年把手慢慢放下,离开健身器材,搭在了轮椅操控杆上,悄无声息地离开了运动器械。眼睛还留恋地望了望少年刚刚离开就被他人立刻占上去的健身器材。身体的每个部位都很留念那种人群中欢乐运动的气氛。可终究还是要离开,三个孩童一直看着少年离开的身影,他们的小脑袋一直盯着少年,直到他的影子消失在三人的视野中。

少年又继续游荡,慢慢来到超市门前,少年看着人们大包小包拎了一堆,买了自己喜欢的东西。

内心又起了嫉妒:"我也想进去看看,我也想买喜欢的东西。"

少年再次看了看周围,依旧是高高的台阶。

少年:"不去了吧,咱们不需要那些东西,家门口的小卖部里都有,阿姨又那么和蔼,只要呼唤一声,阿姨就会把需要的东西拿出来。"

内心又辩解:"凭什么,凭什么。我也有享受购物生活的权利。"

身体妥协且无奈地说:"算了吧,算了吧,咱被称作残疾人,就不该出没在这里,看看,走过了这么多的路,见了几个坐轮椅的?这里就没有我们能走的路。"

内心再次呼喊:"不,我要,我要公平,我要这个世界公平对待我。"

少年指挥着手,擦了擦眼角,没让那一滴泪水淌下来。少年斩钉截铁地说:"总有一天,这里会有我们进去的路。"

少年总把自己当作一个平凡人,当作一个正常人,总希望自己的器官、骨骼、身体的每一个细胞也都这么认为;少年总被人唤作残疾人,时间久了,喊的人多了,少年也就无法反驳了。

少年没有察觉,后面有一位男子一直跟着他,他看到了少年所做的一切,也隐隐约约听到了他开口说的话语,看见了少年沮丧的脸,感受到了少年那颗有创伤的心。他身高一米八几,留着短发,踏着步子。他一直跟在少年后面。突然,他加快了步伐,上前来与少年交谈,少年把自己的想法再次告诉了他，他沉默了一会儿，递给了少年一本书，让少年多在书籍里找找答案。

少年一个多月没有再走出家门，他把那本书完完整整读完，有了一些想法。不管他是怎样，都要生活，且要漂亮地生活。

少年坐在窗前，又陷入沉思：这个世界原本是公平的，只是轮椅朋友们不喜欢出游，因而让大众遗忘了，有一些人需要借助一些工具才能出行，有一些人需要一些斜坡之类的坡道才能更方便出行。他们被遗忘后，这些出行条件也就不再被人想起。不是世界不公平，而是一些人从来不出现在世人的视线中，因而被大家遗忘了，忘了修建这一道坡，让坐着轮椅的朋友出来看看。

少年可不想就这样成为世人呼唤的无用之人。他与身体的每个部位达成一致，一同有了一个梦。少年在网上看到了一辆可以搭载轮椅的车，只是价格贵点。少年自始至终都喜欢着这个世界，他以前会偶尔聆听内心发出的声音，真的感觉世界不公平，可他在书中得到了答案，这个世界对每个人都是公平的，并没有偏爱哪一个人。一切美好、公平、和谐都是需要行动去追寻的。少年喜欢山间的一草一木、一花一树，少年想攒点钱，想买那辆车，搭载着自己的轮椅，去更远的地方看看。少年想到自己不能开车，若是以前那个无法控制自己身体部位的少年，他都不敢去想接下来的一切，现在的少年可是脱胎换骨了的少年，身体的每个部位都那么听从他的话语，他还大胆且狂妄地梦想着自己身边出现一位可以开这辆车的司机，少年更希望是一位女司机，可以给他开一辈子车的女司机。少年希望自己可以坐在这辆车的副驾驶座上，让那位女司机带着他来一场说走就走的旅游。

少年想把自己的足迹留在泰山脚下，有一位貌美人善的女司机帮他拍下一张照片，留下一份无法忘却的身影。少年还想把自己与轮椅的影子留在大沙漠里,有位可爱的女司机紧紧地拽着他的手,生怕他陷入沙漠,在烈日里拍下少年脸颊上晶莹剔透的汗珠。少年还笑开了花地幻想着自己在洞庭湖边与清纯淡雅的女司机一同观望湖水,感受"遥望洞庭山水色,白银盘里一青螺"的释然。少年想与这位女司机走遍祖国的每个山川、每个角落,看更多美丽的景物,感受大自然的气息……

这位女司机在哪儿,少年不知道。这辆车少年买不买得起,少年也不知道。不过少年心中总存着一丝希望,他坚信不疑,会有那么一位女司机的,他想让不知还在何处的女司机陪着他一同走过。少年为了这个美好且遥远的梦,会一直等下去。

以前的少年真的想都不敢想刚刚的那一幕。读完了那本厚实的书,每当少年有这样的想法时,内心也不再反驳少年,身体也不会再笑话少年,眼睛也望向更遥远的地方。因为在少年看书的这段时间里,内心和身体都认识了史铁生这位"硬汉"。他们在史先生的思想下觉悟了。他们也认定其实自己和其他人一样,该有的权利是自己争取来的,想要的生活是自己努力来的,一切的公平需要和少年一样千千万万坐轮椅的朋友去争取。当与少年一样的朋友感觉自己与常人没有差别的时候,体育场、电影院、超市都会出现一些路,专为轮椅朋友提供的路,这些场所也就有了轮椅少年的身影。

只是这条路有很多荆棘,需要流血流泪,会有很多谩骂责备。或许不被理解,其实做好一件你向往的事儿是不容易的,没人会知道你在想什么,更不懂你为何会这样做,就像内心、身体、手掌当初不配合少年一样。少年想走出家门去更远的地方,想看看是否会有那么一个女司机愿意带着他一同去外面看看。

也许少年只是在梦里会梦到如那本书里记载的美好,也许只是在史铁生的故事里窥到过这美好且向往的影子。继续回想,倘若不努力,不做那个敢于挑战的人，也许，没有人会想起有人需要那么一道坡，让轮椅进入，没有那么一个女司机会知道有这样一个少年需要她。

时光的洪流里，走走停停，来来往往，即便匆匆，也要走出那条路。少年此刻灰头土脸地趴在这条看不见形状、方向、材质的路上，他趴得很艰辛，他一直在等那一位能够扶起他，陪他一起前行的人。

敢问路在何方？不需问，只要走下去，一直走下去，路自然就有了。

记忆中的一个人

　　这篇文章是我写于 2020 年的练笔，文笔略显稚嫩，为何要将这篇文章拿到这里，有必要说明一下。

　　这世间，是有一种苦难的，它叫病魔，这家伙的厉害，您都别小瞧，可谓摧枯拉朽一般，让你苦不堪言，就比如这牙疼，算不算是一种病？它严格意义上算不上病魔，顶多就是爪牙。它若出现，三两天就会让你精神不振，上班无精打采，吃饭没有胃口，开车头痛脑涨。你说就这么一个爪牙都这般能折腾人，倘若病魔亲临，那您就再甭想着安生过日子了。它的亲兄弟就在我身上住下了，陪伴了我二十多年。它抽走了我身上所有的力气，让我深感无望，可它还挺怜悯我，就只让它亲兄弟陪着我，没有再派其他爪牙来折磨我，我已经特别感激了。因为它兄弟的亲临，我也就会格外关注一下它与它兄弟的动态，它呀，怎么说，特随性的，想降谁身上就降谁身上，想什么时间来，就什么时间来，从不通知你。脾气小点的，要么让你不会走路，或者让你看不见，又或者让你听不见，还能让你活着。那脾气大了，直接就奔着你这条生活不易的命去了，轻则让你妻离子散，重则就让你倾家荡产，再不行就直接带走你。这个故事也就是关于这病魔的一些喜好而写的。

——写在前

每个女孩,都有一个梦想,希望自己长发飘飘,还有一双大长腿。对,每个女孩都爱美,不管年长年幼,不管健康疾病,美是任何人都希望得到的。我有位朋友,叫"艾米尔",是坐在轮椅上的一个特有个性的女孩。

那天下午,闲来无事,翻看朋友圈,看到了我的这位朋友在抱怨,自己有一双完整的双腿却无法行走。她把一双腿用双手吃力地拉上小凳,坐在轮椅上,用手机拍下自己的双腿发了朋友圈。穿着黑色秋裤的两条腿在照片里看起来没有任何异样。看到这里,我瞬间心痛,因为我也坐轮椅,我知道那种看着自己的双腿不听使唤那一刻是多么孤独无助。

她喊着:"不知有多少人,有一双好腿,还不珍惜,老爱玩危险的运动,我是多么希望自己还能站起来。"

我只是默默注视着,想起好多人,总会去羡慕没有的,对于已经拥有的,时间久了,便会感觉拥有是理所应当的事儿,很难想到会不会失去,失去了会不会伤心。反而对一些得不到的东西倍加渴望。不过想想,每个追求美好的念想都没有错。有一个很自然的推理,行走是每一个坐轮椅朋友的希望,丢下拐杖正常行走是每一个拄拐朋友的愿望,开着车行走是每一个徒步朋友的梦想。是的,往往人便是如此,都是得不到,因而羡慕。不过说实在的,与其羡慕,倒不如珍惜拥有。开着车的伙伴看着徒步行走的朋友,会因那份轻松而欣慰地微笑,正常行走的伙伴看着拄着拐杖行走的朋友会感激自己能正常行走,拄着拐杖的伙伴看着坐在轮椅上的朋友会感激能走路是多么幸福。或许换个角度,温馨和美好自然来到身边。

这位朋友是一位网络博主,她经常会在直播里分享一些她的经历,我有时也会进去听一听她的故事。听到艾米尔不小心掉下轮椅,坐在地上,望着自己的轮椅,深吸了口气,想用双臂撑起自己的身子,试了第一下,屁股也就略微抬起了一点点,她又把自己的双腿拉到胸前,双手抱住,用腰部力量抬起屁股,又不行,便一只手拉住双腿,一只手撑地再次尝试,她的双臂不停颤抖着,屁股慢慢离开了地面,她笑了,那只紧抓双腿的手,慢慢松开双腿来撑住地面帮忙,然而双腿突然就松懈了,像两根软香肠一样松散落地,她又一次摔倒了。她坐在那里缓了好久,重复着刚才的动作试了几次,用尽洪荒之力也没能坐上轮椅。其实,那种挣扎在希望边缘的感受是一种煎熬的无法用语言形容的感觉。她最后也只能眼睁睁看着轮椅摆在自己身旁,乖乖坐在地上,等待家人来帮忙。

一个正值青春的少女,一朵刚准备盛开的花儿却被风霜啃噬,病魔悄悄爬到了她的身上。不过她说:"这次,我失败了,下一次,我一定要自己坐上轮椅。"语气坚定,眼神执着地望着手机里看直播的每个人。

我想用一句比较诗意的话来形容:夕阳也有余晖,依旧照亮心田;花儿即使饱经风霜,只要给它一次绽放的机会,它也会毫不犹豫地选择开花。我相信,下一次,她会自己坐上轮椅,自己站起来,我相信总有一天,她的那双腿会带着她走向美好生活,这一直是我认为的,也期望的。

生活中,坐轮椅的朋友会有一些困难,磨难也会多于常人。不过,每个坐轮椅的朋友似乎都有一样宝贵的东西,那便是一颗强大的心。一股永不放弃的勇气会注入血液,从而塑造一个永不放弃的灵魂。

有人会问:"你们自卑过吗?"

说不自卑，那是假的，都是从自卑中走出来的人。时代在变迁，一切都是崭新的，互联网是一个好东西，它把一群相似的人捆在了一起。网络让我们认识了一个新的世界，在地球村里，我遇到了好多和我一样坐轮椅的朋友，他们都在用不同的方式努力生活着，看着他人的生活方式，见得多了，也就不再感觉坐轮椅是一种自卑。

有人问："你们活着，有意义吗？"

艾米尔可以自己做饭，自己收拾房间，她的家里，有地区残联帮助改造的无障碍设施，出行也没有任何阻挡，她不输给任何人。她有自己的目标，在直播间分享过往的经历，去开导一些想不开欲要轻生的朋友，她还学会了新的糊口方式，在网络上直播带货，让自己有零花钱，不用伸手和父母索取。我并不知道什么是活着的意义，但我明白，在这个美好的人间，努力活着，就有意义。

——2019 年 11 月记

我以为，她会永远秉持着阳光快乐的心态，陪在我们众多轮椅朋友身边，可今天早晨，我听到噩耗，艾米尔住进了医院。虽说对于坐轮椅的我们来说，进医院是件稀松平常的事儿，但这次不同往日，她进了急救室。当我听到这则消息的时候，真的难以置信，两天前，与她聊天，她只是说自己有点累，我也没太在意，因为我们的体质本来就差，想着她休息一段时间就会好起来的，可谁知道一天后，她已经没有能力亲自给我回复一条微信消息了。在这一刻，我看到的是生命的渺小卑微，当病魔来临的那一刻，你即使曾经多么辉煌，多么勇敢，多么有能耐，也只能乖乖束手就擒。晚上，也许你还拥有一个甜美的梦，可说不定早晨还没起来，病魔就会让你奄奄一息，这就是一个轮椅朋友的命运，也是所有人的命运，病魔这家伙可随性了，它不管你地位多显赫，也不管你身份多平庸，更不会问你富不富、穷不穷。只要它想来，随时就到。

以前我只是认为，一个喜欢金钱的人只是被俗包裹了，因而看重了不该看重的，可这一刻，我却明白了那么一点，当病魔到来，急需钱财救命的那一刻，看着这些文字也只是略显苍白无力。一下子要拿出十万元救命，对于一个病者家庭真的是有些棘手。她曾说自己爱钱也爱生命，我那时候不懂，还对她略带些讥笑，当朋友圈看到她弟弟用她微信发出救命的呼喊时，我才明白了，为何爱钱才能爱生命。

艾米尔在急诊室里，与她当初得病的境况如出一辙。我也希望，一切都能和以前一样，她能够再次安全走出病房。她曾经告诉我，她喜欢一个美好的故事，希望自己可以嫁给白马王子，刚认识我的时候，她知道我是个搞创作的，还调侃我，给她写一个美好的故事。我想说，等你走出病房，我一定给你写一个美好的故事，让轮椅女孩的你坐在至尊宝怀里，驾着七彩祥云去自己最喜欢的地方。只要你能安全出院，这一切都不是问题，我是专门写故事的，多么美好的故事我都能写得出，只是我没法保证让它实现。故事里我会让你成为小公主，成为你想成为的一切角色，不过此刻，我只希望你扮演好自己的那个角色，一个永远不屈服、永远与病魔抗争到底的阳光女孩。

我相信，只要努力了，你依旧可以坐在轮椅上去追寻自己还没有完成的梦，别放弃，真的别放弃，努力不会白费，希望总会有的，只要能用金钱解决的问题都不是事儿，我相信某一刻，我的文字不会白费，某一刻，你的白马王子会骑着白马在你最想去的地方缓辔徐行，看尽人间柔情，享尽沧海桑田，只要你相信。

此刻，我真的无能为力，只能以一个最真挚的朋友的身份，写下此刻的心境，其实，每个绽放的花朵都曾饱经沧桑，没有任何人是一帆风顺的，你的美丽需要更多的坚强去装扮。大长腿艾米尔，你愿意丢下你的那双腿吗？当你睁开眼睛的时候，一定看看天空上的那缕阳光，世间真的很美好，你一定不能放弃。

——2020年3月14日

今天醒来，我第一眼看到的就是这则让人心痛的消息，艾米尔走了，她就这样悄无声息，不带一丝牵挂地走了，她才是个二十三岁的女孩啊，才二十三岁啊，我真的没有想过这个结果。看到那个视频，艾米尔躺在病床上呼喊她的爸爸："爸爸，我坚持不住了，快点把我治好吧！"

那眼神里的绝望，对父亲的恳求，让我心都碎了。我也真的不希望是这样的结果，此刻，你让我的文字毫无用处，留下的只有伤心欲绝。

你说待到夏天，花儿开了，万物活了，你要与好多轮椅朋友，一起来我的家乡，去看这世界最美的风景，吃我母亲最拿手的菜，你还和几个轮椅朋友约定要去银川参加马拉松比赛，并邀请我一起去凑凑热闹，你是向往那份自由的。可今天看到你弟弟公布的消息，我傻了。你怎么舍得丢下那份美好，你怎么愿意丢下？你再坚持不住也要坚持啊。病魔，真的是可怕的存在，即便艾米尔努力、阳光、坚强，知晓她得病的消息也就两三天，她就丢下一切走了。我能想到，你的父母，你的家人是比我要痛心难忍的。阿姨绝望，那撕心裂肺的哭声不知多么绞痛人心。

我只是记得，你只说这几天身体有些不舒服，你只是说了不舒服，可怎么就……

天堂还有病患吗？还有苦痛吗？此刻，也许只有你知道，我即便有千言万语，我即便辞藻涌奔，可我再写不出一点点来。此刻，一切在我内心建立起的精神支柱崩塌了。我错乱了，我不知道，该不该写下这篇文章？出这本书的缘由是想让更多的轮椅朋友坚强起来，和你一样去向往自由，去追寻梦想，去找活在这个世界为何受尽苦难，却还要坚持的答案，可这一切都是建立在活着的基础上啊！

不，不，艾米尔，你应该在这本书里，有些人活着，她已经走了，有些人走了，她依旧活着，虽然你没有做重于泰山的事儿，可你那一颦一笑、落落大方、勇敢的态度应该永远留下来，留在我们心里，我希望我们的轮椅朋友可以记住你那份真诚甜美的笑，与你一样潇洒地继续活着。

生活，且行且珍惜，不要用自己的生命，那最宝贵的健康去换取不值得的。这个世界，唯有健康是不起眼的宝物里最珍贵的，大家最容易忽略的至上之物。我从生下就没有了健康，因而我也很珍惜剩余的一丝美，我希望每一个看到这篇文章的朋友，且行且珍惜，将自己的健康放在第一位，生命只有一次，病魔虽然可怕，可它在我身上二十多年也不能让我怎么样，只是它更残忍，它笑着让我看着自己身边的朋友、亲人一一备受折磨而无济于事。我难掩此刻的难受，却也不能难受，我不能让病魔看笑话，让它得逞。

大长腿艾米尔，愿天堂再无病魔，这滴泪，我为最真挚的朋友情而流。拭去泪滴，生活还要继续。这本书，若有幸出版，我要让更多人记住你的名字"大长腿艾米尔"。

——2020年3月15日

价 值

昨夜看央视《开学第一课》，撒贝宁哽咽着采访张定宇院士，对孩子们说："你们怎么看待自己的生命？你们怎么看待自己未来漫长的一生？你们要做些什么，才能让宝贵的生命实现它的价值？"

这句话让我沉思良久，渐冻症与我的病相似，看着张定宇院士吃力走路的样子，我心中顿觉酸痛。就像张定宇院士所说："在我没有坐上轮椅之前，我还想在自己的岗位上为他人做些事情。"

我深深被这句话感染，只是我已坐在了轮椅上，还有没有希望实现自己的价值？那么生命的价值到底是什么？我既不是一位医生，没有救死扶伤的能力，也并不是什么名人大咖，无人知晓，是否还要努力去实现自己的价值呢？

心中的答案是肯定的，我依旧在努力，以自己的生活方式，做自己力所能及的事儿，去感染更多人。恰是文学创作给了我一条小径，能让我踽踽独行。这条路不是那条繁华的都市路，周边没有太多风景可供观看，自然心中也就少了一缕浮华。提及写作，年轻朋友首先就会想到当下的一些新媒体，不过我没有写过那种十万加的爆文，我也做不到月入上万的现代网络作者的样子。我只是握着一支笔，游历在平凡中，用生活该有的样子去谱写一些故事,告诉一小部分人什么是价值。

　　记得坐在轮椅上的我,一度心灰意冷到与死神谈判,也不知道活着的意义在何处。幸运的是,我读了点儿书,虽然考上大学,但腿脚没有力气,站也站不起来,生活无法自理的我也就没法去远方读大学,但毕竟是读过几天书的,也有幸接触了文学。这条小径上认识的第一个人便是史铁生,初读史铁生先生的《我与地坛》,史铁生先生在地坛里的生活模样让我很是向往,向往那份勇敢。那个时代,生活条件有些拮据,史铁生先生没有电动轮椅,他每天摇着手动轮椅去地坛,一坐就是一天,感受春的生机、夏的狂野、秋的温馨、冬的冷酷。那个时代,世俗观念还是很厉害的,但他却能坦然处之。在接触史铁生先生的作品之前,我是很少出门的,那段日子里,整日贪睡在床上,眼睛只是盯着天花板,不敢也不愿想象我以后的模样与生活方式。躺久了,身体就会疼痛难忍,可我却连翻动一下身体的力量都没有。活着的意义在哪儿?为何要活着?我常常想不明白。可就是那么巧,在我孤独无助时,我读到了那本书,史铁生先生的生活方式与面对生活的坦然让我心中慢慢滋生了希望。我慢慢懂得花儿、草儿、树儿也是生命,它们只能静静生长在那儿,连说话的权利都没有,倘若我是一棵草,那我还要活着吗?我依旧还要活着!庆幸的是我还可以说话,有感知力,能够对生活进行想象与向往。

　　渐渐地,我也尝试走出家门,去感受史铁生先生的生活,我开始出现在大街、公园、体育场。这些地方很美,我在那里感受风的力度、雨的温度、光的亮度,最重要的是我要感受世俗。总有很多眼睛望着我,他们有的出于怜悯,有的则是好奇,当然也有带着嘲笑的目光。好多人都感觉我不应该出现在这里,与我最开始的想法一样,应该躺在自家的床上,望着天花板,静静等待死亡到来的那一刻,这可怕的东西就叫观念。终究我还是走出来了,我很感谢史铁生先生给我留下的财富。它不是现代年轻人追求的车子、房子、金钱,而是比这些更重要的活着的勇气。

当我找回自信时,也就不会有顾虑,只是勇往直前。我开始写属于自己的东西,写一些真实的感受,写一些值得写的东西。起初没有人愿意读,我总是自己读,翻来覆去读。偶尔给几个网络上的陌生人看看,也只是听到:"你写的这是啥?没有一点阅读兴趣,枯燥乏味,没意思。"往往听到这些话,总让我的心冰冷如冬。

这样的时光过去了两年。在这期间还是有几个人我不得不提。一个叫王鹏,是我的同学,不管我有什么事儿都告诉他,我的好多文章,他都是第一个看到的,因为是在发表之前。他总是给我勇气让我坚持,他是一名大学生,将积极的思想带给了我。哥们儿,记得好多次你都给我带来有价值的读物让我有信心坚持,读完你送我的《文化苦旅》,我已大彻大悟,活着并且思考着就是价值。后来我遇到了一位与我一样坐轮椅的前辈,他叫王雪怡,忘年交的他教会了我许多写作技巧,他也告诉我"文无定体",让我只管写,但一定要写些给读者能留下思考的东西。我迷茫困惑想放弃时,他便告诉我:"十年磨一剑,你要坚持,你已略见锋芒,要耐心等待,终有出鞘之日。"

是王雪怡前辈给了我继续坚持的勇气。是他将我带入文学界,我第一次进入了西吉县文联群。

时光一点一滴流逝,雪怡前辈因为突发病已逝世,我感触良久。听到那则雪怡前辈离世的消息,我只是沉默了,只记得还有好多与他约定的事儿,都没有如约完成。不过我明白,史铁生先生与王雪怡先生注入我血液中的东西永远存在。

不断学习中,我才渐渐进入正轨,我开始接触真正的文学,记得参加第一次县文联活动时，雪怡前辈让我认识了县文联主席樊文举先生，那时候的我，初出茅庐，写的作品很是稚嫩，写出的文章像刚刚学会说话的娃娃写的一样，樊文举先生并没有嫌弃我，鼓励我多看、多写、多思考，帮我修改作品，指导我创作。

我也时不时可以参加一些文学活动，在那里，我看不见任何世俗中的眼光，每个人都亲切地与我交流，像家人一般没有任何瞧不起的目光，敬意的眼神里带给我希望。我认识了一位叔叔，胥劲军叔叔，他邀请我参加文学交流会。我是坐着轮椅的，走哪里都不太方便，活动场所又有高高的台阶。那天下了雨，我穿了雨衣，雨水顺着雨衣落在我的腿前，湿透了我的裤子，路上的雨水也让轮椅轮子湿漉漉了，我来到会场前，胥叔看见了我，就招呼了一帮文友来抬我上台阶，我只是看见文友的双手抓着我轮椅的轮子，雨水让他们的双手都湿透了，抬起我与轮椅的那一刻，我看见了文友手臂上脉搏的走向，我还记住了那个帅气的大光头（戴晓东老师，笔名土东戈），他使足了力气，和一帮文友抬起了我四百斤的轮椅。在会场里，我有幸演讲了一番。面对着面前的所有领导，我没有胆怯，说出了我的遭遇与文学路上看到的希望，那是我第一次面对这么多人讲话，我只听到，一间不大的屋子里充满了掌声，那一刻，我开心极了。活动结束，屋子外面还飘着大雨，任建平老师，蹲下身子，找来塑料袋，轻轻扶起我的腿，把我的脚套在了袋子里，回到家里，我的鞋依旧干着。

我就这样一点点记载，一滴滴积累，待我羽翼渐丰时，樊文举先生又将我引进了固原市文联写作群，在那里，我能读到更多、更好的作品，也慢慢写一些有意义的东西。在那个群里，我认识了好多文学爱好者，有一位大姐姐，是我无以回报的，她帮助了我很多。记得起初，鼓足勇气给了她一篇文章，希望她能给我一些修改建议，她给了我不错的评价，这让我心潮澎湃，我高兴了一下午。是马金莲大姐姐的鼓励让我不再担心我写的作品很差，不是别人眼中的枯燥、不堪入目的文字。大姐姐平时也很忙，但她总是抽出时间看我的拙文，还耐心指导我如何写得更好，让我继续坚持着。记得我的一篇散文《静夜思》发表在了《宁夏文艺家》报上，那是我的作品第一次上纸质报刊，我开心了一晚上。有好些不搞创作的人感觉将文字写出来、上刊物，应该是一件很容易的事儿，可他们永远不知道文学创作者夜晚两三点不睡觉，在少有的灵感中寻找真谛的心酸。

无障碍通道是我一直在提倡的，坐轮椅不可怕，可怕的是世俗观，怎样改变？那就是走出来，融入社会，一同享受生活，感受大自然，我写的好多篇文章里都有对无障碍通道的设想与期望。

知识就是财富真的没错，有价值地活着终究是可以被看到的。2020年的一次慰问，让我对未来的生活有了更多希望。

那日早晨，我起得很早，胥叔告诉我，市长要来探望我。这消息让我受宠若惊，我思量了好久，我只是一个不知名的文学爱好者，我真的没有任何贡献，市长的慰问真的让我始料未及。带着一份紧张，我来到文学社。我见到了那位谦和的市长，他走进那间小屋，因为我坐着轮椅无法站立，他便弯下腰，伏在桌子上，将手伸出来与我握手。他亲切地问我一天能写多少字，又问我有没有出去看看外面的世界，我一一作出了回答。他便告诉我："要多出去转一转，感受大自然的美好。要融入社会，写自己身边的故事。"

交谈之中，当他听到我出行困难，好多地方都是高高的台阶无法越过时，他便说："无障碍通道是城市文明的标志，今后要多向这方面思考。"

他的眼睛里有深沉的光芒，我仰望着他，在我们普通的百姓面前，他没有任何高架子，只是和蔼可亲地与我交谈，零距离与我说话，对我提出的问题认真答复。

那一刻，我有了足够的信心，我也看到了希望，是亮堂堂的光照在我的眼前，我虽然坐在轮椅上，可我坚持写我感觉有价值的东西，我也知道，这么多年坚持没错。我每天都会出去，在好多美丽的地方留下自己轮椅的印迹，我也一直在呼吁无障碍通道的建设，很少有人在意这些，也很少有人愿意看我写的这些。现实生活中，好多好多人会忘却建立无障碍通道。可市长慰问我的那一刻，我相信，我做的是对的。任何事都需要坚持，也需要付出，我依旧能清晰记得几年前，我熬夜至两三点，写得心潮澎湃，却被别人认为是枯燥乏味且没有意义的东西，如今我再也不会在意这些。文学，给我带来的财富就是信心与坚定。

2020年8月记

原文入选"西吉文史资料"

雨声中，悄悄拔节

"马骏，你还听着吗？"

电话那头，县文联的老师不停询问。此刻的我，却迟迟没有说话，大脑停滞在空白状态。这是很普通的一天，我如往常一样，早晨摇着轮椅去公园锻炼身体，下午来到图书馆读书。一个电话打来，县文联的老师说，张宏森书记要来看望我。

那一刻，我大脑极速转动，迟疑了一下，想到了担任中国作协党组书记的那位张宏森。可我立马笑了，笑自己好傻，简直是痴心妄想。自己的欲望怎会这样高涨，怎么会想到遥远的北京去了？

"哪个张宏森书记？"我疑惑地问。

"就是中国作协的宏森书记呀，他要带队来咱们西吉县调研啦。"

得到了准确答复，一时间心怦怦跳个不停，好像是一场梦境。这阵子积压在心头的失落感一瞬间荡然无存，只留下兴奋和期待。前不久，中国残联举办了第二届残疾人文学创作研修班，在全国三十五名学员中，我是宁夏唯一的入选者，喜悦之情自不必说。然而，得知举办地点在安徽后，心里凉了一大截。一个躺在床头连翻动一下身子都是一种奢求的人，怎么可能会跋山涉水，到千里之外去参加研修呢？这个梦，就和我心中的鲁院梦一样，无比向往，却因身体条件所限，只能出现在美好的梦里。

夜里躺在床头睡不着。六年前，也是这样无力地躺在炕头，手机屏幕上，一个个同学在QQ空间发着新学期在大学校园报到的照片，我却只能守着一张被撕毁的通知书，躺在家里。可怜的弟弟，刚降临人世就因医疗事故导致右半身瘫痪，成了又一个我。我考上大学那年，弟弟三年级，母亲已经无法背着他上下楼。看着那双毛茸茸的眼睛，我无法想象他会怎样熬过不上学的日子。

如今弟弟已经初三，父亲扛着弟弟，像扛着当年的我一样走向学校。弟弟得知我要去安徽的消息时，默不作声，如果父母陪我出了门，他便要请假在家，还有一个多月就要中考，关键时刻怎能掉链子？我便又像放弃读大学的机会一样，放弃了去安徽学习。

苦难到底带给我们什么？当一个人没有了追逐金钱、权力、爱情的能力的时候，当一个人对金榜题名、久旱逢甘、他乡遇故知乃至洞房花烛夜都是一种奢望的时候，还能留下什么？又还能做些什么？读史铁生的书时，我常常这样胡思乱想。

5月8日那天，久旱的西吉下了一场瓢泼大雨，彩钢屋顶噼里啪啦响个不停。我坐在屋子里，脑海乱作一团，有开心也有紧张，有失落也有希望，像极了一个即将出嫁的女孩，手足无措地等待着接亲人的到来。

终于，宏森书记如约来到我家，丝毫没有因如此天气而调整计划。父亲把他请进我的房间，他谦逊地来到我的轮椅面前，微笑着半弯下腰与我握手。姑姑推着我来到更宽敞些的沙发旁，宏森书记坐在沙发上。他关切地询问我的身体状况，倾听我怎样走上文学之路。

"庆幸的是，我遇到了史铁生，那个坐在轮椅上的巨人，那个穿越时间和空间的挚友。"我开心地说，"当我读到《我与地坛》里一个片段的时候，心里满是激动。史铁生先生看见小女孩有危险，摇着轮椅用自己薄弱的身躯，在地坛的草地上挡在小混混面前。那一瞬间，我在想，我为什么不能，不能像他一样走出去感受这个世界？"

宏森书记会心地点点头，没有打断我，示意我继续说下去。

"我很开心在文学路上遇到了一帮可爱的人，很多很多干净的灵魂。当他们和我握手的那一刻，眼睛里的光芒是那么纯洁。我常常被称作残疾人，这是我不可避免的一个称号，它固然给我带来了一些有色的眼光。但是，文学路上这些可爱的人给足了我勇气，让我的心情有了大的改变……"

我说的这番话，完全是由衷的。宁夏作协将我这样一个初学写作的95后青年吸收为会员，固原市作协让我担任副秘书长，作为"文学之乡"的西吉县同仁前辈更是关爱备至。我的《青白石阶》等散文被《六盘山》《宁夏文艺家》《固原日报》《葫芦河》等报刊选用。几年前，在我对写作失去方向和信心，甚至羞于将作品拿出示人时，时任《民族文学》编辑石彦伟老师在微信里留下几十条语音，热情地肯定了我写作的价值，还发来许多优秀作品让我参考学习，亲自帮我改稿，鼓励我勇敢地投稿；杂志社的杨玉梅、安殿荣、吉力力等几位编辑老师也都热情地指点帮助……他们都是我在文学路上遇到的"干净的灵魂"。

因此我继续说："是文学给予我希望和力量，让我有勇气走出家门，去感受这个世界。它并不像别人眼中那样昏暗到底，也不是别人说的那样光明无限，只有自己经历了，才知这五彩斑斓的世间到底是怎样……"

当我说到这些的时候，宏森书记满脸的微笑让我无法忘却。他轻柔地说道："你说你出门面对了很多纯洁的眼睛，很多美好的灵魂。实质上我们也是在面对你，你也给了我们很大的鼓舞。希望你的身体能够在医疗过程中越恢复越好。希望你能把你对生命的这些心得和感受都转化成有力量的文字,形成一些更好的作品。"

离开我房间前一刻,宏森书记又亲切地和我握了手,重复了一遍:"期待能早日读到你出版的作品!"

那个背影渐渐远去,雨声还没有停。我忘不了那和蔼可亲的笑容,纯净如水的眼光。他用最温情的话语,温暖了一颗伤痕累累的心,给了我站立起来的希望。

那天下午,弟弟也是满怀期待想见见这位北京的贵客,可正巧与放学时间撞上,他自己下不了楼,需要父亲去背他,来不及赶回。所以父亲让他先在学校待会儿。弟弟刚在学校领到一张奖状,是年级前五十名,老师把弟弟坐在课桌前手捧奖状的照片发在了家长群里。晚自习结束后,父亲把捧着奖状的弟弟接回了家,就这样错过了见到客人的机会。不过,听到我兴奋地讲起刚才发生的一切,他听得津津有味。

那夜的雨下了很久,窗外是一片朦胧的水幕。一场喜雨,对于广大的世界而说,或许是寻常不过的,但对于西海固的大地来说,无数不可尽知的生命就在这蓬勃的雨声中悄悄拔节。

原文刊登于《文艺报》

图书在版编目（CIP）数据

青白石阶 / 柳客行著． -- 北京：作家出版社，2023.11
（中国少数民族文学之星丛书·2023年卷）
ISBN 978-7-5212-2513-6

Ⅰ.①青… Ⅱ.①柳… Ⅲ.①散文集-中国-当代 Ⅳ.①I267

中国国家版本馆 CIP 数据核字（2023）第 179323 号

青白石阶

| 作　　者：柳客行
| 责任编辑：李亚梓
| 特约编辑：郑　函
| 装帧设计：孙惟静
| 出版发行：作家出版社有限公司
| 社　　址：北京农展馆南里 10 号　　邮　　编：100125
| 电话传真：86-10-65067186（发行中心及邮购部）
| 86-10-65004079（总编室）
| E-mail:zuojia@zuojia.net.cn
| http://www.zuojiachubanshe.com
| 印　　刷：唐山玺诚印务有限公司
| 成品尺寸：152×230
| 字　　数：173 千
| 印　　张：14.5
| 版　　次：2023 年 11 月第 1 版
| 印　　次：2023 年 11 月第 1 次印刷
| ISBN 978-7-5212-2513-6
| 定　　价：46.00 元

作家版图书，版权所有，侵权必究。
作家版图书，印装错误可随时退换。